제국

Imperium
Christian Kracht

First published in the German language as *Imperium* by Christian Kracht.

Copyright ⓒ 2012 by Verlag Kiepenheuer & Witsch GmbH & Co. KG,
Cologne/Germany
Korean Translation Copyright ⓒ 2013 by Moonji Publishing Co., Ltd.
All right reserved.

이 책의 한국어판 저작권은 저작권사와 독점 계약한 ㈜**문학과지성사**에 있습니다.
저작권법에 의해 보호받는 저작물이므로 무단 전재 및 복제를 금합니다.

CHRISTIAN KRACHT

크리스티안 크라흐트 장편소설
배수아 옮김

IMPERIUM

문학과지성사
2013

크리스티안 크라호트 Christian Kracht

1966년 스위스에서 태어나 뉴욕의 세라 로런스 칼리지에서 공부했다. 독일에서 저널리스트로 활동했으며, 1990년대 중반 『슈피겔』의 인도 특파원으로 뉴델리에 갔다. 그 뒤 아시아 국가들을 여행했으며, 그의 여행기는 독일 주간지 『벨트 암 존타크』에 게재되고 책으로도 출간됐다. 1995년 출간한 첫 소설 『파저란트』는 평단의 관심과 격렬한 논쟁을 불러일으켰으며 독일 현대문학의 새로운 조류를 대표하게 되었다. 작가 에크하르트 니켈과 함께 잡지 『데어 프로인트』를 발행하고, 2006년에는 북한을 방문한 뒤 사진집 『총체적 기억─김정일의 북한』을 출간하는 등 작가이자 저널리스트로 활발하게 활동하고 있다. 소설 『파저란트』 『1979』 『나 여기 있으리 햇빛 속에 그리고 그늘 속에』는 14개국어로 번역되었으며, 2012년 출간된 소설 『제국』은 출간 즉시 국내외에서 큰 호응을 불러일으키며 화제작으로 떠올랐다.

옮긴이 배수아

1993년 『소설과사상』으로 등단했으며, 지은 책으로 소설집 『푸른 사과가 있는 국도』 『바람 인형』 『훌』과 중편소설 『철수』, 장편소설 『일요일 스키야키 식당』 『에세이스트의 책상』 『독학자』 『당나귀들』 『북쪽 거실』 『서울의 낮은 언덕들』 『알려지지 않은 밤과 하루』 등이 있다. 옮긴 책으로 『나 여기 있으리 햇빛 속에 그리고 그늘 속에』 『눈먼 부엉이』 『인간과 말』 등이 있다. 2003년 한국일보문학상을, 2004년 동서문학상을 수상했다.

제국

펴낸날	2013년 12월 12일
지은이	크리스티안 크라호트
옮긴이	배수아
펴낸이	주일우
펴낸곳	㈜문학과지성사
등록번호	제1993-000098호
주소	121-840 서울 마포구 서교동 395-2
전화	02)338-7224
팩스	02)323-4180(편집) / 02)338-7221(영업)
전자우편	moonji@moonji.com
홈페이지	www.moonji.com
ISBN	978-89-320-2505-6

호프Hope를 위하여

엄숙하고도 경건하게, 그는 평정을 되찾았다.
그는 고귀해져가는 상징으로 머물면서
세계라는 가상 위로 몸을 기울였으며,
사라져가는 인간 자손들을 흡수했던
자기 자신을 어렴풋이 느낀다.

앙드레 지드

벌거벗은 인간은 사회에 거의,
혹은 전혀 영향을 미치지 못한다.

마크 트웨인

차례

제국 11

옮긴이 해설 몰락한, 몰락하지 않는 제국 300

일러두기

1. 이 책은 Christian Kracht의 *Imperium*(Köln: Verlag Kiepenheuer & Witsch, 2012)을 우리말로 옮긴 것이다.
2. 본문의 주는 모두 옮긴이의 것이다.
3. 강조하기 위해 원서에서 이탤릭체로 표기한 것을 본문에서는 고딕체로 표기했다.
4. 맞춤법과 외래어 표기는 1989년 3월 1일부터 시행된 「한글 맞춤법 규정」과 『문교부 편수자료』 『표준국어대사전』(국립국어연구원)을 따랐다.

제1부

I

 길게 뻗어 있는 하얀 구름들 아래, 번쩍거리며 빛나는 강렬한 태양 아래, 환하고 밝은 하늘 아래 처음으로 들려온 것은 한참이나 이어지는 경적 소리였다. 이어서 배의 점심 식사를 알리는 종이 요란하게 울렸고, 말레이인 사환이 소리도 없이 사뿐사뿐 발끝으로 걸어 돌아다니면서 푸짐한 아침 식사를 마친 뒤 갑판 여기저기에 누워 다시 잠에 빠져 있던 승객들의 어깨를 일일이 조심스럽게 살짝 건드려 깨웠다. 북독일 로이드 회사는, 신이여 저주를 내리소서, 매일 아침마다 머리를 길게 땋아 내린 중국인 요리사들의 솜씨에 힘입어, 어쨌든 적어도 일등석의 승객들에게는 최고로 맛좋은 실론산 알폰소 망고를 세로로 길게 잘라 멋지게 정성껏 장식하고, 베이컨을 곁들인 달걀 프라이와 매운 양념에 조린 닭가슴살, 새우, 향료를 넣은 쌀밥, 그리고 맛이 강한 영국산 포터 맥주를 내놓았다. 그중에서도 바로 마지막의 메뉴 덕분에 지금 프린츠 발데마르 호를 타고 귀향길에 오른 작물 재배인들은—그들 조합의 의상인 순백색 플란넬 셔츠 차림으로—상갑판의 일광욕 의자 위에서 잠들어 있는데, 점잖은 자세로 낮잠을 즐긴다기보다는 사지를 마구 널브러뜨린 흉한 모습으로 아무렇게나 뻗어 있는 것이다. 품위도 없고, 천하게까지 보이는 광경이었다. 제대로 잠그지도 않은 바지 단추는 떨어질 듯이 너덜너덜하게 실에 매달려 있으며, 샤프란이 들어간 카레 소스가 조끼에 지저분하게 얼룩져 있었다. 정말이지 눈살이 찌푸려진다. 아무 생각 없이 멍하고, 둔하고, 천박한 데다 외모마저 땅돼지를 연상시키는 독일인들이 여기저기서 나뒹굴며 소화 작용을 위한 수면 상태에 빠져 있다가 이제 서서히 잠에서 깨어나는 중이다. 이것이 현재 영향력 면에서 세계 정상이라는 독일인들의 모습이다.

적어도 젊은 아우구스트 엥겔하르트가 받은 느낌으로는 그랬다. 그는 두 다리를 포개면서 상상 속의 빵 부스러기를 손으로 눌러 없앤 후 뱃전 너머의, 기름처럼 번들거리는 편평한 바다 표면을 비통한 마음으로 지켜보았다. 왼쪽과 오른쪽 양방향에서 군함조들이 배를 따라서 날고 있었다. 항로가 육지에서 백 해리 이상 멀어진 적은 한 번도 없었다. 군함조들은 간혹 물속으로 잠수했다. 몸집이 크고 꼬리가 제비를 닮은 이 사냥꾼들의 완벽한 비행 기술이나 절묘한 약탈 수법 등은 남태평양을 오가는 모든 뱃사람을 매혹시켰다. 엥겔하르트 역시 태평양의 조류들에게서 깊은 인상을 받았다. 특히 꿀빨기새, 혹은 벨버드라고 불리는 안토르니스 멜라누라에 사로잡혔다. 이미 어린 시절에 그는 조류 도감에서 안토르니스 멜라누라를 찾아내고는, 석탄처럼 새빨갛게 불타며 저물어가는 남태평양의 석양과 그 석양빛을 받아 영롱하게 빛나는 눈부신 깃털을 머릿속으로 상상하면서 몇 시간이나 눈을 떼지 못했고, 조그만 손가락으로 도감에 나온 새들의 부리와 화려한 깃털을 가만히 쓸어보곤 했던 것이다. 그런데 지금, 실제로 그런 새들이 바로 위에서 힘차게 날갯짓하고 있는 상황에서 엥겔하르트는 새들을 바라보지 않고 있었다. 그의 시선은 비만한 몸집의 작물 재배인들에게로 향할 뿐이다. 자신의 농장으로 돌이기는 중인 이들——오래전부터 치료를 포기하고 방치한 매독 3기의 육체들——은 극도로 무미건조하여 읽을수록 짜증이 솟구치는 『열대 농장 신문』이나 『독일 식민지 신문』의 기사를 깔고 앉은 채 젖통을 드러낸 검둥이 계집애들 꿈을 꾸느라 입맛을 쩝쩝 다시면서 오전 내내 잠에 곯아떨어져 있었다.

작물 재배인이라는 어휘는 이들에게 뭔가 부적합해 보이는 면이 있었다. 그것은 우선 존엄성을 전제하는 개념이기 때문이다. 자연과 생명의 숭고한 기적에 종사한다는 의미가 포함되어 있지 않은가. 그러니 뭔가 부적합한 정도가 아니라, 아예 전혀 들어맞지 않는다. 이들에게는 **관리인**이라는 의미가 내포된 이름을 붙여야 한다. 이들은 사실상 관리인이기 때문이다. 자신이 진보의 대열에 나선다고 착각하는 관리인. 3년쯤 전에 베를린이나 뮌헨에서 유행하던 모양으로 다듬은 콧수염에, 숨을 내쉴 때마다 격렬하게 떨리는 혈관이 빨갛게 드러난 콧망울, 그리고 그 아래에서 기운 없이 푸들거리는 푸석한 입술에는 침방울이 매달려 있다. 이런 입술과의 접착관계에서 해방되는 것이 가능하기만 하다면 아이들이 불어놓은 비눗방울처럼 허공으로 두둥실 날아가버리고 싶다는 모양으로.

잠에서 깨어난 작물 재배인들은 눈꺼풀 아래에서 시선을 굴리다가, 갑판 가장자리에 스물다섯 살이 될까 말까 한, 요정처럼 우울한 눈빛에 엄청나게 예민해 보이는 한 젊은이가 몸을 떨면서 앉아 있는 것을 발견했다. 마르고 연약한 몸매에 긴 머리칼, 달걀 껍질 색의 깃 없는 후줄근한 가운 위로 기다란 수염 끝자락이 어수선하게 흩어져 있는 젊은이. 아마도 그들은 순간 이 작자는 뭐 하는 인간이란 말인가, 하는 질문을 떠올렸을 법하다. 그 젊은이는 이틀에 한 번꼴로 아침 식탁에 나타났고, 점심 식사는 하루도 거르지 않았지만 매번 이등석 식당의 한구석에 홀로 앉아서 주스 한 잔을 앞에 놓고 열대 과일 반 조각을 조심스럽게 쪼갤 뿐이었다. 그리고 디저트 시간이 되면 마분지 상자를 꺼내 그 안에서 갈색의 먼지처럼 보이는 분말, 아무리 봐도 흙을 곱게 갈아놓은 가루 같은 그것을 숟가락으로 떠서 물에 탔다. 그리고 그 흙 푸딩을 정말로 먹기까지 했다! 마치 황홀한 맛이라도 된다는 듯이! 분명 성직자 부류일 거야, 보나 마나 빈혈도 있을 거고. 한마디로 도태 예정자인 거지. 그러거나 말거나 어쨌든 흥미 없는 족속인 건 맞다. 깊이 생각할 필요가 전혀 없는 인간이라는 말이다. 작물 지배인들은 마음속으로 저자가 태평양에서 버티는 시간을 1년으로 잡았고, 머리를 설레설레 흔든 다음 조그만 틈새만큼 빌어졌던 눈꺼풀을 닫은 뒤 입으로는 의미를 알 수 없는 소리를 웅얼거리면서 다시 잠 속으로 빠져들어 갔다.

커다랗게 드르렁대며 코 고는 소리가 울리는 가운데 이들이 탄 독일 배는 미국령 필리핀 군도를 지나갔다. 루손 해협(그들은 마닐라에 정박하지 않았다. 왜냐하면 식민지 필리핀을 뒤흔들었던 전쟁이 지금 안정 국면으로 접어들었는지 어떤지 확실하게 몰랐기 때문이다)을 통과하여 끝없이 광대한 규모의 네덜란드령 인도 관할지를 지나 마침내 보호령까지 들어왔다.

세상에, 여기 인간들은 하나같이 너무나 역겹지 않은가. 세상에, 세상에, 안 돼, 저럴 수는 없어. 엥겔하르트는 슐리카이젠의 필독서 『과일과 빵』을 펼쳤다가 덮고 다시 펼치기를 반복하면서 몇 단락이라도 읽어보려고 필사적으로 애를 썼고, 항상 주머니에 넣고 다니는 연필로 페이지의 가장자리에 뭔가 메모를 끼적거리곤 했다. 하지만 그렇게 갈겨놓은 글자들은 그 자신마저도 도저히 알아볼 수 없을 정도로 엉망이었다.

구름 한 점 없는 하늘 아래에서 배는 물살을 헤치며 나아갔다. 한번은 멀리서 돌고래 떼가 헤엄치는 것을 목격한 적이 있었다. 하지만 엥겔하르트가 갑판장에게서 망원경을 빌려 돌아와 보니 돌고래들은 이미 끝도 없이 깊은 바닷속으로 사라져버린 다음이었다. 배는 곧 매혹적인 섬 팔라우에 닿았고 거기서 우편 행낭들을 내려놓은 다음 다시 출발했다. 그다음의 짧은 정박지는 야프 섬이었는데, 배가 도착하자 물건을 실은 카누 몇 척이 머뭇거리며 다가왔다. 반으로 자른 통돼지나 얌나무 뿌리 등을 팔려는 것이었다. 하지만 승객도 승무원도 상품에 전혀 관심을 보이지 않자 다시 돌아가려고 몸체를 돌리던 카누 한 대가 스크루가 일으킨 소용돌이에 빨려드는 바람에 뱃전에 충돌하고 말았다. 카누에 타고 있던 현지인은 바다에 뛰어들어 목숨을 구했지만 카누는 두 동강이 나버렸다. 그리고 방금 전까지만 해도 갈색 손들이 공중으로 추켜올리던, 카누에 실려 있던 음식물들은 파도 거품이 부글거리는 물결 위로 흩어져 둥둥 떠다니게 되었다. 한 손으로 슐리카이젠의 책을 움켜쥔 엥겔하르트는 난간 위로 몸을 길게 내밀고, 피투성이 힘줄이 아직 너덜너덜하게 매달린 반 토막 난 돼지 몸통이 물결을 따라 둥둥 떠다니다가 서서히 대양의 짙은 푸른색 수면 아래로 가라앉는 것을 몸서리치면서 지켜보았다.

프린츠 발데마르 호는 3천 톤 급의 현대적 설비를 갖춘 튼튼한 증기선으로, 12주마다 홍콩을 출발하여 태평양을 가로질러서 시드니로 향했다. 도중에 소위 노이포메른으로 불리는 독일 보호령 내의 가젤 반도, 블랑슈 만에 자리한 새 수도이자 만의 두 군데 정박지 중 한 곳인 헤르베르트쇠헤*에 정박했다. 그곳은 배를 운항할 수 있는 저수조처럼 생긴 바다였는데, 매우 긍정적인 마인드로 인해 너그럽게도 항구라는 명칭으로 불리고 있었다.

헤르베르트쇠헤는 싱가포르가 아니었다. 도시를 구성하는 기본 뼈대는 예의 목재 정박 시설 두 개, 그리고 서로 교차하는 널찍한 가로수 길 몇 개가 전부라고 할 수 있었다. 그 길가에는 관찰하는 시각에 따라서 대단해 보일 수도 있고 빈약할 수도 있는 회사들, 포사이스, 헤른스하임 & 컴퍼니 그리고 번스 필립의 지점들이 늘어서 있었다. 좀더 큰 건물로는 야프와 팔라우 섬에서 구아노를 거래하는 알루이트 주식회사가 보였다. 그 밖에도 경찰서, 지나칠 정도로 그림같이 꾸며놓은 묘지가 딸린 교회, 비스마르크 후작 호텔, 그 호텔과 경쟁관계에 있는 독일 호프 호텔, 항만장 사무실, 술집 두세 개, 별로 얘기할 거리가 없는 차이나타운, 독일 클럽 하나, 의사 빈트와 하겐의 세심한 감독 아래 운영되는 조그만 진료소, 그리고 오후가 되면 비현실적인 광채를 띠는, 초록빛 풀로 뒤덮인 낮은 언덕 위에 자리 잡고 도시를 내려다보는 총독 관저가 있었다. 이곳은 잘 살려고 기를 쓰는, 정돈된

---

* 파푸아뉴기니의 도시. 1884년부터 1914년까지 독일령이었으며 1910년까지 독일령 뉴기니의 수도였다. 현재의 이름은 코코포kokopo이다.

환경의 독일식 도시인 것은 맞았다. 그래도 사람들은 이 도시를 간혹 **촌구석**이라고 부르기도 했다. 물론 비꼬는 의미로 말이다. 혹은 비가 억수같이 쏟아져서 30피트 전방이 전혀 보이지 않을 때도 그런 말을 했다.

정오쯤 비가 한바탕 쏟아지고 나면 정각 3시에는 늘 해가 화창한 모습을 드러냈다. 그러면 알록달록한 빛깔의 화려한 새들이 키 큰 풀들 사이 그늘과 햇빛으로 이루어진 극명암의 공간을 으스대는 걸음걸이로 돌아다니며 물방울이 떨어지는 깃털을 정돈했다. 야자수가 높이 늘어선 가로수 길의 물웅덩이에는 폴리네시아 원주민 아이들이 몰려들었다. 맨발의 벌거숭이, 혹은 다 떨어진 구멍투성이 반바지 차림(전체 구멍의 면적이 천의 면적보다 더 많아 보인다)인 아이들 중 상당수는 자연의 장난스러운 변덕 때문인지 곱슬곱슬한 금발을 가졌다. 원주민은 헤르베르트쇠헤를 **코코포**라고 불렀다. 어쨌든 헤르베르트쇠헤보다는 훨씬 더 듣기 좋고 괜찮은 이름인 건 사실이었다.

태평양의 독일 보호령은, 전문가들이 의견의 일치를 본 것처럼, 독일 황제 빌헬름 2세의 아프리카 소유지와는 대조적으로 선혀 유익한 년이 없었다. 코프라와 구아노, 진주모의 수확량은 태평양의 무한함에 한껏 도취되어버린 제국의 수요를 충당하기에는 턱없이 부족했던 것이다.

그렇지만 한참 멀리 떨어진 베를린에서는 태평양의 섬들 하나하나가 마치 영롱하고 값진 진주라도 되는 듯 모조리 꿰어서 목걸이를 만들고야 말겠다는 기세였다. 태평양 식민지의 지지자와 반대자는 양쪽 모두 한 무더기나 되지만, 그럼에도 불구하고 남태평양 지역 점령의 의미가 무엇이냐고 큰 소리로 질문을 던지는 이들은 아직 새파란 사회민주주의자들뿐이었다.

바로 이런 시대와 함께 이 이야기는 시작된다. 이 시대를 말하려는 사람은 앞으로 도래할 미래의 모습도 염두에 두어야만 한다. 왜냐하면 때는 20세기가 막 시작할 무렵인데, 20세기는 거의 절반 가까이 지날 때까지 완전히 독일인의 세기가 될 것처럼 보였기 때문이다. 그 시절 사람들은 앞으로 독일이 세계 각국의 선두 자리를 차지하리라고 예상했는데, 그것도 구세기와 현 세기가 교차되는 몇 년 사이에 그렇게 판가름이 나버리는 분위기였다. 지금부터 이 이야기는 한 독일인의 경험을 중심으로 서술될 것이다. 그는 낭만주의자이며 그런 부류의 사람 중에서 흔히 보이는 실패한 예술가로, 이젤 앞에 앉아 있고 싶어 한다는 점 등을 보면 나중에 나타날 어떤 독일인, 마찬가지로 낭만주의자이며 채식주의자인 한 독일인과의 유사점들이 보이기도 한다. 즉 아예 작정하고 고른 인물인 것처럼 의미심장하게 딱 들어맞는 밀접성이 있다. 단지 차이점이라면 지금 이 순간 후자는 아직 여드름투성이에 제멋대로인 꼬마로, 아버지에게 뺨이나 무수히 얻어맞고 있는 처지라는 것이다. 하지만 기다려라. 그는 자라고 있다, 자라고 있다, 하루하루가 다르게.

수염을 기른 채식주의자이며 나체주의자인 뉘른베르크 출신의 젊은이 아우구스트 엥겔하르트는 프린츠 발데마르 호에 타고 있었다. 얼마 전 독일에서 『근심 없는 미래』란 공상적인 제목의 책을 펴내기도 했던 그는 노이포메른으로 향하는 중이었다. 그곳에다 땅을 사서 야자 농장을 만들 계획이었다. 얼마나 많은 땅을 정확히 어디에다 살 건지는 그 자신도 아직 아는 바가 없었다. 말하자면 그는 작물 재배인이 될 생각이었다. 하지만 이익을 추구하기 위해서가 아니라, 가슴 깊숙이 지닌 절실한 믿음 때문이었다. 자신의 위대한 생각으로 이 세상을, 자신에게 늘 적대적이며 아둔하고 잔혹하게만 보이는 세상을 영구적으로 변화시킬 수 있으리라는 믿음.

엥겔하르트는 음식물을 하나하나 점검하면서 불결한 종류들을 제거해보았는데, 최종적으로 남은 것은 오직 한 가지, 야자열매뿐이었다. 다른 가능한 대안은 없었다. 코코스 누치페라cocos nucifera는, 엥겔하르트 자신의 확신에 따르면 말 그대로 피조물의 왕이었다. 야자는 세계수인 위그드라실*의 열매였다. 야자는 나무의 가장 높은 꼭대기에서 태양과 신의 광채를 마주 보고 자란다. 야자는 우리에게 수분과 우유, 지방을 제공하고 영양분이 풍부한 과육도 준다. 또한 인간이 셀레늄 원소를 섭취할 수 있는 자연계 유일의 공급원이다. 야자의 섬유질로 매트와 지붕, 밧줄을 짤 수 있으며 나무줄기로는 가구를 만들 뿐만 아니라 집 한 채를 통째로 지을 수도 있다. 씨앗에서 나오는 기름으로는 어둠을 밝히고 피부에 바를 연고를 만들 수 있다. 심지어는 속을 다 파낸 빈 야자껍질마저도 아주 훌륭한 용기로 활용할 수 있다. 그것으로 그릇도 만들고 숟가락이나 항아리, 단추까지도 만들 수 있다. 또한 빈 야자껍질은 흔히 사용하는 목재의 성능을 훨씬 능가하는 뛰어난 연료일 뿐만 아니라 그 연기는 모기나 파리 등을 물리치는 데 비교의 대상이 없을 정도로 효과가 좋다. 한마디로 말해서 야자열매는 완전물질인 셈이다. 이런 야자열매만을 먹고 살아간다면 그것은 신과 동등함을 의미하며, 그래서 마침내 불멸의 존재가 될 것이다. 아우구스트 엥겔하르트의 가장 크나큰 소망이자 결심은 코코야

---

* 북유럽 신화에 나오는 신성한 종려나무.

자주의자들을 위한 공동체를 세우는 것이었다. 그는 자신이 예언자이자 선교사의 운명을 타고났다고 생각했다. 바로 이런 이유로 인해 그는 지금 남태평양으로 가고 있는 것이다. 파라다이스를 알리는 세이렌의 목소리가 수많은 몽상가를 유혹해왔던 곳으로.

프린츠 발데마르 호는 굴뚝으로 뭉클뭉클 연기를 뿜으며 헤르베르트쇠헤를 향해 똑바로 나아가고 있었다. 하루에 두 번, 뒤 갑판에서 음식물 찌꺼기를 담은 커다란 들통이 바다로 비워지는 동안 멀리 남쪽으로는 카이저빌헬름란트*의 거무스름한 윤곽이 지나갔다. 숲의 술렁거림을 연상시키는 이름으로 엥겔하르트의 지도에 나와 있는 피니스테르 산맥과 그 뒤편의, 아직 단 한 명의 독일인도 밟아보지 못한 위험에 가득한 미개척의 땅. 그곳에 야자나무 수백만 그루가 자라고 있었다. 엥겔하르트는 남태평양의 아름다움이 이토록 가슴이 아플 정도로 숨 막히리라고는 미처 예상하지 못했다. 햇빛은 눈부신 광선의 기둥이 되어 구름 사이로 쏟아져 내렸고, 저녁이면 온화하고 평화로운 빛이 해안선을 비추며 설탕가루 같은 보랏빛 여명 속에서 겹겹이 영원으로 이어지는 산맥들 위로

---

* 뉴기니 섬의 북동부로 1914년까지 독일의 식민지였던 곳.

그윽하게 내려앉았다.

하얀색 열대 양복 차림에 코안경을 쓴 한 남자가 그에게 다가왔다. 비록 몸집은 비대하긴 하지만 그래도 다른 작물 재배인들처럼 완전히 둔해빠져 보이지는 않는 남자였다. 순간 엥겔하르트는 병적인 수줍음으로 꼼짝도 못할 지경이 되었다. 원래 행동과 생각에서 확신이 넘치며 거리낄 것 하나 없이 당당하고 자신만만한 사람들과 마주하기만 하면 그는 이런 증상에 사로잡히곤 했다. 남자는 지금 갑판 위에서 엥겔하르트나 다른 승객들이 오후 내내 누워서 뒹구는 이 낮잠 의자의 명칭이 무엇인지 혹시 아느냐고 물었다. 엥겔하르트는 침묵으로 부정의 대답을 전하면서, 머리를 수그린 채 자신은 계속해서 슐리카이젠의 책이나 읽고 싶다고 말없이 의사를 표시했다. 하지만 그 작물 재배인은 허리를 살짝 굽히는 인사와 함께, 자신의 이름이 하르트무트 오토라고 소개하고는 한 걸음 더 가까이 다가오는 것이었다. 마치 엄청나게 중요한 비밀이라도 전달하려는 사람처럼. 갑판의 낮잠 의자는, 엥겔하르트도 거기 앉을 때는 잘 붙잡고 앉아야 할 터인데, 앞쪽으로 빼낼 수 있는 목재 다리받침의 야릇한 모양새 때문에 **봄베이의 간통자**라고 불린다는 것이다.

엥겔하르트는 남자의 말을 완전히 이해하지는 못했다.

그는 비록 성적인 농담을 수상하게 보긴 했으나 그래도 성행위 자체는 온전히 자연적인 것으로 인식하고 있었다. 전적으로 신에게서 온 것이므로 인간의 오류로 인해 경직되게 받아들이고 통제해서는 안 된다고. 하지만 그런 설명을 하는 대신에 엥겔하르트는 약간 당황스런 시선으로 그 작물 재배인을 빤히 쳐다보았다. 그러자 이제 오토 씨는 다시 한 걸음 뒤로 물러나 다급하게 분위기를 무마하는 손동작을 어수선하게 연발하면서, 독일 보호령 내에 있는 자기 사업에 관해서 늘어놓게 되었다. 쓸데없는 농담입니다, 그냥 잊어버리세요, 하고 그는 주저 없이 엥겔하르트의 낮잠 의자 밑부분에 자리 잡고 앉더니, 습기와 땀 때문에 살짝 축축해진 셔츠 칼라를 느슨하게 풀기까지 했다. 오토는 손가락으로 콧수염 끝자락을 정교하게 말아 하늘로 추켜올리면서 덧붙이기를, 자신은 극락조를 찾아다닌다고 했다. 극락조의 깃털은 요즘 뉴욕에서 부에노스아이레스까지 신대륙의 모든 살롱에서—엥겔하르트도 이 점을 알고 있어야 한다—천문학적인 값어치가 나간다는 것이다. 그러면 극락조를 죽여야 깃털을 얻을 수 있는 거냐고 이번엔 엥겔하르트가 질문을 던졌다. 오토라는 남자는 이제 작정한 듯 편한 자세를 취했다. 엥겔하르트가 독서를 핑계로 자신을 외면할 가능성이 완전히 사라져버렸음을 깨달았기 때문이다. 그야 물론 새들이 살아 있는 상태로 주의해서 깃털을 뽑는 것이 이상적이다. 자연의 장신구—다 자란 극락조가 정글 바닥에 떨어뜨린 꽁지 털—를 주워 모아 오게 하는 상인들도 분명히 있을 것이다. 하지만 그, 오토는 결코 그런 방법을 쓰지 않는다. 깃털은 무조건 끝에 피가 묻어 있어야 품질이 인정되는 것이다. 그렇지 않은 깃털은 아예 사들이지 않는다. 엥겔하르트가 얼굴을 찌푸렸다. 속이 약간 메슥거리는 기분이었다. 그때 점심 식사를 알리는 종이 울렸다. 오토는 그의 팔을 가볍게 잡더니, 함께 식사를 할 수 있다면 영광이겠다고 말했다.

하르트무트 오토는 원래 타고난 천성은 도덕적인 사람이었다. 단지 그가 체득한 도덕적인 행동이란 것이 지난 세기의 기준에나 걸맞은 종류였으므로 이제 막 도래한 새로운 세기, 아우구스트 엥겔하르트 같은 사람이 주인공으로 나서는 새 시대에 대한 이해는 좀 부족하다고 할 수 있었다. 이 극락조 사냥꾼이 앨프리드 러셀 월리스, 라마르크, 다윈 등의 진보적인 자연과학 서적들을 읽은 것은 확실했다. 그것도 아주 확실하고 철저하게, 그들의 분류 작업에 초점을 맞추어서 읽었다. 하지만 그에게는 우선 현대성을 누적의 과정으로 이해하는 믿음이 없었을 뿐만 아니라, 어떤 급진적인 사상(예를 들면 월리스나 다윈이 이 경우에 해당하는데)과 우연히 개인적으로 마주치는 경우라도—바로 지금, 이 배 위에서처럼—그것을 알아차리고 수용할 만한 능력을 갖추지 못했다. 엥겔하르트의 채식주의 하나만도 오토에게는 충분히 이단스러운 행위였다.

엥겔하르트는 내키지 않지만 마지못해 일등석 식당으로 가 자리를 잡았다. 그곳에서는 승객들이 등받이를 말털로 채운 묵직한 신고딕풍의 의자에 앉아 황금빛 액자에 걸린 네덜란드 화가의 복제화에 시선을 고정시키고 있었다. 오토가 말레이인 승무원에게 눈짓을 하자, 엥겔하르트의 보통 식습관과는 아주 상반되는 것들이, 김이 펄펄 나는 국수 한 접시와 갈색 육즙 소스가 듬뿍 끼얹어진 돼지고기 커틀릿이 그의 눈앞에 놓였다. 엥겔하르트는 구역질 나는 혐오감을 숨기지 않은 채 국수 위의 고깃덩이를 쳐다보았다. 고깃덩이 가장자리는 무지갯빛으로 영롱해 보였다.

근본 심성이 착한 사람인 오토는, 자기 앞에 앉아 있는 이 남자가 너무 기가 죽어서 꼼짝을 놋하는 서라고 생각했다. 이등석 승객의 입장으로서는 이렇게 거창한 점심 식사 비용을 어떻게 감당해야 할지 당황스러울 테니

말이다. 그래서 그는 상대편에게 돼지고기 커틀릿을 먹으라고 자꾸 권했다. 괜찮아요, 괜찮습니다, 이건 전부 제가 사는 거라니까요. 그런데 엥겔하르트는 예의 바르게, 하지만 자신의 확고한 양심(그리고 쇼펜하우어와 에머슨의 양심이기도 하다)을 담아서 대답했다. 아니, 감사하지만 사양하겠노라고, 자신은 일반적으로 말하는 채식주의자인데 그중에서도 특별히 과일만 먹는 과일주의자라고, 그러니 혹시 샐러드를 한 접시 주문할 수 있으면 좋겠다, 첨가물이 전혀 없는 샐러드, 소금이나 후추도 뿌리지 않고.

극락조 상인은 동작을 멈추었다. 이미 접시 위에 갖다 대고 있던 포크와 나이프를 다시 접시의 왼쪽과 오른쪽에 놓더니, 냅킨으로 윗입술과 수염을 두드려 닦고 짧은 트림 소리를 낸 다음, 개가 짖는 것 같은, 염소가 매애거리는 듯한, 재채기 같은 웃음을 컹컹 터뜨렸다. 웃느라 그의 두 눈에는 눈물까지 맺히고, 처음에는 냅킨이 바닥으로 날아가 떨어지더니 곧이어 접시까지 떨어져 박살이 났는데도 여전히 **샐러드**와 **과일주의자**라는 말을 되풀이하면서 웃음을 멈추지 못하는 오토의 얼굴은 마치 질식 직전의 사람처럼 자줏빛으로 달아올랐다. 놀라서 일어난 옆 테이블의 사람들이 목에 뼈다귀가 걸린 것으로 오해하고는 그의 등짝을 세게 쳐대는 동안, 맞은편의 엥겔하르트는 시선을 바닥에 고정시키고 왼쪽 복사뼈 위에서 매듭을 지은 샌들을 강박적으로 빠르게 흔들면서 앉아 있었다. 중국인 요리사 한 명이 젓고 있던 내용물이 뚝뚝 떨어지는 거품기를 손에 든 채로 주방에서 뛰쳐나왔다.

사람들은 두 패로 갈려서 격한 논쟁을 벌이기 시작했다. 정신없이 소란스러운 가운데서도 엥겔하르트는 몇 마디를 똑똑히 알아들을 수 있었다. 엥겔하르트가 고기를 거부하는 것은 그 자신의 당연한 권리라는 주장이 있었다. 어떤 농장주 한 명은 야만인에 대해서도 언급했다. 물론 아직도 그런 단어를 사용하는 것이 허용되는지 모르겠다면서, 이제는 보호령 내의 독일인은 남태평양 원주민을 라인란트 출신과 구분 지어 말했다가는 큰일이라도 나는 시대에 이르렀단 말인가? 반대파들의 주장은 이랬다. 가혹한 처벌까지 동원하여 힘들게 야만인들을 교육시켜놓았는데도 불구하고 지금 남태평양 섬 제국 대부분의 영토에서 다시금 식인 풍습이 활개를 치게 된 이 마당에 어쨌든 채식 음식이 메뉴판에 나와 있다는 사실 자체만으로도 기뻐해야 하는 것 아니냐고. **뭐라고, 말도 안 되는 소리! 언제 적 구닥다리냐!** 하고 항의의 외침이 터져 나왔다. 구닥다리가 아니다. 바로 넉 달 전에도 신부 한 명이 잡혀먹히지 않았는가. 저기 툼레오의 슈테일 수녀선교원에서. 그 자리에서 다 먹어치우지 못한 성직자의 신체 일부는 소금에 절여서 배에 싣고 해안을 거슬러 올라가 네덜란드령 동인도에 내다 팔기까지 했다.

엥겔하르트는 이런 상황이 견디기 힘들게 수치스러운 나머지 얼굴빛이 창백해졌다가 다시 빨갛게 달아올랐다. 그는 자리에서 일어나 이 무례한 살롱을 나가야겠다고 결심했다. 냅킨을 반듯하게 정돈해서 탁자 위에 올려두고 하르트무트 오토에게 살짝 인사를 했다. 거의 들리지도 않는 작은 목소리였고 냉소의 기색도 전혀 없는 감사의 인사. 자리를 뜨는 그를 제지하기 위해 한 농장주가 그의 비쩍 마른 팔을 거칠게 잡았는데, 엥겔하르트는 사납게 어깨를 흔들어 몸을 빼버리고는 성큼성큼 발걸음을 옮겨 살롱 문을 열고 곧장 갑판으로 올라갔다. 갑판 위에서 그는 걸음을 멈추었다. 여전히 흥분을 가라앉히지 못한 채 손바닥으로 이마를 쓸어 올렸다. 습기 찬 열대의 공기를 호흡하고 있으려니 갑판 산책로의 벽에 자신의 몸을 묶기라도 해야 하는 건 아닌가 하는 두려움이 몰려들었지만, 곧 그런 나약한 생각은 던져버렸다. 깊은 고독감이 그를 사로잡았다. 고향인 프랑켄 지방에서 느꼈던 그 어떤 고독보다도 더욱 지독하고 끝없이 깊은 고독이. 이곳에서 그는 소름 끼치게 추악한 인간들과 어울려 있는 것이다. 감정도 없고 조야하기만 한 야만의 무리 사이에.

그는 밤에 잠을 설쳤다. 멀리서 번쩍거리는 번개가 프린츠 발데마르 호를 스치고 지나갔다. 불규칙적으로 번득이며 제멋대로 움직이는 자연의 섬광은 매번 유령의 옷자락처럼 으스스하고 창백한 하얀빛으로 배를 둘러쌌다. 축축한 담요 속에서 이리저리 뒤척이던 그는 순간적으로 반쯤 잠이 깨면서, 기이하게도 머리 위 갑판에서 번개가 영국 지도의 윤곽을 그려놓는 것을 보았다. 그리고 다시 깊이 잠들자──아주 멀리서 희미하게 우르릉거리는 천둥 소리만이 들려왔다──그는 꿈을 꾸었는데, 바람 한 점 없는 발트 해 바닷가, 희미한 저녁 빛에 가라앉은 하늘 아래 비밀 종교 사원이 서 있었다. 모래 속에 박아둔 바이킹 횃불이 사원을 비추는 가운데 장례식이 진행 중이었다. 과거 시대의 북구인들이 줄지어 서서 사원을 지키고 있다. 그들의 발치에는 정수리에 금발을 왕관처럼 꼬아 올린 아이들이 작은 소리로 뼈피리를 불었다. 사자(死者)를 실은 뗏목이 마지막 저녁 햇살에 잠긴 바다를 향해 밀려나갔다. 키 큰 거인이 허리까지 잠기는 물속으로 들어가 장작개비에 불을 붙였다. 그리고 천천히 몸을 움직여, 한 손에는 횃불을 든 채 느리고도 장중하게 북쪽으로, 히

페르보레이*를 향해 뗏목을 밀었다.

다음 날 이른 아침 배는 이글거리는 태양 아래에서 경쾌한 음악과 요란한 기적 소리와 함께 블랑슈 만으로 들어섰다. 지난밤의 이상스러운 꿈이 뇌리에서 어른거리는 바람에 아직도 약간 혼란스러운 기분인 채로 엥겔하르트는 난간에 몸을 기대고 서 있었다. 육지의 모습이 가까이 다가올수록 그의 꿈 내용은 더욱 짙은 안개 속에 싸여가는 것만 같았다. 아마도 배 두 척은——현대적인 이 증기선과 꿈속에 나왔던 이교도의 시신용 뗏목——그 뜻과 의미에서 서로 얽혀 있는 것이 틀림없었다. 하지만 오늘 아침 그는 지난밤 꿈속의 장면을 자신이 고향을 떠나온 경우에 그대로 대입시키고 싶지는 않았다. 비록 서둘러 달아났다고는 말할 수 없지만 어쨌든 폭력적인 프로이센 경찰의 무식한 판단 때문에 불쾌하게 떠나온 것은 사실이다. 하지만 적어도 이 땅에서는 그렇게 죽을 일은 없을 것이다, 하고 그는 생각했다. 이 눈부시게 푸르른 해안에서는.

고양이처럼 팔짝 뛰어오르고 싶은 흥분을 느끼면서 그는 점점 가까워지는 육지를 지켜보았다. 여기가 바로 시

---

* 고대 그리스인들이 북쪽에 있다고 믿은 전설의 나라.

온 땅이 아닌가. 그는 여기 테라 인코그니타*에 정착할 것이다. 여기 지상의 외진 장소에서 그의 존재는 세상을 향해 빛을 발하게 될 것이다. 흥분한 엥겔하르트는 주변을 마구 돌아다니다가 뒤 갑판까지 가서는 다시 몸을 휙 돌리는데, 그곳에서 이미 아침 식사 때 마신 술로 취해 있는 남자 승객 몇 명이—극락조 상인인 오토는 그 자리에 없었다—다시 술잔을 들고 있다가 그를 향해 건배를 하면서 말을 건네는 것이었다. 좋게좋게 생각하자고, 사람이란 서로 친하게 지내야지, 게다가 이 보호령에서는 더더욱 독일인들끼리 뭉쳐야 하지 않겠나, 안 그런가, 기타 등등. 하지만 쓸데없는 족속이야 뭐라고 떠들든지 말든지 상관하지 않고서 그는 오직 자신을 향해서 느릿느릿 뻗어오는 해안선으로만 시선을 고정한 채 움푹 들어간 만곡, 해안의 불균일성과 융기의 정도를 마음속으로 측정하는 데만 열중했다.

수증기가 피어오르는 노이포메른의 밀림 위로 건물만 한 높이의 야자나무들이 삐죽삐죽 솟아나 있었다. 나무

---

* terra incognita: 라틴어로 지도상에서 아직 개척(정복)되지 않고 남아 있는 땅을 일컫는다. 대표적인 것이 남반구에 있다고 여겨지던 미지의 대륙인 테라 아우스트랄리스Terra Australis다. 유럽인들은 18세기까지도 북반구에 거대한 대륙이 존재하는 지구가 균형을 이루기 위해서는 남쪽에도 거대한 대륙이 존재할 것이라고 믿었다.

제국 35

들이 우거진 산비탈에서 푸른 연기가 피어올랐다. 밀림 여기저기에 드러난 개활지에 풀로 만든 오두막 몇 채가 흩어진 것이 보였다. 마카크원숭이 한 마리가 애처롭게 울었다. 회색 구름 무리가 태양을 짧게 가렸다가 다시 지나갔다. 조바심이 난 엥겔하르트는 손가락으로 행진곡을 두드려댔다. 다시 한 번 더 배의 기적 소리가 울렸다. 중간 산기슭까지만 나무가 자라난 원뿔형 화산이 시야에 들어왔다. 순간 붉은 물방울 하나가 하얀색으로 칠해진 배의 난간에 갑자기 뚝 떨어지는 바람에 그는 깜짝 놀라고 말았다. 그의 코에서 흐르는 코피였다. 서둘러 갑판 아래로 가야 했다. 계단을 조심스럽게 발로 더듬으며 어두컴컴한 철제 복도로 내려가서, 선실의 침상에 등을 대고 똑바로 누워 맥박 치는 눈꺼풀을 닫은 채 이불로 얼굴을 꾹 누르니, 누른 부위의 천이 서서히 붉게 물들어갔다. 그는 헝겊으로 입구를 막아놓은 항아리에서 과일 주스를 잔에 따라 허겁지겁 마셨다.

그사이 헤르베르트쇠헤의 전체 모습이 눈앞에 다가와 있었다. 9월의 첫째 주였다. 깨끗하게 빗질하고 면도를 마친 뒤 새 칼라로 치장한 사람들이 정박용 나무판자 위에 서서 이미 날짜가 한참이나 지난 베를린의 신문과 아주 짧은 동안만 얼음의 차가움을 유지하게 될 맥주를 기다리고 있었다. 첫번째 맥주 상자가 배에서 내려지자마자 당장 뜯겨서 이 사람 저 사람의 손이 맥주병들을 집어갈 것이다. 배를 타고 오는 것은 당연히 그뿐이 아니었다. 고향에서 오는 편지와 새로 도착하는 이주민, 모험가와 탐험가, 귀향하는 작물 재배인, 간혹 한 명씩 보이는 학자, 조류학자나 광물학자, 토지를 저당 잡혔다가 돈 한 푼 없이 쫓겨난 가난한 귀족들, 머리가 좀 이상한 사람들, 독일제국에서 밀려나 표류하는 군상들.

엥겔하르트는 선실에 서서, 정확히 말하자면 점점 사람들이 빠져나가는 배의 둥근 선창에 붙어 서서는 이중 유리를 통해 헤르베르트쇠헤의 풍경을 내다보았다. 코피는 시작할 때와 마찬가지로 급작스럽게 멈추었다. 그의 몸은 똑바로 서 있는 것이 아니라 선실의 벽에 비스듬히 기댄 상태였으며 거즈 천 커튼이 그의 뺨을 부드럽게 어루만졌다. 그는 주머니 속에 오른손을 넣고 손가락으로 연필 뭉치를 움켜쥐었다. 쏘는 듯한 태양빛이 무서운 기세로 선창을 통해 밀려들었다. 커튼의 섬세한 감촉이 다시 한 번 더 그를 스치자 그는 눈물을 흘리기 시작했다. 온몸이 덜덜 떨리고 무릎이 후들거렸다. 마치 누군가가 기구를 사용해 그의 뼈마디에서 '용기'란 용기는 모조리 뽑아내버린 것처럼, 그리하여 조금 전까지 오직 용기라는 접착제에 의해서 서로 간신히 붙어 있던 육신의 모든 뼈대가 순식간에 산산이 해체되기라도 하는 것처럼.

II

 그가 마지막으로 눈물을 흘린 것은 포트사이드에서였다. 지금으로부터 까마득히 오래전인 것 같은 어느 날(그런데 사실상으로는 겨우 몇 주 전에 불과하지만) 화물 상자 11개에 가득 실린 그의 책 1,200권이 몽땅 잘못된 장소로 하역되는 바람에 책들을 영영 잃어버린 줄 알았을 때의 일이다. 절망과 막막함으로 충격받은 그의 눈에서 소금기 없는 눈물이 한두 방울 떨어졌고, 그는 온몸에서 용기가 단번에 빠져나가는 것을 그때 처음으로 느꼈다. 그는 헛되이 항만 감독을 찾아보려고 애쓰면서, 그사이 지중해에서 쓴 편지를 프랑크푸르트의 친구에게 부치러 갔다. 습기로부터 보호하려는 목적으로 면 수건에 둘둘 감아서 보관해오던 편지였다. 그런 다음 결국 항만 감독은 만나지도 못한 채 한 시간 반 동안 의사 사이먼의 테라스에서 설탕을 넣지 않은 페퍼민트 차를 마시며 시간을 보냈다. 그 곁에서 벙어리 누비아족 하인이 하얀 냅킨으로 유리잔을 닦았다. 눈부신 사막의 햇빛 속 운하의 정경이 유리잔 표면에서 반짝거리며 굴절되고 있었다.

소로, 톨스토이, 슈티르너, 라마르크, 홉스, 그리고 스베덴보리와 접신론자인 블라바츠키까지, 그 모든 책이 전부 사라졌다. 순식간에 공중으로 꺼져버린 것이다. 그래, 어쩌면 차라리 잘된 일인지도 모른다. 쓸데없는 사상이란 것을 훌훌 벗어서 아예 다른 곳으로 보내버린 셈이 아닌가. 하지만 어떻게 그렇게 간단히 잊을 수 있겠는가! 그는 기운이 하나도 없는 채로 실론행 배가 있는 부두로 터덜터덜 향했다. 그런데 문득 이런 생각이 떠올랐던 것이다. 부두 노동자들에게 몇 피아스터 집어주면 어쩌면 방법이 생길지도 모른다. 엥겔하르트는 서둘러 주머니를 뒤져본 다음 마침 눈에 들어온 한 일꾼에게 말을 걸었다. 그 일꾼은 안타깝게도 얼굴 한쪽이 마비된 채 굳어버렸으므로 골상학적인 평가만으로는 출신지(그리스인? 포르투갈인? 멕시코인? 아르메니아인?)를 짐작하기 어려웠다. 그가 돈을 건네자 일꾼은 입맛을 다시며 지폐를 착착 소리 나게 포갰다. 아니, 아니, 걱정할 필요 조금도 없답니다, 선생님! 내 동생들이 실수한 거예요! 이런 사과의 말과 함께 별문제 없이 그의 책 상자들을 찾아내 다시 배에 실어주었다. 착각 때문에 한 실수랍니다, 실수로 헤르베르트쇠헤가 어디 다른 곳, 독일령인 동부 아프리카 해안쯤에 있는 줄로 착각해버린 거예요. 그런데 **독살되는 유럽**과 **에덴동산**을 주제로 친구에게 썼지만 우표를 충분히 붙이지 않은 엥겔하르트의 편지는, 포트사이드의 프랑스 우편국 사무실에 도달하기는 했으나, 거기서 한참을 머물러 있기만 하다가 영영 나오지 못하는 신세가 되었다. 우편국 책상 아래 그런 종류의 우편물을 모아두는 함 속으로 한번 들어가버린 편지는 곧 다른 편지들로 뒤덮여버렸고, 그렇게 몇 년의 세월이 흐른 뒤, 그사이에 제1·2차 세계대전도 다 지나갔고, 폐지를 사들인 콥트인 고물상이 엄청난 부피의 꾸러미로 단단히 묶어서 당나귀가 끄는 수레에 싣고 시나이 반도 가장자리 다 쓰러져가는 오두막으로 실어가게 된다는 사실을, 그날 저녁 다시 찾은 책 상자들과 함께 배에 올라 실론을 향해 떠나버린 엥겔하르트는 영영 알 길이 없었다.

콜롬보에는 최고급이라고 부를 수 있는 그랜드 호텔이 두 개나 있었다. 하나는 커다란 **마이단**(공원)에 인접한

갈레 페이스이고, 다른 하나는 도심에서 약간 남쪽으로 벗어난 교외의 언덕 중턱에 자리 잡은 마운트 라비니아. 평소라면 엥겔하르트는 당연히 검소한 숙소를 찾아갔을 테지만 이번에는 생각을 달리해보았다. 실론에 왔으니 뭔가 기억에 남을 만한 경험을 해보고 싶었던 것이다. 그는 제복을 입은 소년에게 동전 몇 닢을 주며, 배에서 내려 부두에 쌓아놓은 자신의 짐들을 잘 살펴봐달라고 부탁한 다음 릭샤에 올라탔다. 놀랄 만큼 널찍한 릭샤의 좌석에 편안히 자리를 잡고 앉아서 갈레 페이스 호텔로 가달라고 말했다. 그런데 릭샤의 속도가 너무 빠르지 않은가! 엥겔하르트의 눈앞과 눈 밑에서 조그만 몸집의 실론 노인의 맨발이 균일하게 차박차박 소리를 내며 포도를 디디는 것이 보였다. 릭샤꾼이 이처럼 빨리 달리는 것은 아스팔트가 너무 뜨겁기 때문일까 아니면 손님들이 릭샤를 탄 주요 이유 중의 하나가 바로 목적지에 빨리 닿고 싶다는 속도에 대한 기대라는 것을 알기 때문일까. 엥겔하르트는 몸을 아래로 숙여서 릭샤꾼의 어깨를 가볍게 건드려, 자신은 급할 게 없으니 자기 때문에 너무 빨리 달리려고 애쓰지 않아도 된다는 말을 해주려고 했다. 하지만 릭샤꾼은 그의 말을 전혀 알아듣지 못했고, 도리어 더욱 발걸음의 속도를 높이는 것이었다. 그래서 마침내 그들이 호텔 앞에 도착했을 때 땀으로 목욕한 꼴이 되어버린 릭샤꾼은 그만 그 자리에 주저앉고 말았다.

하얀 수염을 풍성하게 기른 제복 차림의 시크교도 도어맨이 달려 나왔다. 도어맨은 가엾은 릭샤꾼에게 한바탕 욕설을 퍼붓더니 엥겔하르트에게 연신 미안하다는 사과의 말을 늘어놓으면서 짐을 받아 들었다. 그리고 바닥에 쓰러진 채 여전히 가쁜 숨을 씩씩대는 릭샤꾼의 발치에 동전 한 닢을 던져주고 나서, 엥겔하르트를 끌고 동굴처럼 쾌적하고 시원한 로비로 데리고 갔다. 그곳에서 도어맨은 늘 하는 의례적인 몸짓으로 손바닥을 사용해 바로 이런 경우를 위해 로비 접수대에 설치해놓은 물건──조그만 은빛 초인종──을 눌렀다.

커다랗고 하얀 호텔 방에서 엥겔하르트는 꿈도 꾸지 않고 오랫동안 수면을 취했다. 그의 머리 위 천장에서는 나지막한 소음과 함께 현대적 설비인 전기 선풍기가 돌아갔으며 간혹 방구석 어딘가에서 도마뱀 한 마리가 앵앵거리며 벌레를 유인하는 소리가 들렸다. 그렇게 1밀리미터씩 모기를 향해 몰래 접근하던 도마뱀은, 결정적인 순간 혓바닥을 쑥 내밀어 모기를 낚아챘다. 새벽 4시경 창틀이 덜커덩거리며 바람이 일었다. 그리고 한 시간 정도 비가 쏟아졌다. 하지만 엥겔하르트는 아무것도 듣지 못했다.

깨끗하게 세탁하여 풀을 먹인 침대보에 등을 대고 더할 수 없이 편안하게 누운 그는 두 손을 가슴 위에 모은 채로 정신없이 잠들어 있었다. 낮에는 뒤로 모아 묶어두지만 잠자리에 들기 전에 고무줄을 풀어버린 그의 어두운 색 금발은 하얀 베개를 배경으로 잠든 얼굴 주변에 파도처럼 흩어져 있었고, 그 모습은 마치 바그너의 오페라 주인공, 잠자는 젊은 지크프리트를 연상시켰다.

다음 날 엥겔하르트는 실론 왕국의 고도 캔디로 향하는 엄청나게 느린 속도의 기차 객실에 앉아 있었다. 그의 맞은편 좌석에는 타밀족 신사 한 명이 자리 잡았는데, 신사의 귀에는 마치 머리 왼쪽과 오른쪽에 꽂아둔 곱슬곱슬한 꽃양배추 다발처럼 보이는 새하얀 털이 비죽 솟아나 있어서 검푸른색 피부와 선명하게 대조를 이루는 모습이었다. 기차는 졸릴 정도로 느린 속도로 그늘진 야자 농장과 논들을 통과했다. 타밀족 신사는 검은 양복에 칼라를 높이 세운 하얀 셔츠 차림이었는데, 그런 복장 때문인지 판사나 검사처럼 위엄 있어 보였다. 창밖으로 선로의 급커브가 하나하나 나타났다 사라지는 동안 엥겔하르트는 지루함을 잊기 위해 흥미 위주의 소설책(디킨스)을 읽었다. 부드럽게 경사진 차 농장의 너른 언덕이 시야에 펼쳐졌다. 등에 멘 바구니를 초록빛 찻잎으로 채운, 거무스름한 피부에 알록달록한 옷을 입은 여자 일꾼들이 차나무가 자라는 이랑과 이랑 사이에서 고개를 쳐들었다.

타밀족 신사가 뭐라고 질문을 건넸다. 엥겔하르트는 방금 읽고 있던 페이지를 축축한 엄지와 집게손가락으로 누르면서, 다시 한 번 말해줄 수 있겠느냐고 정중하게 요청했다. 발음과 말투에서 앵글로색슨 억양이 너무 강했으므로, 오스트레일리아 영어든 텍사스 영어든 다 충분히 알아들을 수 있는 엥겔하르트에게도 이 점잖은 타밀족 신사의 말은 낯설게 들렸던 것이다. 열린 차창으로 밀려 들어 온 오후의 햇살 속에서 먼지가 춤을 추는 동안 그들은 가능한 한도 내에서—양측 모두에게 모국어가 아닌 언어를 의사소통 수단으로 삼고 둘 다 주의 깊게 천천히 말하는 선에서 서로 합의를 본 뒤—성자 부처가 남긴 성 유물과 특히, 엥겔하르트는 곧 이것으로 화제를 돌렸는데, 코코야자에 관해서 대화를 나누었다.

신사는 가벼운 손짓과 함께 설명하기를, 자신은 타밀족 일원으로서 힌두교도의 의무를 지고 있지만, 『바가바타 푸라나』의 신성한 경전에 따르면 부처는 비슈누 신의 아바타 중 하나이며, 정확히 말해서 스물네번째 아바타이고, 그래서 그는—신사는 서둘러 악수를 청하며 자신을 K. V. 고빈다라얀이라고 소개했다. 엥겔하르트는 신사의 뽀송하게 마른 손바닥과 힘찬 악수를 기분 좋게 받아들였다——그는 부처가 남긴 치아, 캔디의 한 사원 성유함에 보관되어 있는 치아를 보기 위해서 그곳으로 가는 중이다. 부처의 성유물은 덴스 카니누스dens caninus, 즉 왼쪽 위편 송곳니다,라고 했다. 고빈다라얀은 자신의 약지 끄트머리를 사용해서 우아하게 입술을 살짝 들어 올린 뒤, 문제의 그 치아가 위치한 자리를 보여주었다. 튼튼하고 건강한 장밋빛 잇몸에 박혀 있는 뼈처럼 하얀 이빨들이 엥겔하르트의 눈에 들어왔을 때, 그는 내면 깊숙한 곳에서 솟아오르는 기분 좋은 쾌감을 맛봤다. 단순하고, 느리고, 그럼에도 불구하고 감동적일 만큼 열정이 넘치는 이 표현 방식 덕분에 엥겔하르트는 상대편을 향해 갑작스럽고도 크나큰 신뢰감을 갖게 되었다.

불쑥 손을 내밀어 고빈다라얀의 손을 움켜쥔 엥겔하르트는 혹시 채식주의자가 아니냐고 단도직입적으로 물었다. 그럼요, 물론이지요, 하는 대답이 돌아왔다. 그 자신은 물론 가족까지도 이미 수년 전부터 과일만 먹으면서 살고 있다고. 엥겔하르트는 이 기막힌 우연을 도저히 믿을 수 없었다. 기차에서 우연히 앞에 앉게 된 남자가 단지 정신적인 형제이자 영혼의 친구일 뿐만 아니라, 식습관에서도 신과 동격인 차원의 사람인 것이다. 검은 피부의 인종은 백인종보다 몇 세기나 이미 앞서가고 있었단 말인가? 채식주의, 즉 사랑이라는 최고의 표현을 갖고 있는 힌두교야말로 이 세계에서 진정한 힘을 발휘하는 종교일지도 모른다. 사방에서 술렁이는 종교, 흥미진진하고 환한 성향의 힌두교가 언젠가는 기독교의 박애를 베푸는 나라들을, 하지만 그 박애의 대상에 동물은 포함시키지 않는 나라들을 눈부신 혜성처럼 몽땅 뒤덮어버리는 것은 아닐까? 루소와 버넷이, 채식주의자였던 플루타르코스의 뒤를 이어 홉스의 『리바이어던』에 대해 당연한 반론으로 주장하지 않았던가. 육식의 포기는 인간이 원초적으로 타고난 본능이라고 말이다. 그리고 소름 끼치는 인간인 그의 삼촌 쿠노는 무슨 짓을 했던가. 어린아이이던 그에게 햄의 맛을 알려주겠다면서 실실 비웃는 얼굴로 축 늘어진 얇은 돼지고기 조각을 말아 핑크색 시가를 만들어 그것을 그의 어린 입술에다 강제로 끼운 다음, 입 밖으로 삐죽 나온 돼지고기 시가 끝에다 장난으로 성냥불까지 갖다 대지 않았던가? 고기를 요리하고 동물성 음식을 섭취하는 인간이 사람 고기를 먹는 식인종보다 더 진보했다는 것이 과연 사실일까. 그것은 동물을 살해하는 행위가 아니란 말인가?

이런 수준의 질문을 정확히 전달하기에 엥겔하르트의

영어 실력이 모든 면으로 충분한 것은 아니었지만, 그럼에도 불구하고 어떻게든 질문을 만들어내야만 했다. 추상적인 단어들이 생각나지 않으면 그는 허공에다 몸짓으로 생각의 형상들을 그려 보였다. 예를 들어 혜성의 꼬리를 설명하기 위해 햇빛으로 환한 객실 안을 손가락으로 길게 가로지르는 식이었다.

엥겔하르트는 고빈다라얀에게 혹시 스와미 비베카난다라고 들어보았는지 물었다. 그가 들은 적이 없다고 대답하자 엥겔하르트는 자신의 짐 꾸러미에서 팸플릿 몇 가지를 꺼냈지만, 처음에는 수줍음 때문에 그냥 자기 옆자리에 내려놓기만 했다. 그것은 바로 놀라운 사상과 웅변의 능력으로 최근에 신대륙에서 큰 선풍을 일으킨 인도인 스와미 비베카난다의 글이었다. 그리고 야자를 식용으로 하는 코코야자주의의 치유력에 관해 쓴 엥겔하르트 자신의 논문도 등사하여 한 권의 책으로 제본해놓았지만(프랑켄 지방의 접착제는 홍해 남부와 아덴 만을 지나면서 엄청나게 뜨거운 열기로 인해 이미 다 녹아버린 상태였다) 아쉽게도 독일어로 되어 있는 바람에, 엥겔하르트는 새로운 친구에게 자신의 사상을 간략하게 소개는 했지만 훨씬 더 노련하게 묘사되어 있는 책자들을 이용해 자세히 설명할 수 없었다.

하지만 그렇다고 시도도 해보지 않은 채 포기할 수는 없었다. 엥겔하르트는 자신의 논문 속 몇 가지 주요 사상들을 문장으로 꾸며보려고 노력했다. 인간은 신의 형상을 본뜬 동물적인 모방물이고, 모든 식물 가운데서도 인간의 머리통과 가장 흡사한 형태를 지닌(그는 열매의 모양새와 열매에 난 털을 지적했다) 야자열매는 신의 식물적 모방물이다. 또한 야자나무의 높은 꼭대기에 매달린 야자열매는 하늘과 태양을 향해서 가장 가까이 자라난다는 점이 중요하다. 고빈다라얀은 동의한다는 의미로 고개를 끄덕였다. 기차는 작은 시골 역을 정차하지 않고 그대로 지나쳐서 달렸다. 고빈다라얀은 『바가바타 푸라나』에서 적절한 구절 하나를 인용하기도 했지만(젊은 시절 유서 깊은 마드라스의 대학교에서 그가 통째로 암기해야 했던 것은 이 성스러운 경전뿐만이 아니었다면서), 곧 계속해서 그냥 고개만 끄덕이며 우선 상대편이 할 말을 모두 먼저 쏟아놓기만을 기다렸다. 그런 다음에 자신이 생각하기에 이만큼이면 효과를 발휘하겠다 싶은 비중을 확실하게 실어서 말하는 것이었다. 인간이 오직 신의 열매인 코코야자만을 먹고 산다면, 그것은 단순히 코코야자주의일 뿐만 아니라 의미 그대로 테오파게Theophage, 즉 신을 먹는 자라고 불러야 하지 않겠느냐고. 고빈다라얀은 잠시 동

제국 49

안 말을 멈춘 채 자신이 꺼낸 이 표현이 저절로 부풀어 오르기를 기다렸다가, 오직 철로의 끼익거리는 마찰음만이 주기적으로 들려오는 침묵의 한가운데를 향해서 다시 한 번 더 반복해 말했다. *God-eater. Devourer of God*(신의 섭취자).

엥겔하르트는 이 놀라운 성찰에 완전히 압도당해버렸다. 고빈다라얀의 말은 단어 그대로 그의 골수로 와서 박혔고, 그 안에서 윙 하는 소리와 함께 에너지 장을 형성하며 효력을 발휘하기 시작했다. 귀중한 깨달음이 선언되어 울렸다. 그렇다. 코코야자야말로 진정한 의미에서 신과 접할 수 있는 성배이다! 반으로 자른 야자껍질은 달콤한 과즙과 과육으로 가득 찬 성배의 상징일 뿐만 아니라, 실제로도 그리스도의 몸과 피 그 자체인 것이다. 뉘른베르크에서 잠시 가톨릭 신학을 배울 때 들었던 내용이지만, 지금 적도 지방의 열차 안에서, 지구의 정반대편에서 다시 한 번 더 확인하게 되다니. 영성체 의식은 곧 본질의 전환이 일어나는 순간으로, 그때 실제로 신과 합일하는 것이라고 이해하지 않았던가. 단지 성찬용 떡과 미사용 포도주가 자연이 베푸는 진실된 성체와는 거리가 멀다는 것뿐이지. 자연의 천재성이 만들어낸 고귀한 과실, 코코야자야말로 진짜 성체이다.

고빈다라얀은 이처럼 우연히 또 다른 과일주의자 동지를 만난 것에 대해서 내심 매우 기쁜 눈치였다. 그는 엥겔하르트에게, 함께—그때 기차는 힘겹게 헐떡거리면서 최후의 급커브를 막 돌아선 뒤, 실론의 고도를 향해 똑바로 이어지는 직선 주로로 들어선 참이었다—부처의 치아가 있는 사원으로 가자고 초대했다. 캔디에서 우선 방 하나를 빌린 뒤 거기서 함께 푸짐한 과일로 점심 식사를 하고 사원으로 출발하자는 것이었다. 고빈다라얀의 말에 따르면, 사원은 시내에서 기분 좋게 몇 걸음만 걸어가면 도달할 수 있는 캔디 호숫가 위쪽 언덕에 있다고 했다.

퀸스 호텔에 도착한 그들은 비용을 아끼고자 방 하나를 빌려 함께 사용하기로 했다. 호텔 접수계 직원은 아주 기분 나쁘게 툴툴거렸지만 엥겔하르트가 지폐 몇 장을 카운터에 올려놓으면서 팁을 미리 주고 싶다고 말하자 순식간에 누그러졌다. 앵글로색슨의 변덕스러움을 이해해주기 바란다. 독일 신사분이 타밀족 친구분과 한방에서 묵고 싶다니, 당연히 전혀 문제될 것이 없다. 그리고 다시, 점심 식사를 준비해드릴까요, 하는 질문에 두 남자는 동시에 영어로 대답했다. 우리는 파파야와 파인애플 몇 개만 먹으면 된다, 그런데 혹시 코코야자가 있다면 야자우유 한 잔과 과육을 접시에 담아 내와준다면 참으로 기쁘

제국 51

겠다. 접수계 직원은 절을 한 뒤 부엌 쪽으로 가서, 눈동자를 굴리며 의아해하면서도 두 명의 과일주의자를 위한 점심 식단을 주문했다.

배가 부르고, 긴 기차 여행의 여독도 푼 데다 순례를 함께할 동지를 만났고, 게다가 이제 목적지도 바로 코앞이라는 생각에 기분이 최고조에 달한 이들은 천천히 길을 건너 석조 난간으로 가서 기대섰다. 연꽃과 플루메리아가 떠다니는 성스러운 호수 표면에 그들의 그림자가 비쳤다. 머리칼을 밀어버린 승려들 한 무리가 뭐라고 떠들면서 그들 곁을 스쳐갔다. 승려들은 모두 검은 우산을 하나씩 접어서 들고 있었다. 샤프란처럼 노란 그들의 승복 위로 오후의 눈부신 태양빛이 쏟아졌다. 하얀색 플란넬 옷차림의 비쩍 마른 젊은이 하나가 좌석이 높다란 자전거에 올라탄 채 빠른 속도로 지나가면서 손을 흔들었다. 그리고 연달아 두 번이나 핸들에 달린 검은색 고무 스위치를 눌러 경적을 울렸다. 고빈다라얀은 지팡이를 들어(그가 원래 지팡이를 갖고 있었던가?) 사원이 있는 방향을 가리켰다. 그들은 성유함으로 가기 위해 계단을 오르기 시작했다.

순례자 두 명은 이마에 흐르는 땀을 수건으로 닦으면서 계속해서 올라갔고, 도중에 몸을 돌려 지난 세기 초엽

스리랑카의 왕 비크라마 라자싱하가 만든 인공 호수를 내려다보았다. 고빈다라얀은 이상하리만큼 흡족한 표정을 지으며, 이 호수에서는 아예 처음부터 낚시가 엄격하게 금지되었다는 사실을 엥겔하르트에게 가르쳐주었다. 뿐만 아니라 호수 가운데 사원이 있는 조그만 섬도 싱갈레센 왕의 개인 해변과 애정 행각을 위한 비밀 장소로 사용되었으며 궁전에서 호수 아래를 통과하여 바로 섬으로 향하는 터널이 뚫려 있을 정도라고 했다. 그리고 고빈다라얀은 다시 지팡이 끝으로 자신이 말한 방향을 가리켜 보였는데, 그제야 엥겔하르트는 그의 지팡이 끝이 놋쇠인 것을 알아차렸다. 또한 엥겔하르트는 타밀족 신사가 조금 전보다 더 활짝 입을 벌리고 미소를 짓는다는 사실을 깨달았다. 그래서 번쩍거리는 치아가 마치 개의 이빨처럼 연신 드러나고 있었다. 기차를 타고 올 때만 해도 부드럽고 친근하게 느껴지던 그의 몸짓과 동작은 이제 갑작스럽게 연극적인 꾸밈과 요란한 과장인 듯이 보였다.

성유함의 내부는 축축한 열기로 가득했으며 칠흑같이 짙은 어둠에 싸여 있었다. 징 소리가 둔중하게 울렸고, 그 메아리는 보이지 않는 반대편 벽, 점액질로 뒤덮인 듯한 벽에 돌연히 부딪히면서 반사되었다. 어디선가 촛불 하나가 타오르고 있었다. 엥겔하르트는 그의 온 신경 조직을 위협적으로 관통하는 최면의 기운을 느꼈다. 팔뚝에 돋아난 금색 체모들이 수직으로 곤두섰고, 귀 뒤에서 흥건하게 고인 뜨끈한 땀이 한 방울 한 방울 옷자락 안으로 떨어져 내렸다. 고빈다라얀은 어디론가 가버렸다. 그의 지팡이 끝이 바닥을 디디는 금속성의 소리가 점점 멀어지더니 마침내는 아무리 귀를 기울여도 전혀 들리지 않았다. 여전히 들려오는 것은 으스스한 징 소리뿐이었다. 그러더니 이번에는 촛불마저 꺼졌다. 두려움에 사로잡힌 엥겔하르트는 두 발로 바닥을 왼쪽 오른쪽 천천히 더듬으면서 몸을 돌려 출입구가 있다고 짐작되는 쪽으로 향해 섰다. 하지만 이곳으로 들어올 때 이미 여러 번이나 모퉁이를 돌았기 때문에 아무리 그래도 바깥의 햇빛이 보일 리는 없었다. 그는 조그만 소리로 동행자의 이름을 불러 보았다. 그다음에는 좀더 큰소리로, 그리고 마침내는 잉크처럼 깜깜한 어둠을 향해 그 이름을 커다랗게 외쳐댔다. **고빈다라얀!**

대답이 없었다. 친구는 사라져버렸다. 그를 이 암흑으로 유인해놓은 뒤 모습을 감추어버렸다. 그런데 왜? 도대체 무엇 때문에, 혹시……? 오, 그에게 모조리 다 털어놓은 건 아니겠지? 정확히 기억할 수는 없지만 콜롬보 항구에 짐을 맡겨놓고 온 이야기는 분명히 해버렸다. 게

다가 자신이 거액의 송금환을 갖고 있다는 말까지 하지 않았던가. 그 송금환은——엥겔하르트는 어둠 속에서 손바닥으로 자신의 이마를 쳤다——그들이 함께 머물 퀸스 호텔의 방에 두고 온 짐 속에 있다고까지 털어놓은 것이다. 분노가 치민 엥겔하르트는 머리의 고무줄을 잡아 풀어서 바닥에 내동댕이쳤다. 세상에 그런 낯선 사람에게, 기차간에서 우연히 만난 생판 처음 보는 이에게 그런 중요한 사실들을 시시콜콜 다 알려주다니, 단지 과일주의라는 공통점만 있으면 어떤 사람이라도 모두 보이지 않는 우정의 끈으로 연결되어 있다고 철석같이 믿고서 말이다. 어쩌면 그 타밀족은 거짓말을 한 걸지도 모른다. 아예 채식주의자도 아닐 가능성이 높았다. 단지 엥겔하르트가 그걸 좋아한다는 것을 눈치채고는 그렇게 말했을 것이다.

나중에 호텔에 도착해서——엥겔하르트는 어둠의 사원을 느릿느릿 더듬으면서 어이없는 암흑의 감금 상태를 간신히 빠져나왔다. 밖으로 나와서 보니 사원은 다시금 아무 문제없이 평화롭고 자비스러운 처음의 모습으로 돌아가 있었다——서둘러 짐 꾸러미를 찾아보니, 예상대로 실로 꿰매놓은 비밀 주머니 속의 돈은 몽땅 사라지고 없었다. 그나마 나머지 물건들은 다 그대로 있는 것 같았다. 짐을 겨드랑이에 끼고 거의 발끝만 디딘 채 살금살금 로

비로 내려온 엥겔하르트는 호텔 직원에게, 자신이 지불할 수 없는 숙박료 청구서를 콜롬보에 있는 독일제국 영사관으로 보내달라고 부탁했다. 호텔 직원은 입꼬리로 미소를 지으면서, 그럴 필요 없다고, 그들이 아직 방에서 묵지는 않았기 때문에 청구서는 발행되지 않는다고 대답했다. 점심 식사로 먹은 과일은 호텔 측이 그냥 무료로 제공하겠다는 것이다. 그리고 직원이 덧붙이기를, 지역 경찰서를 찾아가서 그 타밀족을 고발하는 편이 좋을 거라고 충고했다. 10~20분 전에 타밀족과 마주친 직원이 그에게 독일인 일행은 어디 있느냐고 물었는데, 아무 대답도 없이 도망치듯 서둘러 호텔을 빠져나가는 모습에 뭔가 수상하다는 낌새를 챘고, 분명 나쁜 짓을 했으리라는 예감을 받았다고 했다.

호텔 직원은 알고 보니 괜찮은 남자였다. 그는 처량한 신세가 된 엥겔하르트를 역으로 데려다주었고, 수도로 가는 삼등칸 기차표까지 사주었다. 그리고 지방 경찰서를 찾아가는 것이 상상 가능한 일 중에서 가장 불쾌한 종류에 속한다고 여기는 엥겔하르트의 생각에 크게 반박하지 않은 채 서서히 역사를 출발하고 있는 기차의 마지막 차량에 태워주기까지 했다. 기차 안 객실에 자리 잡은 엥겔하르트(오후는 이미 다 저물어가는 중이었다. 대기는 프러시안 블루로 물든 채 달콤한 냄새를 풍기면서 다가올 초저녁을 맞이하고 있었다)는 등은 나무 등받이에 그리고 어깨는 옆 사람에게 기댄 자세로 앉아 두 눈을 감고, 머리칼은 풀어헤친 채 무릎 위에 올린 짐 꾸러미를 꼭 껴안고 있는데, 갑자기 영사기가 딸깍거리며 돌아가기 시작한다. 어디서부터인가 톱니가 서로 맞지 않아 엇나가나 싶더니, 앞쪽 하얀 영사막 위에 비치는 영상이 빠르게 요동친다. 원래의 창작자가 계획한 대로 진행할 생각을 하지 않고 비틀거리고, 기우뚱거리고, 움찔움찔 떨리더니, 마구 뒷걸음질을 치는 것이다. 고빈다라얀과 엥겔하르트는——재미있게 해석한다면——경직된 발로 허공을 내디디더니, 뒷걸음으로 사원의 계단을 빠르게 뒤뚱뒤뚱 내려와서는 마찬가지로 뒷걸음질 치며 길을 건넌다. 영사기의 빛은 점점 더 심하게 어른거린다. 화면은 중단되고 일그러지면서 순식간에 모든 형체가 와해되어버리더니(그 짧은 시간에 우리는 **바반타랍하바**, 즉 환생의 순간을 들여다본다), 다시 여기저기서 본래의 제 모습을 드러내고, 정확한 색채와 속도를 되찾는다. 아우구스트 엥겔하르트는 헤르베르트쇠헤(노이포메른)의 비스마르크 후작 호텔 로비, 이름만 들어도 아주 편안한 의자인 '바스트 소파'(오스트레일리아 제품)에 앉아 호텔 사장인 헬비히(프란츠 에밀)와 대화 중이다. 그의 무릎 위에서 허브 차 한 잔이 균형을 잡고 놓여 있으며, 실론에서 있었던 사건은 이미 과거의 일이다. 헬비히는 담배를 피운다.

III

 왼쪽 귀가 통째로 없는 호텔 사장 헬비히는 헤르베르트쇠헤에서 이런저런 사업의 중개인으로서뿐만 아니라 에마 포사이스 부인과 직접 줄을 대고 있는 인물로 알려져 있었다. 엥겔하르트가 뉘른베르크에 있을 때 이곳에 재직 중인 할 총독에게 편지를 써서, 현지에서 코코야자 농장을 경영하고 싶다는 의사를 전달했을 때 총독은 포사이스 부인을 강력 추천해주었던 것이다. 어서 오십시오, 이 쾌적한 식민지 땅으로 당장 오시기만 하면 됩니다, 하고 할 총독은 썼다. 이 땅에서 엥겔하르트가 너무 많은 문명을 기대해서는 안 되지만, 대신에 모험가들이 몇 명 있고, 최소한 부지런함에서는 뒤지지 않는 현지인들이 있으며, 최종적으로 코코야자 하나만큼은 사방에 산더미처럼 많다고 했다. 할의 문체는 경쾌하고 유창했지만 그럼에도 불구하고 약간 투박한 구석이 느껴지는 점으로 미루어보건대 베를린 인근 출신이라는 추측을 가능하게 만들었다. 하지만 또한 동시에 남부 바이에른 특유의 지식인 괴짜이면서 옹고집인 성향이 보이기도 했는데, 모두 엥겔하르트와 딱 들어맞는 성질이었다. 할은 또 답장에 쓰기를, 엥겔하르트는 도착하는 즉시 독일인 클럽에 가입하는 것이 좋으며, 이미 말한 에마 포사이스를 만나야 할 것이라고 했다. 그녀는 보호령 내에 드넓은 경작지를 소유하고 있으며, 고향 출신인 부지런한 작물 재배인들(즉 그녀가 호감을 느끼는 부류들)이 농장을 구입할 때면 유리한 조건으로 융자를 해줄 뿐 아니라 유능한 일꾼들을 주선하기도 한다는 것이다. 게다가 그녀는 대단한 명성을 지닌 유명 인사이기도 하다. 노이포메른에서 하와이 군도에 이르기까지 그녀는 여왕 에마라는 별칭으로 통한다고 했다. 한 여인의 위치가 총독만큼이나 대단해 보이는 식민지의 이런 사정도 엥겔하르트를 놀라게 하지는 않았다. 왜냐하면 그는 총독의 인장이 찍힌 봉투를 열었을 때, 코코야자주의라는 자신의 꿈을 위해 미리 융자를 받을 수 있을지 없을지, 그 가능성에 대한 생각에만 몰두하고 있었기 때문이다. 물론 약간의 자금은 마련해두었다. 2년 전 스위스에서 마르테 숙모가 죽으면서 그에게 유산이 돌아가도록 유언장을 써 두었던 것이다. 하지만 타밀족 사기꾼 고빈다라얀이 훔쳐간 전신환을 제외하고 나면 그 액수는 2만 마르크를 넘지 않았다.

우리의 친구는 단 며칠 차이로 할 총독을 놓치고 말았다. 총독은 운 나쁘게도 흑수병에 걸리는 바람에 이탈리아 여객선인 R. N. 파스티치오 호를 타고 싱가포르로 떠났던 것이다. 싱가포르에서 차가운 식초 천으로 머리부터 발끝까지 감싸고 키니네*가 든 레모네이드를 마시며 치료를 하려는 계획이었다. 배를 타고 가는 도중에 인도인 선의(船醫)가 말하기를, 흑수병은 일종의 말라리아 후유증이며, 말라리아는 지난 백여 년간 좀처럼 원인을 찾지 못하고 있었으나 얼마 전에야 모기를 통해 감염된다는 사실이 밝혀졌다고 했다. 할은 원래 몸이 튼튼한 사람이었고 웬만한 고통은 익숙하게 견디는 편이었으나, 자꾸만 반복해서 오르는 열에 너무 시달린 나머지 기운이 다 빠지고 뺨은 홀쭉하게 들어갔다. 하지만 싱가포르에 도착하고 나자 순식간에 정신이 선명하게 맑아지면서 뉘른

---

* kinine: 말라리아 치료의 특효약.

베르크에서 온 편지 생각이 났을 뿐 아니라, 그 편지를 쓴 인상적인 젊은이(엥겔하르트는 프랑켄 지방 뉘른베르크 인근의 한 언덕에서 찍은 사진을 동봉했다. 두 팔을 하늘과 태양을 향해 치켜든 사진이었다)와 함께 헤르베르트쇠헤의 총독 관저에서 만나기로 한 약속까지 갑자기 또렷하게 기억나는 것이었다. 그렇지만 그것도 잠시 다시 그다음 발작이 찾아와 그의 정신이 흐릿해졌고, 편지 덕분에(그리고 오래전에 어디론가 사라지고 말았지만 매우 의미심장해 보였던 그 사진 덕분에) 급진적인 새로운 인간상처럼 간직되어 있는 엥겔하르트의 이미지는 열병이 불러온, 둔중하고 검붉은 고통의 영역 뒤편으로 다시 밀려나버렸다.

헤르베르트쇠헤에 있을 당시, 모기가 곧추선 주둥이로 병원균을 그의 혈관 속으로 주입하다가(동시에 총독의 진홍색 피가 설탕이 들어간 소마*처럼 모기의 신경계를 통과하며 맥박 치던 중) 손바닥이 후려치는 바람에 짧은 생을 마감해버리기 몇 분 전, 할 총독은 저녁 식사를 방으로 날라오라고 시켰고, 커다란 마호가니 책상에 앉은 채 식사를 하면서 늦게까지 업무를 보았다. 접시 위의 고구마와 닭가슴살을 아무 의욕 없이 포크로 휘저으며 통신문과 판

---

* soma: 인도에서 제사에 쓰던 술로 '소마'라는 풀로 만든다.

결문을 넘기던 그는, 친구이자 사모아 섬의 총독인 빌헬름 졸프가 보내온 반가운 편지를 다시 꺼내 읽으면서 열대 기후에 미적지근해진 리슬링 포도주 한 잔 반을 마셨다. 벨벳처럼 고요하고 부드러운 밤이었다. 그는 축음기에 판을 걸고 가장 좋아하는 곡에 바늘을 올려놓았다. 바그너의 음악 「발퀴레」의 행군을 알리는 첫번째 관현악 소절이 살롱을 메우며 쿵쿵거리기 시작할 때, 그는 몇 번 재채기를 터뜨리고는 냅킨으로 코를 닦았다. 그다음 사지를 편안하게 뻗고 넥타이를 느슨하게 풀었는데, 바로 이 순간 할의 모공에서 분비된 강렬한 젖산 냄새(미지근한 리슬링 포도주로 인해 젖산은 더욱 빠르고 강하게 공기 중으로 퍼져나갔다)에 완전히 홀려버린 모기가 문틈으로 날아들어 왔다. 이미 피에 대한 욕망으로 눈이 먼 채 주둥이를 밖으로 돌출한 모기는, 매끈하게 면도한 총독의 목덜미에 착지하고서, 커다란 카타르시스와 함께 점점 강하게 상승하는 크레셴도로 총독의 피부를 뚫고 깊이깊이 물었던 것이다. 할의 손바닥이 자신을 후려쳐서 신들의 황혼과 함께 천상으로 올려주기 전까지는. 이것이 바로 흑수병이 총독에게 오게 된 경위였다.

그러면 엥겔하르트는? 독일 클럽에 가는 걸 아예 잊었거나, 아니면 클럽 회원이 되고 싶지 않았거나 둘 중의 하나이다. 회원의 대다수를 차지하는 단순무식하고 알코올 의존적인 작물 재배인들과 개인적인 친분을 쌓는 일에 일말의 관심도 없었기 때문이다. 비스마르크 후작 호텔에서 엥겔하르트는, 식민지의 숨 막히는 아름다움을 온갖 화려한 수식어로 과도하게 칭송하는 편지를 한 다스 정도 고향의 친지들에게 써 보내면서, 자기와 뜻을 함께 하는 동지들은 최대한 서둘러서 자신을 방문해야 한다고 독촉했다. 호텔 사장 헬비히는 첫 일주일 동안은 엥겔하르트가 무료로 묵을 수 있도록 배려해주었는데, 그 이유는 여왕 에마와 아우구스트 엥겔하르트를 연결하는 중개인 역할을 함으로써 그 자신도 헤르베르트쇠헤의 세력층 내에서 분명 어떤 이득을 챙길 수 있을 것이기 때문이었다(코코야자 농장의 매매는 보호령에서 매일 일어나는 흔한 거래는 아니었으니까).

엥겔하르트는 편지에 썼다. 지금 농장 매매가 한창 진행되는 중에 호텔 베란다에서 헤르베르트쇠헤의 풍경을 내려다보니 인간의 진보라는 개념을 떠올리지 않을 수가 없다. 이곳에서는 한 여자가 대부분의 상권을 쥐고 있으며, 여기서는 그 누구도 자신의 긴 머리칼과 수염을 가지고 문제 삼지 않으며, 그렇기 때문에 이곳에서 그는 다시금 예전처럼 머리를 풀고 다닐 수가 있다. 조금 전에 큰 비가 쏟아졌고 그로 인해 공기 중 습도가 엄청나게 높아지는 바람에 머리칼이 꼴사납게 구불구불 엉키고 사방팔방으로 뻗쳐 있지만 전혀 개의치 않고 말이다.

그뿐만 아니라 매우 호감 가는 젊은 뱃사람 한 명을 호텔에서 사귈 수가 있었노라고, 이름이 크리스티안 슬뤼터라고 하는데, 그와 체스 시합을 벌여서 여러 번이나 연장전까지 갔고(그중 한 번은 심지어 솔루스 렉스*에 이르기도 했다), 그와 함께 도시 경계 너머로 탐색을 겸한 산책을 나가기도 했노라고. 그 슬뤼터라는 젊은이는 선장 자격증을 따려고 공부를 하는 동시에 해군에 들어갈 계획도 염두에 두고 있는데, 비록 채식주의자는 아니지만 육식을 포기할 경우 생기는 장단점을 논하는 토론에서—이런 토론은 한번 시작되면 체스 시합 도중이라고 해도 몇 시간이고 계속 이어지기 일쑤인데—참으로 수준 높고 긍정적인 반응을 보여주므로, 만약 고국에서 채식 전문가도 아닌 사람과 이렇듯 깊은 이해심 있는 대화가 가능했더라면 아마도 엥겔하르트는 그토록 서둘러 독일을 떠날 필요가 없었을 거라고도 썼다. 그렇지만 슬뤼터와 같이 편견 없고 열린 마음의 소유자는 오직 이런 먼 해외의 식

---

* Solus Rex: 체스의 과제 중 하나로 한쪽 면을 오직 왕으로만 채우는 것.

민지에서나 만날 수 있을 거라고 덧붙이면서.

엥겔하르트는 자연요법학자인 아돌프 유스트에게, 융보른*의 친구들에게, 그리고 고국의 여러 나체주의자 단체에 편지로 알렸다. 이곳의 기후(그 편지에서는 오후만 되면 폭포처럼 쏟아지는 비는 언급하지 않았다)는 아예 태초부터 태양의 벗들로 하여금 만족과 충만을 느끼라는 숙명을 받고 창조된 산물이며, 열대의 하늘에서 빛나는 햇살은 마음과 육체의 컨디션 모두를 호전시켜, 그는 이곳에 도착한 지 이틀째부터 이미 신발도 신지 않은 맨발에 허리에는 가벼운 천만 두른 채 보호령의 수도 도심을 산책하고 돌아다녔노라고 했다. 이것은 전혀 진실과 부합하지 않지만, 엥겔하르트가 거짓말쟁이라서 미래의 방문객들(그의 명성을 듣고 이곳으로 따라오는 추종자들이 너무 없으면 곤란하므로)을 남태평양으로 유인하기 위해 실제와는 다르게 사실을 왜곡하여 편지를 써 보냈다는 비난은 공정하지 않다. 엥겔하르트 자신이야 당장이라도 옷을 벗어 던지고 영혼까지 따사롭게 감싸주는 태양 아래에 피부를 완전히 드러내고 싶었지만, 이미 말했듯이 농장을 사기 위해 거래를 트는 중인 데다 그것도 자신이 전혀 소

---

* 아돌프 유스트가 창설한 치료 시설.

유하지 않은 돈을 가지고 일을 성사시키려 하고 있으므로, 실용주의자로서의 면모를 충분히 발휘하여 적어도 음식과 의복에 관해서만큼은 자신의 가치관을 헤르베르트쇠헤의 모든 사람 앞에 즉시 드러내는 일을 삼갔던 것이다. 나체주의자 장발족과는 아무도 상거래를 하지 않을 것이기 때문이다.

그는 우편물을 부치러 우체국에 갔다가 그곳에서 알게 된 땅딸막한 직원 한 명과 친해졌다. 온갖 다양한 종류의 스탬프에 대한 그들의 열광이 일치한다는 것을 확인했기 때문이다. 우체국 직원은 엥겔하르트를 우체국 뒷방으로 데리고 가서 자신이 비번일 때 가외로 운영하는 인쇄소를 보여주었다. 규모는 작지만 제법 형식을 갖춘 인쇄소였다. 벽에 부착된 서랍장에는 고무 사침대, 갖가지 모양의 인장, 인각, 주형 들을 수백 개의 함에 깔끔하게 정리하여 각각의 이름표와 함께 가지런히 담아놓았다. 의자와 탁자에는 여러 가지 도안과 철자 모형을 시험 인쇄한 용지들이 펼쳐져 있었다. 얼마 전부터는 보호령 내에서 자체적인 우표가 통용되고 있는데, 그 우표에 독일 황제의 인장인 **독일령 기니아**란 글자를 찍어내는 곳도 다름 아닌 바로 이 인쇄소(그리고 바로 눈앞에 있는 이 인쇄기)라고 했다. 가벼운 산들바람이 불어 들면서 사방에 놓인 종이

제국 67

들이 이리저리 흩날렸다. 우체국 직원은 서둘러 종이를 주워 모았다. 엥겔하르트는 감탄하는 한편, 앞으로 언젠가 우체국 직원이 이 인쇄소에서 자신을 위해 광고 문구를 디자인하는 모습을 기분 좋게 그려보았다. 다시 우체국의 창구로 돌아온 엥겔하르트는 직원에게 편지 묶음과 함께 아주 넉넉한 팁을 건네주었다. 직원은 그에게 장담하기를, 그의 편지들은 가장 빠른 우편선에 실려 곧 고향으로 향하게 될 거라면서 자신을 믿어도 된다고 큰소리쳤다. 조만간에 다시 우체국으로 자신을 방문해달라는 말과 함께.

포사이스 부인의 목조 궁전인 빌라 구난탐부는 헤르베르트쇠헤의 이정표에서 걸어서 겨우 몇 분 정도 떨어진 거리에 있었다. 포사이스 부인은 골격이 가늘고 모양이 아름다운 어깨에 오색으로 수놓인 리넨 천을 두른 차림으로 직접 베란다에 나와 앉아, 복잡한 장치로 이루어진 자동기계가 부쳐주는 부채 바람을 쐬고 있었다. 잔디밭에는 발가벗은 작은 사내아이가 앉아서 비눗방울 거품을 불고 있는데, 허공을 날아가던 거품은 엥겔하르트의 어깨로 떨어지자마자 광채를 잃고, 마치 2급 소설가가 애써서 꾸며낸 장황한 표현의 축소판과도 같이 볼품없이 터지며, 그곳에서 양잿물의 짧은 생애를 허무하게 마치고 만다.

베란다로 들어선 엥겔하르트는 자신을 소개한 다음 고개를 숙여 인사했다. 포사이스 부인은 비록 혼혈이긴 하지만 아주 뛰어난, 심지어는 완벽 그 이상의 수준을 갖춘 독일어를 구사했다. 차가운 차와 과자, 이쑤시개에 꽂은 잘게 썬 망고스틴 조각들이 날라져 왔지만 엥겔하르트는 오직 예의를 차리는 수준에서만, 아주 조금 입을 댔을 뿐이다. 침묵이 이어졌다. 마침내 포사이스 부인은 대화를 이어가는 방편으로—부인은 이 말라깽이 젊은이를 한번 척 보고는 엄청나게 수줍은 데다 일상적인 삶과는 등을 지고 사는 사람임을 알아차렸으므로—자신의 목조 궁전 옆에서 자라고 있는 카수아리나 나무를 가리켰다. 앙상한 나뭇가지에는 박쥐들이 마치 고치처럼 빽빽하게 매달려 흔들거리고 있었으며, 간혹 날카롭게 까옥거리는 소리와 함께 비막을 펼쳐 몸을 감싸는 모습이 보였다. 날씨가 아주 더울 때는, 포사이스 부인은 엥겔하르트를 뚫어질 듯이 빤히 쳐다보면서 설명했다, 박쥐들은 자신의 비막에다 오줌을 눈답니다, 그리고 비막을 펄럭이면 물기가 증발하면서 냉각 효과가 발생하는 걸 노린 행동이지요. 엥겔하르트는 헛기침을 하면서 당황한 미소를 지었고, 목구멍에서 알아들을 수 없는 이상한 그르렁거리는 소리를 내뱉었을 뿐이다.

포사이스 부인은 그를 움츠러들게 했다. 비록 오래전에 50세를 넘겼으며 몸매는 푸짐했지만 그녀는 무척이나 매력적인 여자였으며, 아주 약간의, 하지만 결정적인 몸짓을 곁들임으로써 자신의 교태에 최대치의 효력을 부여하는 방법을 아는 여자였다. 엥겔하르트는 그녀에게서 깊은 인상을 받았을 것이 틀림없다. (그녀가 남자 동료들보다 세 배는 더 수완이 좋지 않았다면 사업가 에마 포사이스로서 이 자리에 있지 못했으리라.) 그는 더듬거리는 말투로 할 총독과의 서신 교환 이야기를 머뭇머뭇 꺼냈으며, 코코야자열매를 수확하고 코코야자의 부산물로 교역 사업을 시작하고 싶다는, 단지 코프라*뿐만 아니라 유지와 기름도 생산해서 멋진 상표를 부착하여 독일제국 본토로 실어 나르고 싶다는 계획을 설명했다. 독자적인 모발용 세정제까지도 개발할 생각입니다, 하고 그는 말했다. 그리고 이어서 베를린의 멋쟁이 여인들의 머리칼에서 풍기게 될 코코야자 에센스의 달콤한 향기를 묘사하기도 했다. 그 밑바닥에는, 비록 성공한 사업가일지라도 결국 포사이스 부인도 한 명의 여자가 아니던가, 그러니 때때로 오페라하우스나 마차, 뜨거운 물이 흐르고 향수 냄새 풍

---

* copra: 코코야자의 과육과 배젖을 말린 것.

기는 화려한 좌식 욕조와 같은 그런 환경을 그리워할 것이 분명하다는 저의가 깔려 있었다. 여러 가지 다른 이유도 있지만 주 목적은 코코야자에게 경의를 바치는, 그런 공동체의 구축을 위해서 자신은 독일령 뉴기니로 온 것이라고 그는 덧붙였다.

여왕 에마는 엥겔하르트의 이 마지막 문장을 흘려들었는데, 코코스 누치페라를 이용해 경제 활동을 하겠다는 계획보다는 조금 더 작은 목소리로 말한 까닭도 없지 않았다. 그리고 코코야자 샴푸를 만들겠다는 아부 섞인 설명도 그녀의 마음에 아무런 인상을 남기지 못했다. 그러니까 당신은 농장을 사겠다는 것인지? 마침 딱 적당한 매물이 하나 나와 있는 게 있다. 그건 조그만 섬이다! 아니면 일단 내륙 지방 쪽에 있는 농장을 먼저 살펴보고, 그런 다음에 접근성이 매우 어려운 내륙의 대규모 농장이 섬보다 더 마음에 드는지 어떤지 결정할 시간을 가질 수도 있다. 날씨 사정에 따라서 4일 혹은 5일이 걸리는 거리, 즉 헤르베르트쇠헤로부터 직선으로 족히 백 킬로미터는 떨어져 있는 곳에 1천 헥타르의 코코야자 농장이 있는데, 사실 솔직히 털어놓자면 그곳의 농장주가 머리가 돌아버렸다. 그래서 자신의 가족과 흑인 일꾼 세 명에게 역청을 쏟아부은 후 불을 붙여버린 사건이 있었다. 그 농장은 규모에 비한다면 거저나 다름없는 가격으로 구입이 가능하다. 농장주가 제정신이 아닌 상태로 작성한 것이 분명한 유언장은 법적인 효력을 인정받을 수 없고(**전부 다 죽여버린다** 같은 문구가 들어 있으니까), 그래서 농장의 소유권이 독일제국으로 넘어갔다. 그 말은, 즉 여기 당신 앞에 앉아 있는 사람이 사장인 포사이스 회사로 넘어갔다는 뜻이다.

그에 비하면, 하고 부인은 말을 이어나갔다. 카바콘 섬은 코코야자 재배 면적이 75헥타르에 불과하지만, 헤르베르트쇠헤에서 북쪽으로 겨우 몇 마일 정도 떨어진 노이라우엔부르크-아르히펠에 있다. 섬의 장점은 한눈에 조망이 가능하므로 그만큼 경작도 용이하다는 것이다. 거기서는 사람이 할 일이라곤 단지 코코야자를 수확해서 손질만 약간 하면 된다. 그러고는 수확물을 보트에 싣고 헤르베르트쇠헤로 와서 내다 팔기만 하면 끝이다. 내륙에 있는 대규모 농장들처럼 수확물을 몽땅 실어 나르느라 며칠이고 위험한 정글을 힘들게 뚫고 올 필요가 없으니까. 게다가 그 섬이 어떤 섬이냐 하면, 하고 그녀는 도취된 어투로 말을 이었다. 매년 한 번씩 카바콘 섬 주민들은 초록 이파리로 장식한 카누에 조개껍질 화폐를 가득 실어 먼 바다로 흘려보낸다. 지난해에 그들이 잡은 물고기의 친척들에게 조개껍질 돈으로 배상을 하려는 것이다. 그리고 그 섬에는 독특한 결혼식 전통이 있다. 결혼하는 신랑 신부의 머리 위에서 코코야자를 깨뜨리고, 코코넛 밀크를 그들 위에 쏟아붓는 것이다. 섬 농장은 4만 마르크이며, 내륙에 있는 대규모 농장 또한 같은 가격이다. 엥겔하르트는 참고 있던 숨을 커다랗게 내쉬었다.

그녀는 이 두 농장을 그에게 보여줄 수 있다. 그러니 직접 눈으로 본 다음에 마음을 정하도록 하라. 그녀의 상세한 설명은 그의 결정을 용이하게 해주려는 것도 맞지만, 전혀 힘들이지 않고 그를 자기가 원하는 방향으로 조종하고자 하는 의도도 있었다. 머리가 돌아버린 전 주인의 농장이 가격으로 보자면 훨씬 더 값싸기는 했지만 그녀의 상황 설명 덕분에 섬뜩한 운명을 지닌 장소로 낙인 찍혀버려서 엥겔하르트는 결국 카바콘 섬 농장을 사게 될 것이니까. 그녀는 사업가였다. 이 젊은 괴짜가—그녀는 엥겔하르트가 코코야자주의 교단을 창설하려고 한다는 얘기를 들었던 것이다. 게다가 할 총독도 그에 관해서 벌써 다 이야기해놓았고—그녀에게 돈을 가져다주겠다면, 사양할 이유가 없지. 뿐만 아니라 그녀는 이 젊은이가 마음에 들기까지 했다. 수염을 무성하게 기른 얼굴, 금욕적이고, 상상을 초월하는 머리 모양에 물빛의 푸른 눈동자,

그리고 참새처럼 말라빠진 몸.

그를 보고 있자니 문득 그녀는 오래전의 이탈리아 여행이 기억났다. 그곳에서 엥겔하르트를 만났던 것만 같았다. 그런데 어디서 봤더라? 그래! 당연하지! 바로 거기였어! 피렌체의 거장 프라 안젤리코, 구세주 예수 그리스도를 순교자의 모습으로 그려낸 그의 그림에서였다. 엥겔하르트는 그 초상화 속 그리스도의 얼굴을 그대로 빼다 박았던 것이다. 그녀의 입가에는 즐거운 미소가 떠올랐다. 몇 초 동안 그녀는 아주 오래전 산마르코 성당을 방문했던 날의 오후를, 바로 그날 아르노에서 그리 멀지 않은 조그만 여관에서 있었던 밀회의 순간을 침묵 속에서 회상했다.

순전히 믿기 힘든 우연의 일치이긴 하지만, 엥겔하르트 또한 바로 같은 날 실제로 피렌체에 있었다. 산타크로체 성당을 방문하고 난 뒤에 그는 산미니아토알몬테에 오르려고 했지만, 포르타 로마나 성문 바깥에 거주하는 이탈리아인들의 참혹한 가난의 현장을 마주하고 충격을 받은 나머지——그는 가죽 앞치마를 두른 지저분한 도축업자들이 누런 지방질이 붙은 고기를 도끼로 조각조각 썰어내는 모습, 마치 지금이 암흑의 중세라도 되는 양 밤이면 주민들이 창밖으로 비아 로마나 거리에 오물을 내버리는 모습을 목격했다——보볼리 정원을 가로지르는 지름길을 선택했고 도중에 그곳의 석조 벤치 위에 앉아 잠시 휴식을 취하면서 샌들을 벗은 맨발을 기분 좋게 앞으로 쭉 뻗었다. 어딘지 모습은 보이지 않지만 아마추어 음악가 한 사람이 나팔을 연습하는 소리가 들려왔다. 도시 저편 언덕 위로는 사이프러스 나무들이 푸르디푸른 하늘을 향해 타오르는 검은 횃불처럼 활활 솟아올랐다. 자갈이 깔린 길 건너편에는 조그만 철테 안경을 쓴 금욕적인 인상의 남자가 앉아 있었다. 피렌체의 화창한 부활절 주간 태양빛으로 인해 얼굴이 짙은 밤색으로 그을린 그 남자는 책을 펼치고 읽는 중인데, 생김새로 보아 이탈리아 사람은 아니고 스웨덴이나 노르웨이 사람인 듯했다. 둘의 시선이 마주치자 소설가는——실제로 그 남자는 소설가였고, 스칸디나비아 사람이 아닌 독일의 슈바벤 지방 출신이었다——흥미진진한 눈빛으로 수염을 기른 젊은이를 탐색하듯 살펴본 뒤, 젊은이가 뭔가 자신과 대화를 나누고 싶은 눈치라고 느끼긴 했지만 말을 걸지 않기로 결정을 내렸다. 두 사람은 각자 갈 길로 갔다. 엥겔하르트는 산미니아토 알몬테로 향했고, 슈바벤 소설가는 산니콜로 구역에 있는 소박한 식당을 찾아가 시원한 구석에 자리를 잡고 앉아 시골에서 만든 햄 한 조각과 피처럼 새빨간 4분의 1리터

짜리 발폴리첼라 와인을 주문했다. 그리고 좀 무미건조해 보이는 '게르트루트'*라는 제목의 원고를 다듬으면서, 조금 전 마주친 젊은이에 관한 기억은 곧 잊어버리고 말았다.

엥겔하르트는 차를 다 마신 뒤 손에 들린 가볍고 진귀한 중국제 찻잔을 살펴보다가, 자기 앞 소파에 앉아 친근한 미소를 띠고 있는 부유한 여인에게로 시선을 향했다. **카바콘**이라는 단어가 그의 머리에서 끊임없는 속삭임이 되어 사라지지 않았다. 조심스럽게 찻잔을 쟁반에 내려놓고 그가 말했다. 그 섬을 볼 필요도 없이 그냥 구입하겠노라고, 1만 6천 마르크는 현금으로 지불하고, 그녀만 좋다면 나머지 금액은 코코야자 수확품으로 갚겠노라고. 여왕 에마는 오래 고민하지 않았다. 여기 마치 어린 예수와 같은 한 젊은 구세주가 나타나서 아무런 가치도 없는 조그만 섬 하나를 흥정도 하지 않고 1만 6천 마르크나 당장 지불하겠다고 하는 데다, 더 나아가서 대충 계산해보니 적어도 2년은 충분히 걸릴 시간을 담보 잡힌 채 그 기간의 모든 수확물을 그녀에게 바치겠다고 하지 않는가. 별 볼 일 없는 그 조그만 땅덩이는 그녀가 톨라이족의 한

---

* 1910년에 출간된 헤르만 헤세의 소설 제목.

추장에게 낡아빠진 총 두 점, 도끼 한 상자, 돛단배 두 척, 그리고 돼지 서른 마리를 주고 잘 구슬려서 우려낸 것인데 말이다. 그녀는 앉은 상태에서 매혹적인 자세로 테이블 위로 손을 뻗었고, 엥겔하르트는 그것을 잡았다. 그들은 악수를 나누었다.

계약 서류가 준비되었고 복사를 한 뒤 빌라 구난탐부와 비스마르크 후작 호텔 사이를 오갔으며, 그사이 호텔 사장 헬비히(붉은 혈관이 두드러진 코와 귀를 여기저기로 들이밀며 항상 뭔가를 염탐하려는 습관이 있는)는 몰래 서류를 열어 읽어보았고, 엥겔하르트는 서명을 마치고 푸른 잉크로 지장을 찍었다. 그는 산책을 다녔고, 요오드 몇 병, 모기장 세 개, 강철 도끼를 두 개 샀고, 책 상자를 보내달라고 연락했다. 그 밖에는 아무것도 없었다. 엥겔하르트는 상투적인 바깥세상의 물건을 자기 세계로 가져가지 않았다.

태양빛이 내리쬐었다. 아, 이 태양은 얼마나 다른가. 증기선을 타고 미오코로 건너가는 항해는 시간도 얼마 걸리지 않고 별다른 감흥을 주지도 않았다. 미오코에 도착하자 보트킨이라고 하는 독일계 러시아 사람인 중개인이 뚱하게 입을 다문 채 엄지손가락을 치켜들어 해변에 이미 돛을 올리고 대기 중인 카누들 중 하나를 가리켰다. 그러고는 입을 열어 말하길, 자신은 저런 카누가 세 개나 있다고 했다. 현지인 두 명이 따라갈 것이라고. 그리고 다시 입을 다물어버렸다. 엥겔하르트는 샌들과 양말을 벗고 카누의 뒷자리에 앉았다. 카누는 단 한 번 몸체를 앞으로 불쑥 움직이더니, 곧 미끄러지듯 카바콘을 향해 나아가기 시작했다. 동풍을 한껏 머금은 돛이 팽팽하게 부풀었다. 수면 위를 휙휙 날아다니는 물고기들이 은빛의 포물선을 그리면서 카누와 동행했다. 엥겔하르트는 소금기 어린 해풍을 한껏 들이마시면서 커다란 발가락을 까딱까딱 흔들었다. 그러고는 혼자 미소 지으면서, 이제 샌들을 신는 일은 결코 없을 거라고 속으로 맹세했다. 반 시간 정도 지나자 수평선 위로 초록빛 윤곽이 떠올랐다. 그의 섬이었다. 현지인 한 명이 팔로 그곳을 가리키면서 어깨너머로 그를 돌아보았다. 그리고 완벽한 하얀색의 이빨, 아래위로 빈틈없이 딱 물린 상아처럼 단단하고 하얀 치열을 드러내며 활짝 웃는 인상을 만들어 보였다.

자신의 섬을 소유한다는 것, 탁 트인 자연 속에서 코코야자나무가 자라고 번성한다는 것! 아직까지는 잘 실감하지 못하고 있었지만, 지금 작은 배에 실려 망망대해를 달려와 잔잔하고 투명한 물길을 타고 섬의 만으로 진입하고 있자니 엥겔하르트는 심장이 놀란 참새처럼 가볍게 팔딱거리기 시작하는 것을 느꼈다. 마술처럼 환한 빛으로 가득한 해안에는 높다란 야자나무들이 위엄 있게 늘어서 있었다. 오 이럴 수가! 그는 벅찬 마음으로 생각했다. 이것이 정말로 내 것이라니, 이 모두가!

그는 카누에서 뛰어내려 바다로 풍덩 들어갔고, 물속을 철벅거리며 걸어 해안으로 가서 모래 위에 무릎을 꿇고 털썩 주저앉았다. 그 정도로 감동이 북받쳤던 것이다. 카누에 있는 흑인들과 어느새 특유의 둔중한 호기심을 가지고 해안에 몰려든 현지인들(그중 몇 명은 마치 자신과 자신의 종족을 희화화하려는 것처럼 아랫입술에 뼛조각을 꿰어 매달고 있기도 했다)의 눈에 이 광경은, 엥겔하르트가 매우 신심이 두터운 신앙인이라서 도착 예배를 드리는 것처럼 보였다. 우리 문명인들이라면 그 모습에서 미개척 처녀지 산후안데울루아에 막 상륙한 정복자 페르난드 코르테스를 연상할 텐데. 만약 그럴 수만 있었다면 엘 그레코와 고갱도, 거칠게 들쑥날쑥한 표현주의적 붓 터치로 해변에 무릎 꿇은 정복자 엥겔하르트에게 예수 그리스도의 금욕적인 표정을 선사하는 일에 다투어서 나섰을 것이다.

그렇듯 우리의 친구 엥겔하르트가 카바콘 섬을 접수하는 의식은 어떤 눈으로 보느냐에 따라, 그리고 목격자가 누군가에 따라서 각자 다르게 받아들여졌다. 현실이 여러 조각으로 분리되는 것은 엥겔하르트의 이야기가 펼쳐지는 시대의 주된 특징이기도 했다. 당시는 현대가 막 탄생한 즈음으로, 시인들은 갑자기 해체된 시구들을 쏟아내기 시작했고, 잘 모르는 문외한이 들으면 음악이 아니라 소음처럼 들리는 이상하고 기괴한 작품들이 청중이 머리를 설레설레 흔드는 가운데 무대에서 연주되었고, 뿐만 아니라 축음기에서 압축, 재생되기까지 했으며, 더구나 영사기라는 물건이 발명되어서 우리의 실제 삶에서 일어나는 일들을 정확히 그 모습 그대로, 시간상으로도 일치하게, 사물화할 수 있게 되었다. 우리의 현재에서 한 조각을 뚝 떼어내 가장자리에 구멍이 뚫린 셀룰로이드 필름 공간에 움직이는 영상의 형태로 영원히 보관하는 것이 가능해졌다는 착각을 불러일으키면서.

하지만 이런 현상들은 엥겔하르트에게 아무런 의미가 없었다. 그는 지금 세상의 모든 장소에서 움트며 고개를 쳐드는 현대라는 현상뿐 아니라, 우리 같은 비(非)신비주의자들이 진보라고 부르는 모든 총체, 즉 문명 자체를 피해서 멀리 달아나는 중이었기 때문이다. 엥겔하르트는 모래 위에 결정적인 첫 발자국을 내디뎠다. 그것은 사실상 가장 뛰어난 야만을 향한 첫 발걸음이기도 했다.

첫번째 오두막은 원주민들의 방식을 따라서 지었다. 오후 즈음 가장 처음 모습을 나타낸 것은 맹그로브 줄기를 디디며 다가온 열세 살 정도 되어 보이는 원주민 소년이었다. 마켈리라고 하는 그 소년은 수줍어했지만 한편으로는 고집불통이었는데, 하얀 모래만 있는 엥겔하르트의 영역에 처음 발을 들여놓은 이후 그의 곁을 결코 떠나지 않으려고 했다. 원주민 남자 여섯 명이 오더니 그에게 야자 이파리를 엮어 지붕이나 벽을 만드는 방법을 보여주었다. 그들이 과일도 주었으므로 엥겔하르트는 갈증을 달랠 수 있었다. 원주민들이 몸에 두르는 천을 가져왔다. 그리고 옷을 벗고 나체가 된 엥겔하르트의 허리에 천을 감은 다음 끝자락을 배꼽 아랫부분에서 매듭지었다. 하늘에서 이글거리는 태양이 사정없이 내리쬐었으므로 그의 어깨는 곧 새빨갛게 화상을 입었다.

　마켈리는 능숙한 눈으로 오두막을 세울 장소를 골랐다. 해변에서 덤불숲으로 이어지는 길을 내고, 공터의 나뭇가지와 이파리 등을 제거하여 질척한 땅바닥을 몇 시간 동안 햇빛에 잘 건조시킨 뒤 오두막의 모서리 기둥들을 박아 넣었다. 그런 다음에 미리 만들어둔 야자 이파리 벽들을 서로 연결시켜 세웠다. 우리와 같은 세상에 있을 때는 몹시 수줍어서 한 사람 몫을 하고 살기가 힘들었던 엥겔하르트이지만, 이들 원시 부족과 함께 있으니 그의 타고난 극도의 수줍음도 상쾌하고 가벼운 바람에 다 날아가 버린 것 같았다. 그는 이파리 짜는 일을 열심히 거들면서 틈틈이 해안으로 달려가 열기로 화끈거리는 어깨에 차가운 바닷물을 끼얹었다. 그럴 때마다 발가벗은 조그만 아이들이 그를 따라서 달려왔고, 요란하게 깔깔 웃으면서 그를 앞서 물속으로 풍덩 뛰어들곤 했다. 엥겔하르트도 아이들과 함께 웃었다.

섬에서의 첫번째 밤, 오두막 안의 아직은 약간 축축한 진흙 바닥에 모래를 깔아 직접 만든 잠자리에 누운 엥겔하르트는 잠을 이루지 못하고 몇 번이나 불편하게 몸을 뒤척이다가, 간단하게라도 침대를 짜서 앞으로는 그 위에서 자도록 해야겠다고 결정을 내렸다. 모래는 부드럽기는 했지만 가루가 온몸에 달라붙었고, 편안하게 태아 자세를 취하고 옆으로 누운 그의 귓속으로 마구 들어왔다. 그래서 등을 바닥에 대고 똑바로 눕자, 이번에는 뒤통수와 머리카락이 모래 때문에 몹시 깔끄러워 참을 수가 없었다(머리를 묶는 고무줄은 이곳에 온 뒤 뜨거운 햇빛과 높은 습도 때문에 녹아서 조각조각 분해되어버렸다). 하지만 그는 애써 마음을 진정시켰다. 어차피 오늘 밤 안에는 편히 잠잘 수 있는 다른 방도를 찾지는 못하리라, 하지만 내일 아침이면 사람들에게 침대 만드는 방법을 손수 보여 줄 수 있겠지—현실의 불쾌한 상황을 대하는 자신의 이런 긍정적인 태도가 마치 불교적인 초연함인 양 생각되어 흡족한 나머지 엥겔하르트는 입가에 미소까지 띠면서 살짝 잠이 들었는데, 바로 그 순간 수백 마리 모기 떼의 존재를 온몸으로 느끼게 되었다. 그 모기들은 보통 모기들이 아니었고, 특별히 심한 통증을 유발하는 날카로운 침으로 무장한 채 동시에 수십 마리가 덤벼들어 엥겔하르트의 피부를 난도질할 줄 아는 지독한 놈들이었다. 대책 없이 공격을 받게 된 엥겔하르트는 어둠 속에서 한참 동안이나 여기저기 손바닥으로 때려가며 서툴게 대항해보려고 했지만 전혀 소용이 없어서 결국에는 코코야자 섬유 방석에 불을 붙여야만 했다. 그렇게 독한 연기를 피워서 모기들을 오두막 밖으로 쫓아내는 데는 성공했으나, 덕분에 엥겔하르트 자신은 발작적으로 심한 기침을 터뜨렸고, 따가운 눈에서는 매운 눈물이 정신없이 줄줄 흘러내리는 바람에 선선한 모래에 얼굴을 파묻고 있어야만 했다. 마침내 야자 이파리 끝자락이 너덜거리는 벽 구멍 사이로 첫 아침 햇살이 스며들어올 때까지, 그는 몇 시간이나 그 상태로 치밀어 오르는 분노를 삭이면서 기다리고 있었다.

다음 날 오후 늦게야 엥겔하르트는 헤르베르트쇠헤에서 가져온 짐 속에 모기장이 몇 개 있는 것을 생각해냈다. 상자를 풀고 모기장 하나를 꺼내서 펼친 다음 적당한 위치를 찾아 신중하게 한참을 궁리한 뒤 오두막의 벽과 천장에 매달았다. 그 과정에서 모기장이 조금 찢어졌지만 엥겔하르트는 바늘을 사용하여 능숙하게 꿰매어버렸다. 완성된 모기장 속에 시범 삼아 들어가 누우면서 그는 스스로의 끈기가 가상하여 만족스런 미소를 지었다. 다른 사람이라면 지난밤처럼 그런 고생을 겪고 나서는 아마도 되돌아갈 것을 심각하게 고민했을 것이다. 그가 가장 걱정하는 것은 열병이었다. 그래서 끊임없이 이렇게 자신을 다독이곤 했다. 어젯밤 모기는 많았지만 독충에게 쏘이지는 않았을 거라고. 그리고 다르게 보자면 이런 곳에서 살기 위해서는 그 정도 대가는 치를 수밖에 없는 거라고. 프랑켄 지방에서야 무섭고 위험한 결과를 초래하는 질병이 거의 없긴 하지만, 대신 정신의 병균이 만연하지 않느냐고. 마음을 부패시키는 불치의 병균, 악성 종양처럼 영혼을 움켜쥐고는 남김없이 다 파먹고 마는 무시무시한 파괴력의 병균.

여기서 분명히 말해야 할 것은, 카바콘의 주민들은 자신들이 태초부터 살고 있던 그 작은 섬이 어느 날 갑자기 그들의 것이 아니라 젊은 **백인**, 중개인 보트킨의 지시에 따라 그들이 친절하게 맞아주었고 오두막도 지어주었으며 과일까지도 따다 바쳤던 그 백인의 소유가 되어버렸다는 사실을 전혀 모르고 있었다는 점이다. 그리고 처음에 엥겔하르트는 마치 섬의 제왕이라도 되는 양 엄격하게 굴고 싶은 생각도 없었다. 하지만 그날 늦은 오후 두 개의 숲 언덕을 탐색하러 나선 산책길에서 돌아오자, 다음과 같은 광경이 그를 기다리고 있었다. 숲에서 한 사내아이가 칠흑처럼 새까만 새끼 돼지를 잡았고, 꼬리를 붙잡아 질질 끌면서 오두막 앞 개활지로 데리고 왔다. 한 젊은이가 묵직한 몽둥이를 치켜들고 딱딱한 짧은 털로 덮인 돼지의 머리통을 세게 내리치니, 가엾은 짐승은 꽥 하는 처량한 비명과 함께 그 자리에 쓰러져 죽어버렸다. 그러자 흑인 여자 서너 명이 덤벼들어서 예리한 도끼날로 돼지의 몸통을 열고 내장을 꺼낸 다음 속살을 능숙하게 발라내기 시작했다.

비록 스스로를 이 섬의 주인이며 따라서 주민들의 행동을 통제하고 제한할 권리가 있다고 혼자 착각하고 있긴 했지만, 그럼에도 불구하고 한편으로는 원주민들의 풍습을 있는 그대로 받아들여야겠다는 의지도 갖고 있던 엥겔하르트는 성큼성큼 다가가 고기를 잘라내는 여자의 손에서 도구를 휙 **빼앗아서** 그것을 수풀 속으로 멀리 던져버렸다. 하지만 그러다가 바닥의 축축한 내장을 밟고 미끄러지는 바람에, 피투성이 모래땅에 배를 깔고 길게 넘어지고 말았다. 참고로 덧붙이면 넘어진 것은 그에게 엄청난 행운이었다. 그렇지 않았으면 허약해**빠진** 이 **백인도** 돼지와 같은 운명에 처해졌을 테니까(몽둥이를 손에 든 젊은이는 그때 이미 한 발 앞으로 나서 있는 상태였다). 엥겔하르트의 꼬락서니가 어찌나 우스웠던지 개활지에 모인 모든 사람이 큰 소리로 웃어댔다. 여기저기 핏자국투성이가 된 채로 일어선 그는 검붉은 모래가 들어간 눈을 비벼댔다. 현지인 젊은이는 치켜든 몽둥이를 내려놓고 웃으면서 한 손을 내밀어 엥겔하르트의 손을 잡았다. 그리고 독일인 친구의 어깨를 툭툭 친근하게 두드렸다. 이제 앞으로 짐승 도살은 섬의 반대편에서 행해질 것이다. 원주민들은 서로서로 말하기를, 엥겔하르트는 생각보다 참 대단한 백인이다, 도살 현장 한가운데로 뛰어들어서 용기를 증명해 보이지 않았는가, 비록 그가 왜 돼지 도살과 내장 제거 작업에 반대하는지 이유는 알 수 없지만. 엥겔하르트는——원주민들은 그에 대해서 이런 합의를 내렸다——속에 마법 **마나***를 갖고 있는 사람이다. 그러니 필요한 만큼 얼마든지 오래 섬에 머물러도 된다고.

다음 날 아침 남자 40명이 엥겔하르트의 오두막 앞으로 와서, 쿠아누아어**와 현지화된 뉴기니식 독일어, 그리고 피진***이 섞인 이상한 언어로, 독일인을 위해서 일하고 싶다는 뜻을 밝혔다. 엥겔하르트에게 고용되어 임금을 받고, 코코야자열매를 따고 처리하는 일을 하겠다는 것이다. 엥겔하르트는 통나무 위에 올라서서, 몸짓을 섞어 한 편의 팬터마임과 비슷한 간단한 연설을 했다. 자신은 절대로 선교사가 아니고, 그들이 열심히 일을 해주기를 바란다, 급료는 정확하게 지불할 것이다, 코코야자열매와 나무는 성스러운 존재이며, 자신은 오직 코코야자만 먹고 살기로 결심했다, 그래서 고기를 가까이 하고 싶지 않으며, 자신의 일꾼들도(이 부분에서 그는 잠시 주춤했다. 너무 앞서나가는 것은 아닌지?), 적어도 자기 농장에서 일하는 동안만은 돼지고기나 닭고기를 먹어서는 안 된다. 남자들은 알아들었다고 고개를 끄덕였다. 고기를 먹는 건 1년에 한 번 있는 축제 기간뿐이고 보통 때는 얌 뿌리를 씹는 것이 전부였으니까. 그리고 어차피 그들

---

* mana: 멜라네시아를 비롯한 태평양 일대 민족들 사이에서 공유되는 관념인 초자연적인 힘, 영력 등을 말한다.
** 톨라이 부족의 언어.
*** pidgin: 과거 무역상과 현지인 사이에서 발생한, 간략하게 축약된 혼성어.

도 엥겔하르트처럼 코코야자열매의 즙을 마셨다. 그러면 달걀 종류는 먹어도 되느냐고 한 남자가 물었으며, 또 다른 남자는 담배가 허용되는지 알고 싶어 했다. 그리고 혹시 술은 마실 수가 있는지? 엥겔하르트는 질문에 일일이 대답해주면서, 자신의 새 일꾼들이 이런 규칙을 마치 즐거운 놀이처럼 받아들인다는 인상을 받았다. 이윽고 통나무에서 뛰어내린 엥겔하르트가 말했다. 이것으로 질문은 충분한 것 같다. 그럼 이제부터 섬 주민들은 자신들에게 적용될 카바콘의 규정을 받아들이고 그것을 관리할 엥겔하르트의 권위도 인정한 것으로 알겠다.

엥겔하르트의 두려움은 단번에 다 사라진 것 같았다. 불확실성에 대한 두려움, 돈과 음식물이 충분하지 않은 것에 대한 불안, 섬 주민들이 자신을 어떻게 생각할까 하는 걱정, 혹시나 사람들이 자신을 우습게 여기면 어쩌나 하는 불안, 고독에 대한 불안, 사람들의 애정을 받지 못할까 봐, 혹은 뭔가 잘못된 행동을 할까 봐 걱정하던 불안감이 단숨에, 마치 그가 벗어 던졌고 다시는 걸칠 수 없게 된 옷처럼—왜냐하면 바지와 셔츠(심지어는 허리에 두르고 있던 천마저도 산책 도중에 벗어 던져버렸다. 처음에는 좀 망설이기도 했지만 점점 커져만 가는 확신의 느낌을 그대로 따르기로 했다)는 이제 구태의연한, 이미 오래전부터 그를 지겹게 만들던 바깥세상의 상징이 되어버렸으므로—그에게서 떨어져나갔다. 그는 이제 흠 하나 없는 **위대한 고립** 속에서 살게 되었다. 그가 나체로 산다고 해서 조금이라도 이상하게 보는 사람은 하나도 없었다. 새끼 돼지를 잡을 때 있었던 사건 이후 사람들은 그에게 존경심을 표했으며, 숲에서 마주치기라도 하면 친근하게 아침 인사를 건넸다. 사람들은 그를 자신들의 일원으로 생각했다. 그는 실제로 마법 **마나**를 젊은 가슴에 품고 있는 것이다.

소년 마켈리와 함께 엥겔하르트는 어깨에 자루 하나만을 걸친 나체로 섬 곳곳을 돌아다녔다. 원주민 소년 마켈리는 그가 가서는 안 되는 금기의 장소들을 가르쳐주었다. 대개는 조상들을 매장한 묘역이나 몇몇 특정 개활지가 거기에 해당되었다. 그들은 짧은 털로 뒤덮인 코코야자나무를 흔들어서 열매가 떨어지게 만들었다. 이 멋진 음식을 얻으려면, 단지 허리를 굽혀 떨어진 열매를 줍기만 하면 되는 것이다! 마켈리는 그에게 코코야자 밧줄을 몸에 감고 야자나무의 꼭대기까지 기어 올라가서, 나무를 흔드는 것만으로는 떨어지지 않는 코코야자열매를 능숙하게 따내는 요령도 시범으로 보여주었다.

어둠이 내리면 엥겔하르트는 마켈리와 함께 오두막의

모래 바닥에 앉아, 코코야자 램프의 가물가물한 빛에 의지하여 소년에게 책을 읽어주었다. 마켈리는 처음에는 아무것도 알아듣지 못했으나, 그래도 페이지가 한 장 한 장 넘어가면서 엥겔하르트의 입술 움직임에 따라 형태를 갖고 소리로 흘러나오는 낯선 외국어의 울림에 열중해서 귀를 기울였다. 그 책은 독일어로 번역된 디킨스의 작품 『위대한 유산』이었다. 그러다 보니 점차 섬 소년은 독일어에 익숙해지는 듯했고, 매일 저녁 찾아오는 책 낭독 시간을 무척 기다리는 눈치였다.

예전에도 마켈리는 목사가 독일어 성서를 낭독하는 것을 자주 듣긴 했지만, 이번 경우는 완전히 달랐다. 엥겔하르트의 목소리와 발음은 참으로 듣기 좋았고, 훨씬 더 다정했으며 달콤하기까지 했다. 마켈리는 몇몇 단어의 발음을 알아들었다. 그가 가장 좋아하는 것은 괴팍한 노처녀 미스 하비샴의 집을 묘사한 대목이었다. 거미줄이 주렁주렁 매달린 침실에서 마치 인간을 혐오하는 늙은 거미처럼 앉아 있는 미스 하비샴이 의심스러운 눈길로 방문객을 쏘아보는 대목 말이다. 소년은 책 내용을 이해해보려고 노력했으며, 많은 단어를 현지화된 원주민 독일어로 따라 했고, 피진으로 직접 번역하기도 했다. 그러다 보니 책 낭독을 시작한 지 몇 주일 뒤에는 짤막한 독일어

문장들이 소년의 입에서 튀어나오기 시작했다.

하지만 이건 어디까지나 한가한 시간을 보낼 때의 일이다. 원주민들은 아주 유능한 일꾼이었다. 코코야자열매를 커다란 바구니에 주워 담아 납작하게 썰어 나무틀 위에 늘어놓고 비가 올 때를 대비하여 야자 이파리 지붕 아래에서 햇빛에 건조시킨 다음, 돌덩이 몇 개를 거칠게 다듬어서 만든 선사시대를 연상시키는 원시적 구조의 맷돌에 돌려 기름을 짠다. 그 기름을 다시 나무통에 담아서 엥겔하르트의 돛 달린 카누에 싣고 헤르베르트쇠헤로 보내는 것이다. 그곳에서 기름은 정제와 가열 과정을 거친 뒤, 엥겔하르트가 그 지역 전체를 장악한 포사이스 상회로부터 빌린 병에 담는다. 하얀 파도가 넘실대는 모래톱 바깥에 가끔씩 화물선이 닻을 내리고 정박하여 가공하지 않은 코프라를 실어갔다. 엥겔하르트는 약속한 대로 일꾼들에게 정확한 날짜에 임금을 지불했다. 처음에는 조개껍질 화폐나 담배로 급료를 받고 싶어 하던 원주민 일꾼들은, 헤르베르트쇠헤에서 돈으로 뭐든지 살 수 있다는 것을 알게 되자 나중에는 마르크를 원했다. 엥겔하르트는 독일 돈을 섬에 가져와 보관하는 일을 피하기 위해 일꾼들에게 지폐 대신 자기 서명이 들어간 차용증 쪽지를 지불했다. 원주민들이 수도에서 그 차용증을 수표처럼 사용하면 두 달마다 그가 허리에 천을 두르고 직접 헤르베르트쇠헤로 건너가서, 하얀색 양복을 차려입은 작물 재배인들과 그 부인들이 의혹이 가득 담긴 불신의 눈길을 보내는 가운데 일꾼들이 쓴 차용증을 갚아주는 형식이었다.

IV

그런데 우리의 친구는 언제 최초로 세상의 표면 위로 떠오른 것일까? 그에 관해서 알려진 내용은 거의 없다. 하지만 이야기의 물결이 흘러감에 따라 수면 아래에서 비늘을 환하게 반짝거리며 날렵하게 헤엄치는 사람과 사건들의 형상이 나타나는데, 그때도 엥겔하르트는 마치 자신이 큰 육식 물고기의 피부에 달라붙은 기생충과 이물질을 먹으며 사는 라브리히티니처럼 아주 빈약한 존재인 양 그들의 가장자리에서 떠돌고 있을 뿐이다.

예를 들면 뉘른베르크에서 뮌헨으로 가는 기차에 있는 그의 모습을 한번 보도록 하자. 젊은 나이임에도 벌써 힘줄이 유난히 두드러지는 가느다란 손으로 지팡이를 짚은 채 삼등칸 뒤쪽에서 서 있는 그를.

 지난 세기는 비현실적인 속도로 역사의 뒤편으로 사라지는 중이고(아니 어쩌면 새로운 세기가 이미 시작된 다음일 수도 있다), 계절은 가을로 접어든다. 엥겔하르트는 나체로 지내지 않을 때면, 독일 내에서는 어디든지 밝은색 긴 가운을 입고 다니며 로마 시대를 연상시키는, 동물의 가죽이 아닌 재료를 꼬아 만든 신발을 신는다. 얼굴 양앞으로 풀어서 늘어뜨린 머리카락은 가슴까지 닿았고, 팔에는 사과와 팸플릿이 든 버드나무 바구니를 들었다. 열차에 탄 아이들은 그를 보면 처음에는 겁을 집어먹고 이등칸과 삼등칸 사이의 공간에 숨어서 그를 관찰한다. 그리고 잠시 후에는 그를 비웃고 놀려댄다. 그중 좀 용감한 아이가 나서서 그에게 소시지 한 조각을 집어 던지지만 빗나가고 만다. 엥겔하르트는 열차 시간표를 들여다보며 이미 어린 시절부터 아주 익숙한 지방 도시의 이름들을 중얼중얼 읽는 데 몰두하다가, 간혹 고개를 들고 차창 밖으로 휙휙 스쳐 지나가는 바이에른의 전원 풍경을 쳐다본다. 오늘은 금요일이다. 빠르게 나타났다 사라지는 시골 역마다 온통 검은색·하얀색·붉은색의 세모꼴 깃발들이 활기차게 펄럭이는 가운데, 비교적 덜 호전적인 연한 푸른빛인 그의 고향 깃발이 있다. 엥겔하르트는 정치에 관심을 갖는 인간이 아니다. 이즈음 독일제국 전역을 뒤흔드는 엄청난 변혁의 물결도 그는 오직 냉담하게 외면할 뿐이다. 이미 그는 사회로부터, 제멋대로 변덕스러운 대중의 물결로부터, 그리고 정치적 유행으로부터 너무 멀리까지 와버린 것이다. 그가 이상해서가 아니다. 이제는 세상이 그에게 너무나 이상한 것이 되어버렸다.

오전에 뮌헨에 도착한 그는, 슈바빙 구에 사는 동료 구스타프 나겔을 찾아간다. 긴 머리를 늘어뜨리고 리넨 천으로 몸을 휘감은 그들은, 시민 계층의 조롱하는 눈빛을 온몸에 받으면서 늦여름의 햇살이 따사로운 오데온 광장을 유유히 돌아다닌다. 칼을 찬 헌병 한 명이 이들을 체포해야 할지 말아야 할지 잠시 생각에 잠긴다. 하지만 곧 그러지 않기로 결정한다. 추가로 업무 보고서를 작성하느라 퇴근 뒤 마시는 맥주 맛이 밍밍해지는 것을 원치 않는다.

오데온 광장의 펠트헤른할레,* 피렌체의 건축물을 본떠 만들었으며 쳐다볼 가치조차 없는 그것은 경고의 상징처럼 서 있는데, 무지갯빛으로 반짝이는 뮌헨의 여름 햇살 속에 도사린 모습이 뭔가를 노리고 있는 것 같다. 이

---

* Feldherrnhalle: 용장 기념관. 독일의 군 기념관의 이름.

제 몇 년만 더 기다리면 된다. 그러면 마침내 때가 오리라. 거대한 암흑의 무대에서 주역을 맡아 연기할 그 순간이. 인도의 태양 십자가 깃발이 감동적으로 나부끼는 가운데, 우스꽝스러운 칫솔 수염이 코밑에 난 키 작은 채식주의자 한 명이 무대로부터 겨우 서너 계단 아래까지 다가와 있게 될 것이다…… 그렇지만 일단은 그냥 기다리기로 하자, 장중한 에올리아 단조로 그들이 독일 죽음의 교향곡을 시작할 때까지. 그 뒤를 이어 잔혹한 형상들이 따라오리라는 예상이 불가능하지 않으니, 그것을 지켜보는 일은 분명 연극의 재미를 더해줄 것이다. 가령 해골, 배설물, 연기.

아직은 아무것도 모르고 있는 나겔과 엥겔하르트는 영국 공원에서 헐렁한 가운을 높이 걷어 올리고 다리와 허벅지에 마음껏 햇볕을 쪼인다. 벌 한 마리가 나른하게 그들 주위를 한동안 맴돈다. 이후 그들은 함께 뮌헨 성문 남쪽에 위치한 무르나우로 향하고, 저녁 무렵 그곳에 도착해서는 농부 친구를 찾아간다. 농부는 아름다운 여름 내내 나체로 농사일을 하겠다는 계획을 자신의 네모진 완강한 머리통 속에 집어넣은 사람이다. 마호가니 가구처럼 갈색으로 그을린 농부는 그들을 맞으러 울타리로 나온다. 모자도 없이 울퉁불퉁한 근육을 온통 다 드러낸 농부

정치에 관심을 갖는 인간이 아니다. 이즈음 독일제국 전역을 뒤흔드는 엄청난 변혁의 물결도 그는 오직 냉담하게 외면할 뿐이다. 이미 그는 사회로부터, 제멋대로 변덕스러운 대중의 물결로부터, 그리고 정치적 유행으로부터 너무 멀리까지 와버린 것이다. 그가 이상해서가 아니다. 이제는 세상이 그에게 너무나 이상한 것이 되어버렸다.

오전에 뮌헨에 도착한 그는, 슈바빙 구에 사는 동료 구스타프 나겔을 찾아간다. 긴 머리를 늘어뜨리고 리넨 천으로 몸을 휘감은 그들은, 시민 계층의 조롱하는 눈빛을 온몸에 받으면서 늦여름의 햇살이 따사로운 오데온 광장을 유유히 돌아다닌다. 칼을 찬 헌병 한 명이 이들을 체포해야 할지 말아야 할지 잠시 생각에 잠긴다. 하지만 곧 그러지 않기로 결정한다. 추가로 업무 보고서를 작성하느라 퇴근 뒤 마시는 맥주 맛이 밍밍해지는 것을 원치 않는다.

오데온 광장의 펠트헤른할레,* 피렌체의 건축물을 본떠 만들었으며 쳐다볼 가치조차 없는 그것은 경고의 상징처럼 서 있는데, 무지갯빛으로 반짝이는 뮌헨의 여름 햇살 속에 도사린 모습이 뭔가를 노리고 있는 것 같다. 이

---

* Feldherrnhalle: 용장 기념관. 독일의 군 기념관의 일류.

제 몇 년만 더 기다리면 된다. 그러면 마침내 때가 오리라. 거대한 암흑의 무대에서 주역을 맡아 연기할 그 순간이. 인도의 태양 십자가 깃발이 감동적으로 나부끼는 가운데, 우스꽝스러운 칫솔 수염이 코밑에 난 키 작은 채식주의자 한 명이 무대로부터 겨우 서너 계단 아래까지 다가와 있게 될 것이다…… 그렇지만 일단은 그냥 기다리기로 하자, 장중한 에올리아 단조로 그들이 독일 죽음의 교향곡을 시작할 때까지. 그 뒤를 이어 잔혹한 형상들이 따라오리라는 예상이 불가능하지 않으니, 그것을 지켜보는 일은 분명 연극의 재미를 더해줄 것이다. 가령 해골, 배설물, 연기.

아직은 아무것도 모르고 있는 나겔과 엥겔하르트는 영국 공원에서 헐렁한 가운을 높이 걷어 올리고 다리와 허벅지에 마음껏 햇볕을 쪼인다. 벌 한 마리가 나른하게 그들 주위를 한동안 맴돈다. 이후 그들은 함께 뮌헨 성문 남쪽에 위치한 무르나우로 향하고, 저녁 무렵 그곳에 도착해서는 농부 친구를 찾아간다. 농부는 아름다운 여름 내내 나체로 농사일을 하겠다는 계획을 자신의 네모진 완강한 머리통 속에 집어넣은 사람이다. 마호가니 가구처럼 갈색으로 그을린 농부는 그들을 맞으러 울타리로 나온다. 모자도 없이 울퉁불퉁한 근육을 온통 다 드러낸 농부는 비쩍 마른 왜소한 지식인 두 명에게 우람한 손을 뻗어 악수를 청한다. 이미 9월이지만 그들은 몸에 두른 기다란 가운을 훌훌 벗어버리고 마당 앞쪽의 소박한 나무 탁자로 가서 자리를 잡는다. 농부의 아내가 남편에게 빵과 기름, 햄을 가져다준다. 방문객들을 위해서는 사과와 포도가 준비되어 있다. 나체로 음식을 차리는 그녀의 젖가슴이 묵직한 두 개의 호박덩이처럼 식탁 위에서 덜렁덜렁 흔들린다. 역시 마찬가지로 나체인 하녀가 농부의 식사 초대에 응해 합류한다. 우리의 친구는 팸플릿 몇 가지를 꺼낸다. 태양의 벗들은 만남을 기뻐하면서 과일을 먹고, 그들의 머리 위 나뭇가지 사이에서 꾀꼬리 한 마리가 즐겁게 노래한다.

엥겔하르트는 시간을 낭비하지 않고 곧장 코코야자에 대해서 이야기를 꺼낸다. 농부와 농부의 아내도, 그리고 하녀도 한 번도 맛본 적이 없을 뿐 아니라 심지어는 보지도 못했을 과일. 그는 지구 전체를 코코야자 농장으로 빙 둘러싸겠다는 자신의 아이디어를 밝히고, 의자에서 몸을 반쯤 일으키다시피 하면서(자신의 생각을 기꺼이 들어주는 긍정적인 청취자들을 앞에 두면 그의 병적인 부끄러움이 싹 달아나버리므로) 언젠가는 자신의 코코야자 사원에서 태양에게 숭배의 의식을 바치겠다는 성스러운 의무에 대해서 열변을 토한다. 하지만 이곳에서는——그는 팔을 쭉 뻗어 자신의 주변을 가리킨다——불가능하다. 혹독하고 견디기 힘든 기나긴 겨울, 속이 좁아터진 편협하고 속물스러운 인간들, 너무나 시끄러운 공장 기계들의 소음 때문에. 엥겔하르트는 의자에서 식탁 위로 올라서서 오직 영원한 태양빛이 비추는 나라들만이 살아남으리라고, 그곳에서도 은총이 가득한 태양의 치유력을 옷으로 가리지 않고 피부와 머리에 그대로 온전히 받은 사람들만이 살아남을 것이라고 자신의 신조를 드높게 피력한 다음에야 다시 내려온다. 형제자매들이여, 너희는 훌륭한 시작을 이루었으나 이 농장을 팔고 그를 따라야 할 것이다. 그 옛날 모세를 따라 이집트를 떠났듯이 바이에른을 떠나 적도의 나라로 향하는 배표를 예약해야 하리라.

그러면 그곳은 혹시 멕시코나 아니면 아프리카쯤 된단 말인가, 하고 나겔이 묻는다. 농부 부부는 열심히 경청하면서 빵에 버터를 바른다. 나겔이 보기에 엥겔하르트는 그 자신의 생각에 지나치게 사로잡혀버린 것 같다. 엥겔하르트의 생각은 뾰쪽한 이빨을 지닌 조그만 악마처럼 엥겔하르트를 물고 놓아주지 않는다. 엥겔하르트가 혹시 정신이 살짝 이상해진 건 아닐까, 하는 의문이 잠시 나겔의 머리를 스치고 지나간다. 멕시코가 아니다, 내가 말하는 곳은 남태평양이다. 오직 남태평양만이, 오직 그곳만이 이 일을 시작할 만한 유일한 장소이다. 하얗고 푸르른 하늘 높은 곳을 향해 집게손가락을 찌르듯이 한 번 탁 튀긴 다음 엥겔하르트는 좁다란 주먹으로 나무 탁자를 쾅 하고 내리친다. 비록 이상향에 대한 그의 눈부신 회화가 대단히 선동적인 힘으로 채색되어 있는 건 사실이지만, 그럼에도 불구하고 성실한 농부 부부는 그다지 인상 깊게 받아들이지는 않는 듯하다. 엥겔하르트의 판타지가 그려내는 구불구불한 곡선 무늬들이 지나치게 어지럽고 복잡하게 보인 탓이다.

그날 밤 늦게, 긴 여름 동안의 먼지 냄새를 풍기는 건초 더미 위에 나란히 누운 엥겔하르트와 나겔은 속닥거리는 목소리로 의견을 나누며 수많은 계획을 세웠다가 파기하기를 반복한다. 나겔은 자신이 이 뉘른베르크 출신의 젊은이를 참으로 높이 사며, 이 젊은이의 생각은 자신의 생각보다 훨씬 더 급진적인 방식으로 세상 속으로 밀고 들어간다는 것을 느낀다. 어둠에 잠긴 천장의 들보에서 고양이가 야옹거린다. 정말로 이 친구를 따라서 식민지로 갈 것인지, 나겔은 진지하게 고민해본다. 그 일이 실현되기 위해서는 몇 년 동안 매일같이 자신을 향해 퍼부어지는 조롱과 비웃음 때문에 나겔이 서서히 용기를 소진하는 지경에 이르고, 점차 자신의 행동이 과연 정말로 옳은 것인지 회의하기 시작하며, 그때 온통 신념에 사로잡힌 엥겔하르트가 나타나 그에게 마치 지도자와 같은 모습을 보여주고, 온몸에서 광휘를 내뿜으며 나겔을 독일이란 음침한 사막으로부터 구출하여 빛과 도덕, 순수함으로 가득한 땅으로 이끌어준다는, 비유적인 차원이 아니라 실제로 그렇게 한다는 전제가 있어야 할 것이다. 하지만 또 다른 한편으로 생각해보면, 이때 나겔의 영혼은 이미 잠의 왕국 입구에서 그를 기다리는 문을 발견한 다음이다. 사실 그는 단순하고도 게으른 인간일 뿐으로, 지구를 반 바퀴나 돌아 세상의 끝으로 가서 새로운 독일을 건설한다는 계획을 도저히 감당할 수 없다. 아니 난 할 수 없어, 하고 그는 잠의 그림자가 자신을 엄습하기 직전에 생각한다. 난 앞으로도 계속해서 내 이름을 소문자로 쓸 거야. 대문자와 소문자를 구분하는 습관 자체를 아예 버리는 거지. 그래서 모든 철자를 소문자로만 쓰고, 내 이름까지도 항상 구스타프 나겔gustaf nagel이라고 쓰는 거야. 이게 바로 내 방식의 혁명이지. 그 순간 잠이 그를 덮친다.

이제 아우구스트 엥겔하르트는 훨씬 더 북쪽에서 모습을 나타낸다. 뮌헨 중앙역에서 정신적 동지인 구스타프 나겔과 작별하고 베를린을 향해 여행하는 중이다. 그들은 각자 상대방의 팔을 잡으면서 작별 인사를 나누었고, 나겔은 엥겔하르트에게 이데올로기적인 이유에서라도 직접 걸어서 프로이센을 여행해보라고 충고한다. 하지만 엥겔하르트는 받아들이지 않는다. 자신은 시간을 절약해야 한다고, 왜냐하면 남태평양에 가서 할 일이 태산같이 많기 때문에. 그리고 친구 나겔도 다시 한 번 더 마음을 고쳐먹기를 바란다고, 그가 온다면 자신은 언제든지 기꺼운 마음으로 두 팔 벌려 환영하겠노라고 말한다.

그래서 급행열차를 타고 독일제국을 횡단하는 엥겔하르트는 베를린에 닿기 직전에 마음을 바꾸어 거대한 개미집처럼 인간들이 밀집한 괴물 대도시를 비껴서 행선지를 왼쪽으로 돌린다. 일단 단치히행 열차로 바꿔 탄 그는 나무 벤치에서 잠을 자면서 인내심을 가지고 연결편 기차를 기다리고, 수도 없이 기차를 갈아탄 뒤에 쾨니히스베르크와 틸지트에 도착하고, 계속해서 북서쪽으로 북서쪽으로, 소(小)리투아니아*를 향해서 올라간다.

그곳, 동프로이센의 메멜**에 도달해서야 그는 기차에

---

* Lithuania Minor: 프러시안 리투아니아라고도 하며 역사적으로 독일 영토였지만 제2차 세계대전 이후 러시아에 속하게 된 오늘날의 칼리닌그라드 구에 해당한다.
** 1923년 리투아니아로 넘어가 클라이페다로 개칭되었다.

서 내려 지팡이와 짐 꾸러미를 어깨에 짊어지고, 우중충한 벽돌 건물이 늘어선 작은 도심을 벗어나 매서운 북풍으로 인해 헐벗은 자작나무 숲을 산책한다. 성호를 긋는 한 러시아 여인에게서 구스베리 열매와 버섯을 산다. 그 여인은 엥겔하르트가 고해자의 복장을 하고 있으므로 그를 정교회에 등을 돌린 몰로칸*이라고 여긴다. 저 건너편 석호가 시작되는 지점에 서 있는 우유처럼 새하얗고 좁다란 몸체의 목조 교회를 유심히 지켜보다가, 남쪽으로 방향을 바꾸고 모래사장을 향해 계속해서 걷는다. 속으로 이렇게 자문하면서. 혹시 이곳에서 독일인의 영혼이 시작된 것은 아닐까. 이곳, 백 킬로미터나 길게 펼쳐진, 무한한 우울함 속에서 햇볕이 내리쬐는 모래언덕의 해변, 그가 처음에는 좀 부끄러워하며, 하지만 나중에는 점점 대담하게 옷을 벗어 던진 이곳에서. 그는 옷과 샌들을 움푹 파인 모래언덕 구덩이에 놓아두고(때는 초저녁이다), 조금 떨어진 곳에서 우아한 하얀색 숄을 두르고 해변을 산책하고 있는 한 쌍의 휴양객 눈에 띄지 않도록 자신의 벗은 몸을 숨긴 채 누워 있다. (『심플리치시무스 Simplicissimus』**의 편집자인 남자 산책자는 콧수염 아래 입가에 약간의 조소 어

---

* 원시기독교의 전통을 잇는 러시아 정교회의 한 종파.
** 독일의 주간 풍자 잡지.

린 표정을 띤 채 몸짓으로 뭔가를 얘기하고 있다. 그런 남자에게 고개를 끄떡이면서 동조하는 여자는 수학자의 딸로 자유주의자이다. 그녀는 직접 디자인한 옷을 입고 있다.) 그 휴양객이 사라져버리고 어둠이 내리덮인 한참 뒤까지도 엥겔하르트는 발트 해 저 멀리를 응시하면서, 독일령 남태평양의 고요한 먼 바다로 아주 영원히 떠날 자신의 계획이 마음속에서 서서히 자라고 무르익는 것을 느낀다. 마치 색색의 나뭇조각으로 거대한 성을 쌓아올리는 일에 막 착수한 아이와 같은 기분으로. 다시는 돌아오지 않는다. 영영 다시는. 어디선가 들려오는 구슬픈 리투아니아의 멜로디가 모래사장 위에서 바람에 날려 흩어진다. 창공 높은 곳에서 창백하게 빛나는 별처럼 가까이 다가갈 수는 없으나 무한히도 친근하게 들리는, 사랑스럽고 낯익은 느낌의 멜로디. **젊은 처녀 다섯 명이 날씬하고 아름답게 자라났다네, 메멜의 해변에서. 노래하라 노래하라, 그리고 무슨 일이 있었는지. 아무도 신부의 화환을 엮지 않았네. 아무도 신부의 화환을 엮지 않았네.**

다음 날 아침 칼을 찬 경찰관 세 명이 찾아오고, 이 사건은 엥겔하르트의 결심을 더욱 굳건하게 만들어준다. 전날 지녁 메멜의 해변에서 산채 중에 나체주의자 엥겔하르트를 분명히 목격한 편집자가 경찰에 신고한 것이다. 머리칼이 기다란 뜨내기 한 명이 모래언덕 해변 아래 남쪽으로 3킬로미터도 안 되는 곳에서 실오라기 하나 걸치지 않은 몸으로 모래사장에 누워 있다고. 다행히 좀 떨어진 지점에서 편집자는 머리를 써서 약혼녀의 시선이 그 범죄자에게 가 닿는 것을 막을 수 있었다. 결정적인 시점에 그는 약혼녀에게 철새들의 무리, 혹은 수평선의 뭔가를 가리키면서 그녀의 주의를 돌려버린 것이다. 어떻게 이런 일이 일어날 수 있나. 그런 작자는 잡아들여야 한다. 아니, 술에 취한 것 같지도 않았다.

엥겔하르트는 잠에서 깨어난다. 지난밤에 직접 파놓은 바람막이 구덩이에서 시선을 들어 눈앞에 서 있는 세 쌍의 장화를 응시한다. 장화 속에는 경찰 제복 바짓가랑이가 들어 있다. 여름이긴 하지만 지난밤의 한기 때문에 그는 살짝 몸을 떤다. 다 떨어진 담요가 그에게 던져진다. 그리고 리투아니아 특유의 거칠고 무뚝뚝한 명령조로, 즉시 메멜로 따라오라는 지시가 떨어진다. 공중도덕을 파괴한 행위는 둘째치고라도, 부랑 행위만으로도 체포 이유가 된다는 것이다. 그중에서 그다지 머리가 명석하지 않은 경찰 한 명이 깔끄러운 군용 담요에 몸을 감싼 엥겔하르트가 자리에서 막 일어서자마자 장화 신은 발로 그를 걸어 넘어뜨리는 바람에 엥겔하르트는 앞쪽으로 비틀거리다가 다시 모래 위로 풀썩 쓰러지고 만다. 심술궂은 웃음이 터져 나온다. 굳이 따지자면 경찰관 세 명은 모두 그다지 머리가 명석하지 않은 인간에 속한다. 앞에 쓰러진 엥겔하르트를 보자 그 세 명의 마음에는 이 남자를 짓밟고 싶다는 동물적인 충동이 불현듯 엄습하고(왜냐하면 그들은 독일의 열성 신민이므로), 그래서 그를 걷어차고 주먹으로 때리기 시작한다. 주먹질을 피하려고 엥겔하르트가 몸을 동그랗게 움츠리자, 폭행의 주동자는 뭉툭한 칼집으로 엥겔하르트의 등짝을 내리찍는다. 그는 하얀 거품과도 같이 부글거리는 혼수상태로 빠져들어간다.

정신을 잃은 엥겔하르트가 꼼짝도 하지 않자 그제야 자신들이 저지른 실수를 깨달은 경찰들은 엥겔하르트를 바닷물에 담가 씻긴 다음, 산발이 된 머리카락을 정돈하고 입과 코에서 계속 흘러내리는 피를 닦아낸 뒤 구덩이 근처에서 발견한 그의 가운과 샌들을 신긴다. 엥겔하르트는 (반쯤은 질질 끌리고, 반쯤은 자기 발로 걸어서) 메멜의 위병소로 호송된다. 부랑과 풍기 문란을 이유로 체포된 그는 그곳의 딱딱한 나무 의자 위에서 한쪽 눈으로 감방의 뒤쪽 천장 귀퉁이만 쳐다보면서 참으로 고되다고 할 수 있는 하룻밤을 보낸다(다른 쪽 눈은 퉁퉁 부어서 보이지 않는다).

편집자와 그의 약혼녀는 이미 낮에 뮌헨 방향으로 출발한 다음이다. 그들은 부랑자와 관련된 사건을 이미 거의 다 잊어버린 상태로 인근을 지나는 **웨건리츠*** 열차 식당 칸의 테이블에 마주 앉아 있으며, 과감하게 주문해버린 트롤링거 포도주 병이 열차의 흔들림에 의해 기우는 바람에 술이 쏟아져 테이블보를 보라색으로 물들인다. 여행으로 말미암은 피곤 때문인지, 아니면 수년간 지속된 결혼 생활에서나 나타날 법한 권태가 미리 찾아온 탓인지, 마침 대화도 원활하게 흘러가지 않는다. 편집자의 무심한 시선은 살짝 왼쪽으로 기운 채, 점점 어두워지면서 검은 거울처럼 변해가는 차창 너머 창백하게 색채를 잃어가는 동프로이센의 평원을 응시한다. 그때 갑자기 그의 머릿속에 어제 해변에 나체로 누워 있던 남자의 소년처럼 좁다란 어깨가 떠오르면서, 순간 왜 자신이 그 남자를 고발했는지 이유가 선명해진다. 앞으로 자신의 전 생애는 비통하게도 오직 자기기만으로 가득 차버릴 것이며, 그럴 수밖에 없을 것이며, 기만은 너무도 강력하게 죽는 그 날까지 자신의 모든 것을 물들일 것이라는 예감——아직 태어나지 않은 아이들과 그의 일(그는 여러 편의 소설을

---

* Wagon lits: 유럽에서 가장 오래된 고급 장거리 철도회사. 오리엔트 특급과 트랭블뢰Train Bleu 열차가 유명하다.

구상하고 있다), 시민 계층 출신으로서 아직은 충분히 즐길 만한 사회적 관계와 희열을 생각하는데, 인내심을 가지고 미소 짓는 약혼녀가 테이블 위에 차분하고 우아하게 올려놓은 깍지 낀 손, 그 손이 불러일으키는 혐오감, 그녀는 전혀 눈치채지 못한 채 앞으로 수십 년 동안이나 그들 사이에 고요히 존속하게 될 혐오감 또한 분명히 정체를 드러낸다. 물론 특유의 비여성적인 방식으로 행동하고 그런 차림새를 좋아하는 그녀의 타고난 성향이, 이들의 관계가 시작되는 이 시점에서부터 약혼자의 숨겨진 진짜 취향과 관련해 어떤 자극의 불씨가 되는 도화선 역할을 했을 가능성도 있긴 하지만.

아우구스트 엥겔하르트는 다음 날 오후 풀려난다. 인권단체의 대표들은 단치히에서 먼 거리를 달려오기를 마다하지 않았다. 그중 한 명은 라이프치히 제국 법원으로부터 인가받은 변호사인데, 감방까지 들어오는 데 성공한 다음 엥겔하르트의 모습과 그의 상처를 한번 쓱 쳐다보기만 하고는 즉시 메멜의 경찰들에게 분노에 찬 목소리로 천둥 같은 호통의 연설을 퍼붓는다. 오늘 저녁까지 당신들이 사슬에 묶여 잡혀가지 않고 경찰 직분을 유지할 수 있다면 참으로 기뻐해야 할 것이다. 불명예스럽게도 영원히 제복을 박탈당하고 경찰 전용의 연옥인 지하 감옥

(아직도 그런 감옥이 있다면)으로 끌려가지 않는다면 말이다. 완전히 혼비백산한 경찰들은 왔다 갔다 하면서 제정신이 아니고, 갖가지 서류와 종이들이 어지럽게 날아다니는 가운데 해변에서 처음 엥겔하르트에게 발을 걸어 넘어뜨린 경찰은 변호사가 마치 황제 폐하라도 되는 양 바싹 얼어서 경례까지 올린다. 경찰들은 서둘러 엥겔하르트를 풀어준다. 인권운동가들은 거의 엥겔하르트를 손으로 들다시피 하며 메멜 경찰서를 나온다. **비바!** 그들은 함성을 지른다. **자유!** 그리고 **폭력 타도!**

장터 광장에는 이미 시민 한 무리가 모여 있다. 50~60명은 족히 되는 사람인데 실제보다 더 많아 보인다. 은둔자 한 명이 경찰에게 폭행을 당했다는 소식이 입에서 입으로 한 번씩 퍼질 때마다 그 내용이 매번 살짝 바뀌었고, 그래서 마침내는 아비뇽에서 순례 여행을 떠나온 가톨릭 신부가 지역 경찰에게 고문을 당했고, 소식을 듣고 서둘러 달려간 시장이 벌써 틸지트에 도착해서, 그 흉악함이 참을 수 없는 지경에 이른 메멜 경찰을 전부 교체해달라고 청원을 넣었다는 소문이 퍼져 있다.

엥겔하르트는 프로이센 제국 철도의 일등칸으로 모셔진 상태이다. 사람들은 그를 가장 시원한 자리에 눕히고 머리에는 오리털 베개를 두 개나 받쳤다. 함께 동행한 의사가 일부러 생각해서 건넨 갓 짜온 신선한 우유 한 잔을 그가 역겨운 표정으로 거절하자, 이번에는 생과일을 금방 갈아 만든 불투명한 과즙의 사과 주스를 대령해온다. 그사이 프리슬란트 출신인 매력적인 외모의 한 여성 인권 운동가는, 외모만큼이나 부드럽고 우아한 몸짓으로 기운 없이 축 처진 그의 손등을 톡톡 두드려준다. 엥겔하르트는 그녀에게서 살짝 시큼한 냄새가 나는 느낌이 들지만, 그건 어쩌면 그가 거절해버린 다음 객차 저쪽 구석, 불룩하고 불투명하여 아무것도 비추지 못하는 차창가에 놓인 채 홀로 흔들거리고 있는 우유 잔에서 풍기는 냄새인지도 모른다. 나는 그가 일생 동안 단 한 번이라도 어떤 특정 인간을 진심으로 사랑해본 적은 없을 거라고 생각한다.

베를린은 이미 몇 주일 전부터 계속되는 고기압 현상으로 신음 중이다. 터키 제국에서 시작하여 중부 유럽으로 퍼져 나간 고기압이 베를린 전체를 혹독하게 괴롭히고 있다. 열기의 독재에 항거하는 시민들은 얼음 마차를 강탈하고, 행인들은 젖은 수건을 머리에 두르고 다니며, 동물원으로 출동한 소방차가 더위와 갈증으로 울부짖는 짐승들 머리 위로 물을 뿌려 샤워를 시켜주는 실정이다. 하지만 엥겔하르트가 탄 단치히 열차가 베를린 슐레지엔 역에 들어설 때, 마치 바늘로 풍선을 찌르듯이 단 몇 분 사

제국 109

이에 열기의 거품이 꺼져버린다. 갑자기 나타난 구름들이 도시의 하늘 위로 층층이 쌓이면서, 그야말로 순식간에 상상도 하지 못할 정도의 물벼락이 엄청난 규모로 쏟아져내린다. 폭포 같은 빗줄기가 허공을 뒤덮는데 그 기세가 얼마나 강한지 뚫고 지나갈 수가 없을 정도라서, 마치 열대성의 단단한 벽이 형성되어 이 모퉁이 저 모퉁이의 집들을 하나로 연결해버린 것만 같다. 가벼운 모슬린 천의 우산은 전혀 도움이 되지 않으며, 사람들은 접착 고무를 입힌 검은색 우의를 뒤집어쓰고(흑인 노예를 짐승처럼 착취하는 벨기에령 콩고의 고무 농장에서 수입한 라텍스로 방수 처리를 한 제품) 뒤뚱거리면서 뽐내는 까마귀처럼 세찬 빗줄기를 헤치고 걸어가지만, 곧 비는 옆에서, 위에서, 그리고 뒤쪽에서까지 엄청나게 밀어닥친다. 이 도시는 하나의 거대한 공사장이다. 평소에도 어른 키만큼이나 깊은 구덩이들이 제대로 된 보행을 방해하는데, 지금은 그런 구덩이마다 더러운 흙탕물이 가득 고여 철철 넘치는 지경이다. 알렉산더 광장에는 시베리아 행상들이 빗물에 흠뻑 젖은 잡동사니를 팔고 있다. 그중에서 제일 값나가는 물건은 거의 쓰레기 수준으로 곰팡이 핀 밀가루로 만든 소시지 빵인데, 비를 맞아 금세 흐물거리며 녹아버리는 중이다. 찌직거리는 소리와 함께 다가오는 전차는 전기 불꽃을 일으키고, 승강장에서 펄쩍거리며 요란한 물보라 세례를 피하려는 모범적인 시민들 곁을 지나간다. 사방에서 물을 뚝뚝 떨어뜨리며 하늘을 향해 우뚝 서 있는 강철 크레인들——이렇게 베를린은 그를 맞는다. 시장통 모래땅에 말뚝을 박아 건설한, 제국 수도의 모습을 연기하는 촌뜨기의 메트로폴리스.

실비오 게젤, 엥겔하르트가 베를린에서 만나 돈이 통용되지 않는 채식주의 공동체 설립에 관해 조언을 받으려고 생각하던 그 인물은 이미 아르헨티나로 이민을 떠나버린 다음이고, 그 소식을 들은 엥겔하르트는 슐레지엔 역의 혼잡 속에서 구출자의 무리와 작별하고 승합마차에 올라탄다. 그는 시야의 반을 가리고 있는 붕대를 벗겨낸다. 이제는 눈이 잘 보인다. 자욱한 비안개에도 불구하고 아주 잘 보인다. 그의 결심은 확고하다. 독기로 가득 찬, 천박하고 음산한, 재밋거리를 찾아 눈이 시뻘게졌으며 속에서부터 철저하게 썩어빠진, 아무 소용없는 물건들을 그득하게 쌓아 올리는 데만 급급하며 동물을 학살하고 인간의 영혼을 파괴하는 사회에 작별을 고하겠다. 그것도 아주 영원히. 그는 정말로 그렇게 할 작정이다.

몇 정류장 떨어진 알렉산더 광장에는 비에 흠뻑 젖은 베를린 남자 하나가 건물 벽에 기대선 채, 아무런 맛도 없는 그 소시지 빵을 마치 최면에 걸린 듯 무감각한 표정으로 우적우적 씹어 먹는다. 그의 얼굴에는 전체 인민이 겪고 있는 비참한 삶이 그대로 아로새겨져 있다. 아무런 감정도 위안도 없이, 오직 기름만이 덕지덕지 낀 상태, 솔처럼 짧고 뻣뻣한 회색 머리칼이 내뿜는 스산한 애수, 투박한 손가락 사이에서 역겹게 번들거리는 소시지의 기름 얼룩——어느 날 그의 모습은 한 편의 초상화로 남으리라. 바로 독일인이라는 초상화. 승합마차가 빗물의 장막을 지나가는 동안, 엥겔하르트는 역시 마찬가지로 멍하니 최면에 걸린 듯한 기분으로 그 남자의 모습을 뚫어지게 응시한다. 아주 짧은 그 순간, 마치 환하게 이글거리는 어떤 빛이 그들 둘을 한 영혼으로 이어주는 것만 같다. 한 명의 깨달은 자와 한 명의 노예를.

V

 우리의 가엾은 친구의 과거에 대해 알아보기 위해 이 정도 애를 썼으니, 앞으로는 끈기 있고 자부심 강한 철새처럼 지구의 날짜 분기선을 비논리적으로 마구 뛰어넘는 법 없이, 과거를 들먹이거나 반추하지 않고 몇 년의 세월을 훌쩍 뛰어넘어, 몇 페이지 전 우리가 이야기를 중단했던 바로 그 지점에서부터 아우구스트 엥겔하르트의 행적을 다시 추적해보기로 하자. 완전히 발가벗은 몸으로 해변을 산책하고 있는 엥겔하르트, 자신 소유의 해변에서 느긋하고 편한 마음을 만끽하면서 중간중간 허리를 굽혀 독특하고 흥미로운 조개를 발견하면 그걸 재집용으로 메고 나온 야자 속껍질 바구니에 주워 담는다.

10여 년 전 베를린에서 통과되었으며 세기가 바뀌기 직전, 의미심장하게도 4월 1일부터 효력을 발휘한 독일 제국의 시간 법령에 따르면, 조국 독일의 영토 전체에서 독일 황제를 섬기는 모든 신민의 시계는 동일하게 하나의 시간을 가리키도록 되어 있다. 그래도 식민지에서는 각각 그 지역에 해당하는 시간을 따르고 있긴 하지만, 그중에서도 카바콘 섬은 이 세상의 시간과는 좀 다른 특별한 시간의 법칙이 지배하는 장소였다. 엥겔하르트는 탁자로 사용하는 통나무 위에 시계를 소중히 놓아두고 아주 정확하게 규칙적으로 조그만 열쇠를 사용해서 태엽을 감곤 했는데, 그 시계 속에 모래 알갱이가 한 알 들어가버렸기 때문이다. 모래 알갱이는 시계 속 태엽과 윙윙 돌아가는 수백 개의 톱니바퀴 중 한 개 사이에 편안하게 틀어박혀서 나올 생각이 전혀 없었으며, 모래의 주성분인 아주 단단한 산호석 가루가 카바콘의 시간을 극히 조금씩 느리게 진행하도록 만들고 있었다.

그러니 엥겔하르트가 이러한 시간의 지연을 즉시 알아차리지 못한 것은 분명하다. 며칠이 지날 때까지도 전혀 몰랐으며, 모래 알갱이의 효력을 실제로 감지한 것은 카바콘에서 몇 해나 지낸 다음의 일이다. 시계가 느려진 정도는 너무도 미미해서 사실 하루에 1초만큼도 미치지 못했지만, 그럼에도 불구하고 평소에 늘 정확한 시간과 규칙성을 우주 공간에서의 안전한 지지대처럼 느끼고 있던 엥겔하르트는, 뭔가가 이상스레 미심쩍고 불안하다는 기분이 들었다. 그는 자신이 영묘한 에테르의 시간, 우주적인 현재를 살기 때문이라고 제멋대로 망상했다. 만약 그가 이런 상태를 벗어나야 한다면 그것은 시간의 바깥으로 나가는 것을 의미하는데, 그 결과는 단 한 가지, 미쳐버리는 일뿐이다.

바로 같은 시기, 그곳에서 멀리 떨어진 스위스에서는 특허청에 근무하는 또 다른 젊은 채식주의자 한 명이 박사 논문을 쓰기 위한 이론적인 토대를 수집하고 있었다. 그 논문의 내용이 그로부터 몇 년 뒤 인류가 지금껏 구축해온 모든 지식을 송두리째 뒤엎을 뿐만 아니라 세계와 지식, 그리고 시간을 인식하는 방식에도 뚜렷한 전환을 가져오게 되리라는 것을, 엥겔하르트는 전혀 짐작도 못하고 있었다.

시계가 혹시 좀 느리게 가는 것은 아닌가 하는 생각이 처음 들었을 때—시간을 비교할 만한 정확한 시계를 갖고 있지 못한 까닭에(식민지 표준 시간의 기준으로 삼을 수 있는 저 건너편 헤르베르트쇠헤의 총독 관저에 있는 괘종시계는, 할 총독이 싱가포르에서 요양을 하는 사이 관저 일꾼

제국 115

의 태만으로 인해 멈춰 서버렸다)——엥겔하르트는 갑작스럽게 뒤로 넘어지는 듯한 느낌을 받았고, 고통스럽고도 불쾌한 통증이 왼팔을 관통하면서, 심장 부위에는 젊은 시절 뇌졸중을 겪는 것 같은 그런 감각이 실제로 엄습했다. 그곳을 향해 재깍거리며 가고 있는 시계를 그는 똑똑히 보았고, 야자 속껍질로 짜서 마련한 의자와 그 위쪽에 있는 야자 밧줄로 천장에 고정시킨 모기장도 보았다. 그는 이미 시간 속으로 추락하고 있었다. 처음에는 윤곽만 희미하다가, 다음에는 아주 선명하고 뚜렷하게, 카나리아처럼 환한 노란색과 보라색으로 칠해진 어린 시절의 방 벽이 나타났으며, 뿐만 아니라 몸에서 향기로운 냄새를 풍기는 그의 어머니까지도 눈앞에 등장하는 것이다. 격정스러운 얼굴의 어머니는 혀끝을 살짝 입 밖으로 내민 채 허리를 굽혀 열이 나는 그의 이마에 얼음 수건을 올려주고 있었다. 어머니는 단지 모습이 보이는 것뿐만 아니라 실제로 느껴지기까지 했다. 이미 오래전에 죽은 사람이라고는 도저히 생각되지 않는 어머니는 현재성과 불멸성으로 충만했다. 어머니에 대한 무한한 사랑이 그의 온 마음을 채우며 벅차게 피어오르는데, 그것은 우주적이면서도 신적인 감각이었다.

어머니는 몇 마디 부드러운 속삭임으로 그를 바깥 테

라스로 이끌었다. 그는 아래쪽 정원에 피어난 장미나무의 짙은 향기를 맡았다. 한밤중이었다. 여름밤의 귀뚜라미들이 음악회를 벌이는 중이었다. 어머니는 손으로 하늘을 가리켰다. 어두운 밤하늘에는 엄청나게 커다란 불의 바퀴가 돌아가고 있었다. 어린 소년에게 그 광경은 모든 것을 집어삼키는, 아무리 먹어도 채워지지 않는 굶주림 때문에 발광하는 입처럼 보였다.

불타는 재앙의 징조를 목격한 그는 무서운 공포로 몸을 떨면서 눈을 감고 어머니의 가슴에 얼굴을 묻었다. 어머니의 풍만한 가슴은 순간 그를 더더욱 깊은 심연으로 떨어지게 하고, 혹은 시간의 물살을 더더욱 거슬러 흘러가게 하여, 이제 그는 유모차에 누워 있다. 움직임도 없이 가만히, 왜냐하면 그는 아직 갓난아기라서 몸을 뒤척이거나 손을 뻗을 줄도 모르니까. 하지만 그의 몸을 덮고 있는 수놓은 이불의 감촉을 느끼고, 하늘색 체크무늬가 들어간 두건이 그의 얼굴 가장자리를 감싸는 것을 알아차린다. 점심 식사 시간, 그의 유모차는 앵두나무 아래에 놓여 있고, 그는 머리 위 한여름 앵두나무의 무한하게 펼쳐진 잔가지들을 올려다보았다. 그는 밝은 웃음소리와 유리잔 부딪치는 소리, 닥스훈트기 짖는 소리를 들었다. 가장자리에 검푸른 대리석 무늬가 들어간 분홍빛 꽃잎 하나가 천천히 허공을 가르며 떨어져 내리다가 그의 얼굴을 살짝 건드렸다.

돌연 현기증이 그를 엄습하면서, 그의 몸이 허공을 두둥실 떠가는 것이 느껴졌다. 그는 더 이전의 시간으로 떠밀려왔다. 그를 감싸고 있는 부드러운 막이 있고 나쁘지 않은 기분이 들면서, 누군가 그를 부석(浮石) 위로, 아니 부석으로 이루어진 화산성의 지표면 위로 잡아당겼다. 몇 시간이고 그는 마치 가벼운 가스로 가득 찬 풍선처럼, 지표면에 닿으면 금방 터져버릴 풍선처럼 지표면에서 몇 센티미터 떨어진 허공에서 둥둥 떠다니지만, 몸을 자유롭게 유지하기가 매우 힘이 든다. 그곳에는 절벽이 있고, 끌어당김이 있고, 잡아채려는 기운이 있었다. 마침내 그는 추락했다. 지상을 향해 아득하게 추락했다. 그는 나무 꼭대기에서 떨어져 허공에 무늬를 그리며 낙하한 그 꽃잎이 되었다. 그리고 그는 깨어났다.

VI

섬에 살면서 엥겔하르트는 체중이 몇 파운드나 감소했을 뿐만 아니라, 건강한 생활 습관으로 인해 철사같이 단단한 근육질로 변했다. 피부는 완전히 짙은 갈색이 되었고, 매일 아침 코코야자 오일로 문지르는 머리카락과 수염은 뜨거운 태양빛과 소금기 때문에 황금빛으로 변했다. 카바콘 농장 일꾼들이 짜내는 코코야자 오일은 그의 지시에 따라 육지에서 반 리터들이 병에 담아, 그 위에 헤르베르트쇠헤 우체국 직원이 그의 수염 난 옆얼굴을 근사하게 도안하여 만든 품위 있는 상표를 붙였다(응고 유지를 이용해 독일에서 매우 수요가 높은 마가린과 식용유의 원료를 생산하는 일은, 비록 식민지의 코코야자 농장주들에게 상당한 이익을 가져다주는 사업이긴 했으나 그의 도덕적 기준에 비추어볼 때 도저히 용납할 수 없기에 아예 생각도 하지 않았다. 그는 자신의 동포들이 일요일에 비프스테이크를 지글지글 익힐 때 사용할 기름을 생산하고 싶은 생각은 절대로 없었던 것이다).

엥겔하르트는 기름 정제에 필요한 비용을 자신의 돈으로 충당했는데(더 정확히 말하면, 여전히 수수께끼 같은 미소만 짓고 있는 여왕 에마로부터 융자받은 돈으로), 그러니까 결국 그는 이중으로 선불금을 받은 셈이었다. 하지만 지금 포사이스 회사 해외영업소에 수십 상자나 쌓여 있는 카바콘 코코야자 오일은 언젠가 고객에게 팔려나갈 것이 분명하니까.

이미 엥겔하르트는 코코야자 오일 수출을 위해 오스트레일리아의 몇몇 기관과 꽤 가능성이 있는 접촉을 개시한 상태였다. 비록 그가 다윈, 케언스, 그리고 시드니 등으로 보낸 편지들은 전 세계의 상품 홍보 자료들과 다를 바 없는 운명을 겪었지만 말이다. 잠깐 쓱 훑어본다. 구석에 쌓아둔다. 그리고 가운데를 자른 다음 화장실용 휴지로 재사용한다. 그중에서도 특히 엥겔하르트가 보낸 자료들은 케언스에서 그리 멀지 않은 구리와 보크사이트 광산의 보조 노무자 숙소에 딸린 노천 변소에서 활용되었다.

자신이 생산한 카바콘 코코야자 오일의 유용성과 다양한 활용, 광범위한 장점을 알리는 엥겔하르트의 편지는 전체적으로 세련되기는 했지만 그다지 유창하지는 못한 영어로 적혔으며, 이미 언급한 오스트레일리아의 그 화장실에서 볼일을 보면서 뭔가 심심풀이 읽을거리를 찾는 사용자들만이 유일한 독자였는데, 하필이면 문장 전체의 맥락을 알아들을 만한 바로 그 지점에서 종이가 반으로 잘려 있는 바람에 이해가 불가능한 상태였다. 수백여 종의 비슷비슷한 광고용 편지들의 무더기 속에서 그의 글은 전혀 별다른 효력을 발휘할 수 없었다. 그의 편지들은 다들 이런 과정을 거치며 돌아다녔다. 건성으로 읽힌 다음 완전히 무의미한 것이 되어, 오물을 묻힌 채 꾸깃꾸깃 뭉쳐서, 남반구에 자리한 엄청나게 거대한, 인간의 모습은 거의 찾아보기 힘든 광대한 대륙의 배설 구덩이 속으로 낙하하는 것이다. 엥겔하르트는 식민지에 머무는 동안 가슴 벅찬 기대를 안고 그 대륙을 한 번 방문한 적이 있었다. 하지만 거칠고 우악스러우며 거의 주정뱅이 군인 수준인 그곳 주민들은 그를 전혀 환영하지 않았고, 따라서 그는 겨우 일주일 반 정도 머문 뒤 다시 증기선에 몸을 싣고 노이포메른으로 돌아와야 했다.

자신이 보낸 홍보용 편지들이 겪은 애처로운 운명에

대해서 엥겔하르트는 전혀 모르고 있었다. 만약 알았더라면 아마도 그토록 호기롭게 케언스로 달려가지는 않았을 것이다. 뿐만 아니라 그는 앞으로 후세에 제1차 세계대전이란 이름으로 알려질 커다란 재앙이 시시각각 다가오는 것도 전혀 상상하지 못했다. 단지 금광업자들의 도시 퀸즐랜드의 뒷골목을 어슬렁거리다가 맞닥뜨린 어떤 사건에서, 불분명한 예감을 막연하게 느꼈을 뿐이다.

그에게 일어난 일은 다음과 같았다. 술집의 나무 문짝이 벌컥 열리면서 수염이 덥수룩한 유색인종이 먼지투성이 길바닥에 등짝을 대고 벌렁 넘어졌다. 태평양 섬 출신 원주민인 듯한 그 사내는 넘어지는 순간까지도 짐승처럼 둔한 괴성을 내질렀다. 고통스러운 듯 몸을 돌린 검은 피부의 사내는 엥겔하르트에게로 엉금엉금 기어왔다. 그 뒤를 이어서 백인 오스트레일리아 사람 한 무리가 술집에서 나오더니 사내를 향해 무자비하게 발길질을 해대는 것이었다. 잔인한 매질을 견디지 못한 사내가 마침내 더 이상 방어조차 하지 못하고, 피투성이 기침을 토해내면서 꼼짝도 못하고 축 늘어져 한 팔을 길게 뻗은 채 엥겔하르트 앞에 완전히 널브러질 때까지. 동프로이센의 해변에서 바로 이런 식의 폭행을 당한 기억이 되살아난 엥겔하르트는 무릎을 굽히고 앉아 그 사내를 어깨에 들쳐 메려고 했다. 하지만 인간의 수준을 넘어설 정도로 만취한 백인 주정뱅이들은 엥겔하르트를 거칠게 밀어내면서, 검둥이한테 아부하는 놈! 하고 야비한 욕설을 퍼부었다.

사람이 사람에게 이럴 수는 없다. 화가 치밀어 오른 엥겔하르트는 갑작스레 날개를 달고 솟아난 용기에 힘입어 벌떡 일어섰다. 비쩍 말라 뼈다귀가 덜그럭대는 허약한 몸으로 예닐곱이나 되는 우악스런 사금 채취업자에게 맞선 것이다. 그의 독일어 악센트를 알아차린 한 명이 **더러운 독일 놈**이라고 외치면서 그를 때려눕히려고 주먹을 치켜들었다. 그러자 다른 한 명이 그걸 제지하면서 말했다. 어차피 이제 곧 에드워드 영국 왕과 독일 황제 사이에 전쟁이 벌어질 것이다. 그때가 되면 추잡스런 독일 놈들도 세상의 올바른 이치가 뭔지 자연스레 깨닫게 될 테니 그냥 놓아두라고. 그들은 애국심으로 충만한 노래들을 고래고래 불러재끼면서 한편으로는 알코올 효력을 더욱 강화하기 위해, 또 한편으로는 혀와 입천장이 불타는 착각을 일으켜 원래의 고약한 술맛을 감지할 수 없도록 하기 위해 당시 오스트레일리아의 술집들이 흔히 그랬듯이 저질 브랜디에 화약가루와 카옌 고춧가루를 섞어서 내놓는 술집 안으로 들어가버렸다.

아, 이런 곳이로구나, 하고 엥겔하르트는 생각했다.

상처 입고 쓰러진 유색인종의 여전히 벌어져 있는 손바닥에 몇 실링을 쥐어준 다음 옷감 상인의 집 2층에 있는 자신의 숙소로 돌아온 그는 침대에 털썩 주저앉아 그날의 마주침을 곰곰이 되새겨보았다. 영국 왕의 신민들이 그에게 방금 전에 예고해준 바와 같이 만약 전쟁이 정말로 일어난다면, 그들은 기회를 얻은 떼강도처럼 독일 보호령을 집어삼키려고 마구잡이로 덤벼들지나 않을까? 카이저빌헬름란트, 노이포메른과 그에 딸린 작은 섬들을 지키는 것은 한 줌도 안 되는 소수의 독일 병력뿐인데, 본토로부터 너무나 먼 곳에 자리한 지리적 여건에다 그다지 신경 쓰지 않고 소홀하게 내버려둔 듯한 식민지의 인상은, 영국인들과 같은 호전적인 민족에게는 배고픈 어린 아이 앞의 먹음직스런 딸기 케이크처럼 커다란 유혹의 대상으로 다가올 것이 분명했다. 그로부터 겨우 몇 년이 지난 뒤 정말로 전 세계를 뒤덮게 될 세계적인 재앙의 기미에 대해서 구체적으로는 아무것도 아는 것이 없었지만, 엥겔하르트는 그날 케언스에서의 사건 때문에 영국인과 오스트레일리아인에 대한 생각이 완전히 뒤바뀌어버렸고, 뭔가 심상치 않다는 느낌이 계속해서 강하게 들었다. **태평양** 전체가 완전히 앵글로색슨의 바다가 된다면, 그때도 그가 카바콘 섬에서 농장을 운영할 수 있을까? 아마도 그렇지 못할 가능성이 높았다. 그의 작은 섬은 영국인의 손아귀에 들어갈 것이고, 그의 일꾼들은 그의 코코야자 나무들을 돌보며 영국 왕을 위한 무료 봉사를 해야 할지도 모른다. 그렇다면 독일인인 그의 천국, 자유의 파라다이스는 이제 끝나버리는 것인가?

그가 이런 생각에 몰두해 있는 동안 바로 옆 공간에는, 한 젊은이가 여관의 방과 방 사이 칸막이 역할을 하는 얇은 널빤지를 사이에 두고 그와 머리를 거의 나란히 맞댄 상태로 누워 마찬가지로 깊은 생각에 잠겨 있었다. 용모나 행동거지에서 엥겔하르트와 그다지 많이 차이 나지는 않는 그 젊은이의 머릿속을 차지하고 있는 것은 그 순간의 엥겔하르트처럼 다가올 독일과 영국의 전쟁에 대한 것이 아니라, 바로 양념잼이었다. 제7일 안식일 예수재림교회 신자인 미국인 할시는 제빵공인데, 엥겔하르트와 마찬가지로 골격이 가느다랬으며, 자연식품을 세계에 전파하겠다는 꿈을 갖고 있었다. 그가 오스트레일리아에 온 것은 그가 일하는 제7일 안식일 예수재림교회 재단의 회사가 그를 이곳에 파견했기 때문이다. 파견 이유는 우선 그를 진정시키기 위해서였고(그는 성격이 참으로 괴팍하고 불같았으므로), 다른 이유는 신대륙에서 마음껏 날뛰며 능력을 증명해 보일 만한 기회를 주기 위해서였다.

멀리 미시간 주의 사무실에 앉은 그의 상관들이 생각하기를, 저 아래쪽에서 캥거루들과 함께 뛰어놀다 보면 젊은 할시에게서 뭔가 생산적인 것이 나올지도 모른다고 기대한 것이다.

켈로그 형제는 얼마 전에 미국에서 사니타스 식품회사를 차렸다. 그들의 아이디어는 사람들이 아침 식탁에서 먹는 시리얼을 좀더 맛있게 만들어보자는 것이었는데, 이들의 사업은 앞으로 미국인의 식탁에 혁명을 일으킬 뿐만 아니라, 이들 형제를 아찔할 정도의 엄청난 부자로 만들어주게 될 터였다. 할시는 이 켈로그 형제에게 접견 신청을 했고, 잘 정돈된 환한 사무실로 찾아갔다. 그러고는 활활 타오르는 열광적인 분노의 확신을 가지고 그들에게 설파를 했다. 켈로그 형제의 시리얼은 제7일 안식일 예수재림교회의 순결한 가르침과 절대로 맞아떨어지지 않는다. 왜냐하면 몸이 그걸 섭취하기 위해서는 우유를 함께 먹는 것이 불가피하기 때문이다. 시리얼 하나만으로는 너무 딱딱하고 건조하니까. 그런데 소위 윤활 물질로 작용한다는 그 우유가 무엇인가. 바로 동물성 식품이 아닌가. 그러니 즉시 시리얼 생산을 중단하고, 미국인을 채식주의자로 재탄생시킬 수 있는 적당한 대체물의 개발에 전력해야 할 것이다. **천만다행이군.** 그가 오스트레일리아로 떠나자마자 켈로그 형제는 생각했다. 비록 형제는 독실한 재림교인이기는 했지만 동시에 순수한 양키로서 도저히 변치 않는 사업가의 천성을 지녔고, 또 그것이 그들의 존재 이유이기도 했기 때문이다. 그런 까닭에 할시는 증기선을 타고 샌프란시스코(그가 배를 타고 떠난 직후 엄청난 대지진이 닥쳐 거의 모든 것이 파괴될 운명인 도시)를 떠나 시드니로 갔다가, 다시 케언스에 도착했고, 거기서 엥겔하르트와 나란히 머리를 맞대고 누워 있게 된 것이다.

채식주의자 두 명은 비록 서로의 존재를 알지는 못했지만, 바로 그 순간 그들의 머리를 이어주고 있던 얇은 널빤지 벽을 통해서 마치 전기가 통하는 듯한 느낌을 받았을 가능성도 있다. 당연히 할시는 천재였고, 엥겔하르트도 마찬가지였다. 그런데 흔히 일어나는 일이지만, 어떤 독창적인 정신은 마치 훌륭한 농담처럼 두고두고 잊히지 않고 전래되고, 질병 바이러스와 유사하게 세상에 널리 퍼지며 진화를 거듭하고 만인의 인정을 받는 반면에, 다른 독창성은 그 반대로 슬프고 비참한 상황에서 그대로 쭈그러들기도 한다는 것이다. 할시를 지구의 반대편 끝으로 보내버린 켈로그 형제는, 할시의 사고방식은 분명 당대가 소화하기에는 너무나 급신적인 면을 깆고 있다고 여겼다. 하지만 그럼에도 불구하고 형제는 분명 할시를 사랑했는데, 그건 삼촌과 조카 사이에 싹트는 그런 종류의 애정이었다. 할시가 그들의 기본적인 정신적 토대를 개조하려 들고 소위 말하는 도덕의 근간에 비난을 퍼부었으므로 그들은 할시와 같은 대륙에 머무는 일만 피하고 싶었던 것이다.

다음 날 조그만 여관의 아침 식사 시간, 그들은 같은 식탁에 앉아 있었다. 창밖으로 내다보이는 먼지에 덮인 가벼운 경사로는 어쩌다 비가 쏟아질 때면 순식간에 흙탕물 시내로 변해버렸다. 그럴 때면 플루메리아 꽃잎이 길을 따라 떠내려오다가 여관 앞에서 멈추곤 했는데, 오늘도 거센 소나기가 내리는 바람에 마찬가지의 풍경이 벌어졌다. 엥겔하르트는 정성 들인 손놀림으로 황토가루죽 한 컵을 만들면서 오늘 하루는 여관에서 나가지 않고 더 이상 머물고 싶지 않은 오스트레일리아를 떠날 준비를 해야겠다고 생각하고 있었다.

할시는 그에게 도대체 무슨 추출물을 섞고 있는 거냐고 흥미롭게 물어왔다. 이건 황토라고 그가 대답했다. 자신의 것은 독일에서 가져온 오리지널 황토이지만 이걸 구하지 못한다 해도 원칙적으로 인간은 모든 종류의 흙을 섭취할 수 있다. 흙 속에는 인간의 몸이 필요로 하는 온갖 미네랄이 들어 있는데, 이런 문명 세계를 방문하느라 엥겔하르트의 몸에서 그런 성분들이 빠져나가버렸으므로 이렇게 흙을 먹어야만 건강을 유지할 수가 있노라고. 아니 그렇다면 엥겔하르트는 문명 세계가 아닌 다른 곳에서 산단 말인지, 하고 할시는 호기심을 보였다. 그 질문에 대해 엥겔하르트가 무심함을 가장한 자부심을 숨기지 못하는 태도로 대답하기를, 자신은 태양교단의 지도자이자 설립자이다. 오스트레일리아 북쪽에 위치한 독일 식민지에 코코야자 농장을 운영하고 있으니 문명이란 정의를 어떻게 내리느냐에 따라서 대답은 달라질 수 있다고 말이다. 할시는 그게 맞는 말이군요, 하고 응수한 다음 그 황토를 조금만 먹어봐도 되겠느냐고 청했다. 자신도 채식주의자인데, 동물의 희생을 대가로 하지 않고 만들어진 새로운 먹을거리를 시식해보는 걸 아주 좋아한다면서.

황토 한 컵을 함께 나누면서 할시가 엥겔하르트에게 털어놓은 사업 아이디어는 빵 위에 발라 먹을 건강식 양념잼을 만들고 싶다는 거였다. 당연히 순수한 식물 성분이어야 하고, 나이에 상관없이 모두의 입맛에 잘 맞아 고기 맛을 그리워하는 욕구를 달래줄 수 있을 뿐만 아니라, 심지어는 사람들이 아침 식사 때 흔하게 빵에 발라 먹는 그 유명한 리비히 회사의 고기즙과도 맛으로는 도저히 구별할 수 없을 정도여야 한다는 것이다.

끓여서 만든 다음에 보존 유리 용기에 담아 판매하는 맥아와 효모를 원료로 한 이 새로운 식품은 비타민이 풍부하고 맛이 좋으며, 뿐만 아니라 그 안에는 할시 자신만의 깊은 뜻이 숨어 있는데—지금껏 세계를 바꾸어왔던 모든 위대한 사상의 이면에는 항상 뭔가 알려지지 않은 은밀한 의도가 내포되어 있었음이 분명하지 않은가—자신은 새 식품의 개발을 통해서 새로운 인간, 더 이상 동물의 부당한 고통에 기반을 두고 생존해갈 필요가 없는 채식주의자이면서 건강하고 튼튼한 새로운 인간 종을 창조하겠다는 것이다. 즉 할시는 자신의 동족인 인간을, 입맛이라는 속임수를 이용해 교육하기를 원했다. 양념잼 생산을 위해 전 세계에 세운 공장에서 (왜냐하면 엄청난 분량을 만들어야 하므로) 짙은 갈색의 효모 알갱이를 커다란 통에 담아 살짝 끓이는 장면이 할시의 눈앞에 그림처럼 떠올랐다. 알게 된 지는 겨우 10여 분에 불과하지만 그래도 이토록 특별한 계획을 솔직하게 털어놓는 할시의 태도에 엥겔하르트는 일면 감명을 받았다(여기서 우리는 그들이 서로를 알지 못한 채 머리를 맞대고 잠이 들었으며 서로가 서로의 꿈속으로 흘러들어갔던 지난밤의 시간은 치지 않기로 한다). 이 젊은 재림교인이 설명하는 것은 채식주의를 전파하겠다는 이상이며, 그것은 따지고 보면 엥겔하르트의 것과 크게 다르지 않았다.

단지 할시가 몇 주일 전부터 결정을 내리지 못하고 있는 문제는 양념잼의 명칭을 뭐라고 붙이느냐 하는 것이다. 여기 자신이 생각해놓은 이름들을 모두 써두었는데, 대부분 다시 줄을 그어 지워버리고 말았다. 혹시 엥겔하르트에게 뭔가 즉흥적으로라도 떠오르는 것은 없는지? 가능하면 건강한 인상을 주는 소리여야 하고, 자음과 모음의 배열과 순서가 조화로워야 한다. 만약 그런 이름이 떠오른다면 부탁이니 나 할시에게 말을 해달라. 그런데 엥겔하르트는 이름을 생각해주는 대신 이 미국 젊은이에게 자신과 함께 노이포메른으로 가서 시험 삼아 석 달 정도 코코야자만을 먹고 지내보자고 권유했다. 그렇게 지내는 동안 양념잼의 이름과 생산 방법(혹시 그 양념잼을 만드는 데 코프라*를 원료로 사용할 수는 없을까?), 그리고 상품화의 방안까지도 찬찬히 생각해볼 수 있을 것이다. 카바콘에서 함께 궁리하다 보면, 새로운 식품에 붙일 적당한 명칭도 더 쉽게 생각날 수도 있지 않겠나. 그리고 그곳에서는 실제로 모두가 하루 종일 나체로 돌아다니게 될 것이다.

---

* copra: 코코야자의 과육과 배젖을 말린 것.

하지만 할시는 시간을 절약해야 하므로 이 모든 제안을 거절했다. 그는 살짝 불쾌했으며, 당혹스러웠다. 매우 미안하지만 나의 채식주의 사상은 청교도적 전통에 뿌리를 둔 것이다. 그러므로 실용주의와 자본주의를 지향하는 리얼리즘으로 기울 수밖에 없다. 한 개인의 육체는 그가 지닌 철학의 정수라고 볼 수 없다. 물론 육체는 존재하지만, 그렇다고 해서 그 육체가 해변에 나체로 누워 있어야만 옳다고 생각하지는 않는다는 뜻이다. 그런 행동으로는 타인들을 설득할 수 없다. 할시의 눈에 엥겔하르트는, 만약 이렇게까지 말하는 것이 허용된다면, 모든 낭만주의자는 이기주의자일 뿐이라고 쇼펜하우어가 표현한 그런 사람으로 보였다.

한동안 엥겔하르트는 아무 말도 없이 앉아 있었다. 그리고 할시로부터 받은 양념잼 이름 후보들이 적힌 종이를 자꾸만 더 작은 크기로 갈가리 찢다가 갑자기 입을 열어 가엾은 양키 젊은이에게 일방적인 비난을 퍼부어대기 시작했다(비슷한 이상을 공유하는 인간들끼리는 더욱 지독하게 서로를 물어뜯을 수 있다는 것은 잘 알려진 사실이다). 할시는 생의 기쁨이라고는 모르는 차가운 칼뱅주의자이다. 게다가 그가 만드는 양념잼을 빵에 바르는 자들이 과연 어떤 인간일 것인가. 어차피 돈이 없는 가난한 이들이 구매자가 될 것이 뻔하다. 그리하여 할시는 허황된 공상에서 깨어나게 되리라. 그의 공상은 결국 착취 구조를 기반으로 세워진 것이니까. 자연이 베풀어주는 풍요한 산물을 발견하고 그것으로 조화로운 삶을 영위하는 대신에 공장에서의 대량생산이나 기획하고 있으니.

아 그래, 이제 보니 공산주의자 멍청이였군. 화가 나 자리에서 벌떡 일어선 할시의 입에서 이런 말이 튀어나왔다. 그는 식탁 위의 모자를 휙 집어 들고 여관 문을 향해 서둘러 발걸음을 옮겼다. 성스러운 채식주의의 배신자! 엥겔하르트가 그의 뒤통수에 대고 외쳤다. 그리고 덧붙여, 점잖은 척하면서 속으로는 돈 계산이나 하는 애늙은이. 하지만 할시의 귀에는 더 이상 이런 말들이 들어오지 않았다. 이미 그는 빗물에 젖어 청회색이 된 케언스의 거리, 인파 속으로 사라진 다음이었기 때문이다. 간혹 여기저기 모퉁이에서 그의 모습이 불쑥 나타나는가 싶더니, 잠시 후 영영 보이지 않게 되었다. 남은 것이라곤 열두어 개의 양념잼 이름이 적힌, 엥겔하르트가 갈가리 찢어 식탁 아래에 던져둔 종잇조각뿐이다. 그날 저녁, 이미 우리의 친구는 길을 떠나버린 다음인데, 여관 주인은 종잇조각들을 쓸어 담아 엥겔하르트가 일부러 방 안에 남겨둔 황토 꾸러미와 함께 부엌 화덕 속으로 쏟아버렸다. 앞으로는, 하고 우리의 친구는 속으로 맹세했다. 오직 코코야자만을 먹으면서 살리라. 바로 그 순간, 테두리가 희고 노랗게 빛나는 검은 장미꽃 이파리처럼 불꽃 속에서 타들어가던 종잇조각들은 어떻게 되었나? 종이 위에 '베지테리언스 딜라이트Vegetarians Delite' 라고 적힌 것이 보였다. 그리고 줄을 죽죽 그어 지워놓은 몇 개의 이름 아래에 **베지스 마이트**Veggie's Might **이스티**Yeastie와 **비스트 프리**Beast-Free, 그리고 다음에는 똑똑하고 분명한 필체로 두 번이나 밑줄을 그었으며 모서리 진 굵은 느낌표로 강조를 한 글자, **베지마이트***가 있었다.

---

* Vegemite: 고농도의 비타민이 함유된 농축 효모 추출물로 빵이나 과자에 발라 먹는다. '오스트레일리아의 맛'이라고 하며 오늘날까지도 매우 사랑받는 식품이다.

제2부

VII

이제 우리는 사랑에 대해서 이야기하려고 한다. 비가 추적추적 내리는, 참으로 우울한 귀향길이었다. 그 주일 내내 대양은 침울한 회색과 납빛이었으며, 노이포메른의 해안선이 보이기 시작할 즈음에야 그토록 바라던 태양이 엥겔하르트를 다시 비추었다. 헤르베르트쇠헤의 선창가에는 수도에서 주인을 맞이하려고 카바콘에서 그곳까지 카누를 타고 온 어린 조수 마켈리가 기다리고 있었다. 풀 죽은 표정의 엥겔하르트가 축 처진 걸음걸이로 배에서 내렸다. 그를 향해서, 아니 정확히 말하면 제국 우편선의 선체를 향해서, 분노라고 할 수 있는 격한 감정의 눈빛을 이글거리면서 하얀 양복을 입은 비만 체형의 한 남자가 다가서고 있었다(그는 하르트무트 오토라고 하는 품위 없는 새 상인으로, 벌써 몇 번째인지 알 수도 없지만 극락조 깃털 화물에 대해서 또다시 그를 속여먹으려고 술수를 부리는 일이 일어났기 때문에, 저주를 퍼부으면서 노이포메른 땅을 떠나 카이저빌헬름란트로 향하던 중이었다). 그들은 서로를 전혀 알아보지 못한 채 스쳐 지나갔다.

따가운 햇살을 피하라고 엥겔하르트의 머리 위로 구멍 투성이 우산을 씌워준 마켈리는 그의 작은 여행 가방을 받아 들었다. 그리고 한동안 말없이 그와 나란히 걸었다. 자신의 주인이 뭔가에 매우 상심하고 있음을 짐작한 눈치였다. 어떻게 하면 주인의 기분을 좋게 만들어줄 수 있을까 이리저리 궁리하던 마켈리는 문득 비스마르크 후작 호텔에서 엥겔하르트를 기다리던 젊은 독일인 생각이 떠올랐다. 그래서 마켈리는 엥겔하르트에게 너무 풀 죽어 있지 말라고 갑자기 말을 꺼냈다. 그를 만나려고 먼 독일에서 손님이 찾아왔으니까. 뭐라고, 손님이라고? 그래요, 금발의 젊은 남자(게다가 고기와 생선에는 절대 손도 대지 않는 남자)가 벌써 일주일이나 호텔에서 머물면서 주인님이 오스트레일리아에서 돌아오기를 기다리고 있답니다. 아니 마켈리. 엥겔하르트는 감격해 커다랗게 소리치면서 소년의 양어깨를 잡고 마구 흔들었다. 그런 얘기를 왜 이제야 하는 거야! 그런 중요한 소식을 말이다!

덩달아 기쁘게 미소 짓는 마켈리를 혼자 세워둔 채 거리를 질풍처럼 내달린 엥겔하르트는 물웅덩이를 그대로 첨벙첨벙 뛰어넘고, 생생한 주황색 꽃들이 활짝 만개한 벤지민고무나무를 돌아 호텔 베란다로 향하는 계단을 단숨에 껑충 뛰어올라가, 마침내 가쁜 숨을 헐떡거리면서 주근깨가 있는 젊은 청년 앞에까지 왔다. 그때 나무껍질로 만든 낮잠 의자에서 몸을 벌떡 일으켜 세운 청년은 풍성한 금색 머리카락을 귀 뒤로 넘겨 고정하고 축축한 손바닥을 바짓가랑이에 비벼 닦으면서, 어쩐지 좀 어색한 미소와 함께 자신을 헬골란트 출신의 채식주의자 하인리히 아우에켄스라고 소개했다. 그 위대한 책 『근심 없는 미래』의 천재적 저자를 이렇게 실제로 만나게 되니 엄청난 영광이라고. 이 먼 여행을 실현하기 위해 돈을 아껴서 저축했으며, 편지로 미리 양해를 구하는 절차를 생략하고 곧바로 이곳까지 그냥 달려온 점에 대해서 용서를 구한다. 자신은 원래 함부르크에서 대학을 다니기 위해 생애 최초로 고향인 헬골란트를 떠났는데 그 여정이 이곳으로 이어질 줄은 스스로도 몰랐다, 하지만 지금 이루 말할 수 없이 기쁘고, 만약 가능하다면 당장이라도 태양교단에 입문하고 싶다. 붉은 기가 도는 금발의 아우에켄스는 마침표도 쉼표도 없이 말을 이어나갔고, 엥겔하르트는 그토록 오래 고대하던 추종자의 방문을 맞아 마음속에 무한한 기쁨과 함께 그동안의 노고를 한꺼번에 잊게 만드는 크나큰 감동이 마치 순식간에 끓어오르는 광천수의 거품처럼 와락 솟아나는 것을 느꼈다.

나중에 와서 생각해보면, 그때 엥겔하르트가 방문객으로부터 받았던 매우 긍정적인 첫인상은 그동안 자신을 괴롭히던 심한 고독감에 상당 부분 기인했던 것이다. 또한 바로 얼마 전에 양키 할시가 그의 이상적인 공동체 건설의 제안을 매몰차게 거절한 영향도 분명 남아 있었기에, 엥겔하르트가 어린 시절부터 인간을 상대로 두껍게 쳐놓은 불신과 방어의 장막이 아우에켄스 앞에서 잠시 풀어졌던 탓도 있었다. 얼마 지나지 않아 아우에켄스란 인물은 최일급 비열한이란 사실이 드러났고, 따라서 이미 몇 주일 뒤에는 더 이상 우리의 이야기에 등장하지 않으며, 앵글로색슨인들의 표현대로라면 *pushing up the daisies**이다.

아우에켄스는 어떻게 카바콘 농장의 존재를 알았는가, 하고 우리의 친구가 물었다. 그는 헬골란트에서 구독하

---

* 데이지꽃이 자라다. '죽다'라는 뜻의 속어.

던 나체주의자 리하르트 운게비터의 잡지에서 읽었다고 했다. 멀리 남태평양에서 행하는 엥겔하르트의 실험은 고국이라는 정신적 협소를 깨뜨리는 큰 용기를 발휘한 것이고, (비록 궁극적으로는 유토피아를 찾아가는 것이긴 하지만) 점점 빠르고 정신없이 돌아가며 점점 더 무의미하게 변해가는 병든 기계 사회를 멀리 떠나 야자나무 아래에서 새로운 시작을 감행한다는 점에서 높이 칭송받았다는 것이다.

운게비터로부터 그런 호의적인 평가를 받을 줄은 전혀 예상하지 못했던 엥겔하르트(그 둘은, 돌이켜보면 아마도 서로 간의 오해가 발단이 되어 극도로 틀어지게 되는 바람에 서신 교환을 중단한 상태였다)는 방문객에게 짐을 호텔 방에서 얼른 빼내 함께 카바콘으로 가자고 말했다. 아우에켄스는 그야말로 태양교단의 제1번 신도가 분명하다. 그러니 엥겔하르트는 조금의 망설임도 없이 그를 정식 동지로 부를 것이며, 섬으로 가면 사람들이 그에게 오두막을 지어줄 것이고, 모든 풍성함을 그와 함께 나눌 것이라고 했다. 아니 그러면 다른 신도는 한 명도 없단 말인가, 하고 아우에켄스가 물었고, 그러자 우리의 친구는 미소를 띠면서, 아직은 아무도 없지! 하고 대답했다. 인내심을 갖고 기다려야 한다. 완전히 벌거벗은 채 오직 코코야자만 먹으면서 살겠다는 결심을 하려면, 그 전에 일단 문명 세계에서 한 번 크게 좌절을 겪고 쓰러지는 경험을 할 필요가 있는 거니까. 그는 아우에켄스의 호텔 영수증을 자신의 서명으로 대신 지불하고 헬골란트의 젊은이를 선착장으로 데리고 갔다. 그리고 마켈리의 능숙한 도움을 받아 그들을 섬까지 데려다줄 카누에 함께 올라탔다.

이미 해변에는 새로운 섬 주민이 살 수 있는 야자 이파리 오두막이 있었다. 독일어로 독일과 관련된 관심사에 대해서 대화를 나눌 수 있다는 사실이 참으로 좋았고, 엥겔하르트는 결코 외롭다고 느끼지 않았다. 자신과 비슷한 사상적 지평을 지닌 사람과 생각을 나눌 수 있다는 기대감으로 인해 엥겔하르트는 예전에 거의 알지 못하던 들뜬 흥분마저 일었다. 아우에켄스는 소로도 읽었다! 그들은 해변에 나란히 앉아 코코야자 과육을 먹으면서 독일 정부의 정치적·윤리적 부조리에 대해서 이야기했다. 독일은 몇 년 전 동아프리카의 위투란드*를, 거기다 잔지바르, 라무, 펨바 섬까지 얹어서, 헬골란트와 교환 조건으로 다 내주지 않았는가. 구름이 많고 바람이 없는 날씨였다. 그들 앞 모래사장에는 조그만 게들이 지그재그로 움

---

* 위투 보호령이라고도 하며 영국의 아프리카 옛 식민지로 현재 케냐에 속하는 지역이다.

직이며 상대를 몰아세우는 것이, 결투를 준비하는 모양새였다. 아우에켄스는, 아직은 그 정도까지 기대하지는 않았는데도 벌써 완전한 코코야자주의자가 되었으며, 야자열매 외에는 약간의 바나나를 먹었을 뿐이다. 엥겔하르트는 야자껍질을 프랑켄 포도주가 담긴 잔처럼 높이 쳐들면서, 헬골란트에서 이곳까지 먼 길을 달려와준 방문자에게 간단한 감사의 인사를 건넸다. 우리는 함께 좋은 선례들을 이룩하면서 조만간 더 많은 태양교단의 신도들을 맞이하게 될 것이다, 이 대목에서 그들은 야자껍질을 서로 부딪치면서 **비바!** 하고 축배의 외침 소리를 냈다. 뛰어난 사상 하나만 있다면 다른 어려움 따위는 다 물리칠 수 있는 법이니까.

그런데 인간은 아직 엥겔하르트의 사상을 받아들일 준비가 되어 있지 않다. 그러기 위해서는 먼저 자기 스스로를 초월하는 과정이 필요한데 그 부분이 미흡하기 때문이다. 그리고 엥겔하르트는 다음과 같은 비유를 들었다(그의 비유를 들으면서 아우에켄스는 고개를 살짝 옆으로 기울이고는 생각에 잠긴 모습으로 이마를 긁적거렸다). 예를 들어 개미 한 마리가 놀라울 정도로 복잡한 감각기관인 더듬이를 이용해서 사방의 허공을 더듬다가 발견하게 된 초콜릿 한 조각을 향해 덤벼든다고 가정해보자. 이때 개미에게 초콜릿이란 물건은 개미의 상상력의 지평 안에서만 이해 가능한 대상이며, 개미의 수준에서 아주 당연한 형상으로 나타난다. 그런데 여기에 사람이 있다고 생각해 보자. 사람은 초콜릿을 지키고 싶고, 개미가 동료들을 불러 모아서 자신의 간식거리를 강탈해 가기를 원하지 않는다. 그래서 초콜릿을 냉장고에 숨겨버린다. 그러니 이제 영원히 초콜릿의 표면만을 헤매고 다니게 된 개미(냉장고 안의 낮은 온도 때문에 개미의 더듬거리는 움직임은 점점 느려지고 점점 부정확해질 것이다)는 방금 무슨 일이 일어났는지 짐작할 도리가 없다. 개미와 개미의 욕구를 자극하던 물질이 생존에 적대적인 추운 환경으로 이제 막 내몰렸다는 사실을 개미의 인식 능력으로는 도저히 파악할 수 없기 때문이다. 개미는 설사 앞으로 10만 년을 더 산다고 해도, 이미 시작된 자신의 동사 원인이 되는 메커니즘을 이해할 수 없을 것이고, 또 예를 들어서 왜 어떤 문화권에서는 찬장에 얼음덩이를 넣어 차갑게 유지하는 그런 장치가 반드시 필요한지, 그 점을 추리하고 납득할 수 있는 중추신경계 장치를 아예 구비하고 있지 않다. 마찬가지로 왜, 어떤 목적으로 자신이 이 지구에 태어났는지 알고 싶은 인간에게도 똑같은 원리가 적용된다. 인간의 감각 중추는 그 자신의 존재 배경이 어떤 내용인지 깨달을 만직이며 상대를 몰아세우는 것이, 결투를 준비하는 모양새였다. 아우에켄스는, 아직은 그 정도까지 기대하지는 않았는데도 벌써 완전한 코코야자주의자가 되었으며, 야자열매 외에는 약간의 바나나를 먹었을 뿐이다. 엥겔하르트는 야자껍질을 프랑켄 포도주가 담긴 잔처럼 높이 쳐들면서, 헬골란트에서 이곳까지 먼 길을 달려와준 방문자에게 간단한 감사의 인사를 건넸다. 우리는 함께 좋은 선례들을 이룩하면서 조만간 더 많은 태양교단의 신도들을 맞이하게 될 것이다. 이 대목에서 그들은 야자껍질을 서로 부딪치면서 **비바!** 하고 축배의 외침 소리를 냈다. 뛰어난 사상 하나만 있다면 다른 어려움 따위는 다 물리칠 수 있는 법이니까.

그런데 인간은 아직 엥겔하르트의 사상을 받아들일 준비가 되어 있지 않다. 그러기 위해서는 먼저 자기 스스로를 초월하는 과정이 필요한데 그 부분이 미흡하기 때문이다. 그리고 엥겔하르트는 다음과 같은 비유를 들었다(그의 비유를 들으면서 아우에켄스는 고개를 살짝 옆으로 기울이고는 생각에 잠긴 모습으로 이마를 긁적거렸다). 예를 들어 개미 한 마리가 놀라울 정도로 복잡한 감각기관인 더듬이를 이용해서 사방의 허공을 더듬다가 발견하게 된 초콜릿 한 조각을 향해 덤벼든다고 가정해보자. 이때 개미에게 초콜릿이란 물건은 개미의 상상력의 지평 안에서만 이해 가능한 대상이며, 개미의 수준에서 아주 당연한 형상으로 나타난다. 그런데 여기에 사람이 있다고 생각해 보자. 사람은 초콜릿을 지키고 싶고, 개미가 동료들을 불러 모아서 자신의 간식거리를 강탈해 가기를 원하지 않는다. 그래서 초콜릿을 냉장고에 숨겨버린다. 그러니 이제 영원히 초콜릿의 표면만을 헤매고 다니게 된 개미(냉장고 안의 낮은 온도 때문에 개미의 더듬거리는 움직임은 점점 느려지고 점점 부정확해질 것이다)는 방금 무슨 일이 일어났는지 짐작할 도리가 없다. 개미와 개미의 욕구를 자극하던 물질이 생존에 적대적인 추운 환경으로 이제 막 내몰렸다는 사실을 개미의 인식 능력으로는 도저히 파악할 수 없기 때문이다. 개미는 설사 앞으로 10만 년을 더 산다고 해도, 이미 시작된 자신의 동사 원인이 되는 메커니즘을 이해할 수 없을 것이고, 또 예를 들어서 왜 어떤 문화권에서는 찬장에 얼음덩이를 넣어 차갑게 유지하는 그런 장치가 반드시 필요한지, 그 점을 추리하고 납득할 수 있는 중추신경계 장치를 아예 구비하고 있지 않다. 마찬가지로 왜, 어떤 목적으로 자신이 이 지구에 태어났는지 알고 싶은 인간에게도 똑같은 원리가 적용된다. 인간의 감각 중추는 그 자신의 존재 배경이 어떤 내용인지 깨달을 만큼 고도로 발달해 있지 않다. 만약 이것이 가능하다면(하지만 이미 말했듯이 전적으로 불가능한 영역에 속하는 것이다) 마야의 베일이 들춰질 것이며, 인간은 자기 자신을 초월하고 신과 마찬가지의 존재가 될 것이다. 조금 전의 비유에서처럼 영원히 깨닫지 못할 거대한 신의 영역이나 다름없는 우리 인간과 마주친 개미처럼 말이다.

엥겔하르트가 개미와 초콜릿의 비유를 통해 말하고자 하는 바를 정확히 이해하지는 못한 아우에켄스는, 엥겔하르트가 살고 있는 오두막이 거의 완전한 집의 형태를 갖춘 것을 발견한 시점부터는 그의 말에 귀 기울이는 걸 아예 포기해버렸다. 잭프루트 목재로 만든, 폭이 2미터나 되는 널찍하고 흠잡을 데 없는 베란다가 집 전체를 빙 둘러싸고 있으며, 실내의 벽들은 보기 좋은 조개껍질로 장식했고, 체스판까지 만들어서 통나무 조각 위에 얹어 언제든지 게임을 할 수 있는 상태이다. 충분히 심사숙고하고 미관을 고려해서 꾸민 아름다운 화단에는 꽃들이 막 피어나는 참이었으며, 화려한 색채의 벌새들이 주변을 맴돌았다. 창문에는 나무 블라인드를 제대로 설치하여 날씨가 나쁘거나 혹은 짐승들이 들어오는 것에 대비할 수 있게 했고, 밤이 되면 덧문을 안쪽으로 닫아서 안정감 있고 아늑한 공간을 만들 수 있었다. 엥겔하르트는 이렇게 완성된 집에서 첫번째 밤을 보냈을 때 바로 그런 안정감과 아늑함이 자신을 기분 좋게 가득 채우는 것을 느꼈다. 그래 우리 솔직해지자. 이 집은 엥겔하르트가 직접 지은 것이 아니라 헤르베르트쇠헤에서 불러온 솜씨 좋은 목수의 작품이다. 목수는 일주일 안에 방 세 개짜리 집을 완성했고; 엥겔하르트의 지시에 따라 향기 좋은 백단향으로 함까지 하나 짜 만들었다. 그 함 위에다 엥겔하르트는 오래된 나무 조각 인물상을 올려두었다. 인물상의 불가해한 시선이 집 안의 모든 방을 다 향할 수 있도록 위치를 잡아서.

그런데 일꾼들 대표가 작은 의식과 함께 그에게 건넨 이 주술적 인물상은, 호텔 사장인 헬비히와 아주 흡사하게도 한쪽 귀가 없다. 그것은 20여 년 전 어떤 만취한 선교사가 감행한 헛된 시도 덕분이었다. 노이라우엔부르크-아르히펠의 섬 주민들을 조금이라도 더 가톨릭 신앙에 가까이 다가가게 하고자, 선교사는 도끼를 들고 섬의 우상을 내리쳐 귀를 절단한 것이다. 그 가톨릭 신부는 술에서 깨어나자마자 자신의 도끼로 바로 가격을 당했다. 그의 몸은 피가 다 빠질 때까지 나무에 매달려 있다가, 제례용 돌 제단 위에서 잘게 토막 났으며, 그중에서도 가장 선호하는 부위는 증기에 찌고 판다누스 나뭇잎으로 싸서, 인물상의 당시 소유주이던 매우 영향력이 큰 추장의 음식상으로 올라갔다. 그 위대한 추장은 유머 감각도 뛰어났는데, 자신에게 바쳐진 고기를 먹지는 않았고 다만 디저트로 선교사의 귀 하나를 나무 꼬챙이에 끼워 바삭하게 구우라고 시켰다. 말하자면 '귀에는 귀'였던 셈이다.

그런데 매우 잔혹했던 시절의 그런 일들(이미 오래전에 있었던 일이긴 하지만)은, 사실상 그의 소망이 하나하나 이루어지고 있는 이 낙원에서 엥겔하르트의 정신에 희미한 영향을 드리우게 된다. 첫번째 교도가 독일에서 찾아왔고, 원주민은 양순해지고 절반쯤 채식주의자가 되어 있을 뿐만 아니라 그 정도를 넘어서 아주 친절하게 노동을 제공하는 데도 기꺼이 한마음이었다. 엄청난 수의 책 상자는 그동안 수없이 배를 갈아타는 항해를 거치면서도 습기가 차지 않고 안전했는데, 엥겔하르트는 그 상자들을 일일이 카누에 싣고 해안으로 운반한 다음 상자를 풀어 자신에게는 성스러운 존재인 책들을 꺼내 일단 집 안의 벽에 대고 쌓아놓았다가, 한 권씩 차례로, 정확하게 알파벳과 숫자의 분류법에 따라 현대적인 디자인으로 미리 짜놓은 책장에 정돈해 꽂았다. 카바콘 주민들은 자주 엥겔하르트에게 말했다. 주민들이 **마나**라고 부르는 것(우리 유럽인들에게는 **마젤**이란 명칭으로 알려져 있다)을 엥겔하르트가 갖고 있노라고. 그러면 엥겔하르트는 잠시 동안이나마 어린아이처럼 단순하게 마냥 기뻐했다. 하지만 첫번째 먹구름은 이미 몰려오기 시작했다. 그것도 우리 눈에 보일 정도의 아주 빠른 속도로 말이다.

어린 시절에 엥겔하르트는 종종 상상해보았다. 우리가 사는 세상 이외에 동시에 존재하는 또 다른 세상이 있고, 그 세상의 모든 것은 기이하지만 납득할 수 있고 논리적인 방식으로 다르게 발전해왔다고. 모든 대륙은 한 번도 본 적이 없는 대양 위로 낯설고 알려지지 않은 모양새로 떠올랐고, 해안선의 흐름은 지도를 그릴 수 없게 매우 거칠며, 하늘에는 두 개의 달이 떠 있다. 멀리 들풀로 뒤덮인 인적 없는 평원에는 도시들이 드높이 솟아 있는데, 그곳의 건축 장인들은 우리가 아는 그 어떤 건축 이론에도 부합하지 않게 건물을 지어 올렸고, 고딕이나 르네상스는 그들에게 오직 낯선 개념일 뿐이며, 그들은 우리의 것과는 완전히 이질적인 미학과 규칙을 따르고 복종하므로, 까마득하게 높은 탑과 담장은 원래 그런 것일 뿐 다른 방식으로는 설계될 수 없다. 끈으로 육지와 연결해놓은 기구들은 인간이 상상할 수 있는 모든 색채와 모양을 지녔는데, 도시들의 하늘을 온통 뒤덮고 있다. 밤이 되면 기구에 조명이 켜지면서 환하게 색색으로 빛을 발한다. 우리 세계의 사슴과 비슷하게 생긴 순한 짐승이 성문 앞에서 전혀 사람을 겁내지 않고 풀을 뜯는다. 도시의 주민들이 그 짐승을 잡아서 먹을 것이다. 단지 인간의 모습만이 눈에 들어오지 않는다. 단 한 번도 보인 적이 없었다. 엥겔하르트는 종종 꿈속에서도 이 세계를 보곤 했다. 잠에서 깨어나면 그는 너무도 아쉬웠고, 다시 그곳으로 돌아가고 싶은 그리움에 휩싸였다.

다음 날 아침 엥겔하르트는 해변으로 내려가, 연극조로 과장해서 치켜든 손가락 마디를 이용해 아우에켄스의 야자 이파리 오두막 문을 두드리면서, 강한 독일어 악센트로 다음과 같이 외치며 전우의 잠을 깨웠다. *In the hollow Lotos-land to live and lie reclined, on the hills like Gods together, careless of mankind*(텅 빈 연꽃의 나라에 살면서 언덕 위에 신들처럼 함께 몸을 누인다. 인간의 시선은 신경 쓰지 않고서). 깜짝 놀라 잠에서 깬 아우에켄스는 벌거벗은 채 모래 침대에서 일어나 잠이 덜 깬 눈을 비비고 헛기침을 여러 번 뱉어냈다. 그는 영 말을 듣지 않는 곱슬머리를 이마 뒤로 넘기며 테니슨의 유명한 시를 이어서 읊기 시작했다. *Then someone said, "We will return no more." And all at once they sang, "Our island home is far beyond the wave; we will no longer roam*(그때 누군가가 말했다. "우리는 돌아가지 않을 거야." 그리고 모두가 동시에 노래하기 시작했다. "우리의 섬은 파도 너머 멀리에 있다. 우리는 더 이상 표류하고 싶지 않다").*

그들은 와락 웃음을 터뜨렸다. 신성한 시구의 내용을 의미심장하게 받아들인 그들은 신이 나서 환호성을 지르며 반가운 마음에 상대편 어깨를 툭툭 쳤다. 이 시에서 **연꽃**이란 단어는 **코코야자**로 바꿔서 노래하는 것이 옳다고 말을 주고받으면서. 옷을 벗은 그들은 숨을 헉헉대면서 함께 만조의 바다를 향해서 달려갔다. 그런데 이상하게도 달리는 도중에 아우에켄스가 엥겔하르트의 손을 잡는 것이었다. 엥겔하르트는 기분이 나빴지만 꾹 참았다. 그는 이런 행위가 모멸감을 주는 무례한 짓이라고 여겼다. 아우에켄스는 처음에 태양교단의 손님 자격으로 자신이 당연히 엥겔하르트의 집에서 머물 거라고 기대했다. 그랬는데 난데없이 좀 떨어진 위치에 있는 야자 이파리 오두막이 배당된 것이다. 사실 그 오두막은 우리의 친구가 처음 카바콘 섬에 왔을 때 숙소로 이용했던 곳이다. 첫날 해변을 함께 산책하면서 대화를 나누던 아우에켄스는 이런 말을 했다. 자신에게 정신의 자유란 곧 성적인 자유를

---

* 둘 다 앨프리드 테니슨의 시 「연을 먹는 자들 The Lotos-Eaters」에서 인용한 것이다.

의미하기도 한다고. 이 말을 들은 엥겔하르트는 아우에켄스에게 따로 숙소를 내주기로 마음을 굳혔던 것이다. 그때 엥겔하르트가 정확히 무슨 의미냐고 물었고, 젊은 방문자는 솔직하게 대답하기를, 자신의 성애는 남성을 사랑하는 쪽이다. 헬골란트에서 한 하녀와 시도를 해본 적이 있긴 하지만, 그 즉시 자신은 오직 남성의 몸만을 갈망하도록 태어났다는 사실을 깨달았노라고. 채식주의자였던 플루타르코스도 이미 그 시절에 동성애가 고도로 발달한 문명의 징후라고 보지 않았는가. 역사적으로 살펴보면 항상 소년을 칭송하는 시가 빈번하게 쓰였고, 그것을 속물적으로 왜곡해서 해석하는 것은 수천 년이나 지속되어온 점잔 빼는 허위의식에 지나지 않는다. 바로 이런 숨 막히는 현실을 타개하는 것이야말로 나, 아우에켄스의 목표이다. 동성애는 진실한 남성성의 원초적 상태이다. 반면에 여자를 사랑하는 것은 자연의 오류가 빚어낸 괴상한 결과이다.

아우에켄스는 지난해 8월 갈매기들이 호이스회른 절벽 위에서 바람을 맞으며 마치 하얀 돌들처럼 꼼짝도 하지 않고 매달려 있는 풍경을 구경하며 헬골란트의 오버란트 지역을 정처 없이 걸어 멀리까지 산책을 나간 적이 있었다. 돌아오는 길에 찻집에서 잠시 쉬고 있는데 젊은 청년 하나가 눈에 들어왔다. 청년의 외모는 귀가 쫑긋하고 눈동자가 검고 어두우며 기이할 정도로 낯빛이 창백하여 도저히 이 지역과 어울리지 않았다. 끔찍할 정도로 비쩍 마른 그 청년은 고등학교 졸업시험 공부를 하는 학생으로 삼촌과 함께 찻집의 테이블에 앉아 얼음사탕을 갉아 먹는 중이었는데, 이 섬의 생태계에 갑자기 나타난 하나의 이물질이라는 것이 아주 명백해 보였다. 그 이질적인 존재를 본 순간 즉시 걷잡을 수 없이 끓어오르는 욕정에 사로잡혔노라고, 아우에켄스는 자신의 멘토인 엥겔하르트에게 담담하게 털어놓았다. 엥겔하르트는 겉으로는 이해심이 있는 척 고개를 끄덕였지만, 속으로는 동성애 기질을 당당히 공개하는 태도에 대한 거부감을 드러내지 않으려고 노력하는 중이었다.

아우에켄스는 눈빛과 고개의 움직임 등으로 청년에게 신호를 보냈다. 삼촌에게 잠시 양해를 구하고 밖으로 나오라고. 어쨌든 청년은 그의 말대로 했고, 여름 대기 속으로 걸어 나왔다. 그리고 다음과 같은 일이 벌어졌다. 아우에켄스는 청년이 겨우 몇 걸음 떼어놓기가 무섭게 우악스런 손으로 도시 출신 청년의 좁다란 어깨를 움켜쥐고 찻집의 담벼락으로 밀어붙인 뒤 청년의 귀에 혀를 밀어 넣으려고 했다. 그리고 그의 한 손은 청년의 바지 앞섶으로 내려가 사정없이 더듬거리고 있었다(마치 털이 북슬북슬한 거미 같다고, 만짐을 당하는 청년은 느꼈다). 깜짝 놀란 청년은 조그맣게 분노의 비명을 지르면서 아우에켄스를 휙 밀쳐버렸다. 그런데 바로 그 순간, 아우에켄스는 자신이 매혹당한 채 다가가려고 했던 바로 그 목표 지점에서 아주 강한 냄새가 풍기는 것을 깨달았다. 청년이 다시 찻집 안으로, 삼촌에게로 달아나버린 다음에야 아우에켄스는 그 이유가 무엇인지 생각해낼 수 있었다. 그건 그 청년이 유대인이기 때문이다. 털이 많고, 창백하고, 씻지도 않는, 추잡한 동쪽 출신의 비독일인 사자(使者)(이렇게 호칭되기는 했으나 그 젊은이 또한 채식주의자이며, 그날 저녁때 프라하에 있는 자기 여동생에게 이런 엽서를 쓴다. 바닷가에서 지내는 동안 기침이 많이 나아졌으며, 삼촌이 여기저기 데리고 다니며 구경을 시켜주었다. 이제 곧 배를 타고 노르더나이 섬으로 갈 예정이다. 이곳은 참으로 앙상하고 삭막한 바위섬이며 주민들은 투박하고 정신적으로 지체되어 있다).

아우에켄스가 말하는 동안 발가락으로 모래를 후벼 파던 엥겔하르트는, 이야기가 진행될수록 점점 더 큰 당혹감을 느꼈다. 마침내 아우에켄스가 자신이 대학 입학을 거부당한 것도 따지고 보면 하필이면 유대인을 건드려서 재수가 없었던 것이라고. 이런 말로 이야기를 마무리 지을 때 엥겔하르트는 정강이에 생긴 부스럼 딱지를 몇 개 뜯어내어 몰래 입 속으로 집어넣었다(어디서 세균에 감염된 것일까? 아니면 알지 못하는 사이에 베이기라도 한 것일까?). 그러고는 커다랗게 하품을 하면서 못다 한 이야기는 다음 날 계속하자고 말했다.

잠시 후 침대에 누운 엥겔하르트는 아우에켄스의 말에 대해서 곰곰이 생각해보았다. 치즈 빛깔의 초승달이 바다 위에 낮게 걸려 있었다. 아우에켄스란 자는 너무도 비열한 인간이 아닌가. 유대 민족에 대한 증오는 당시 막 각광받기 시작한 새로운 유행인데, 리하르트 바그너란 소름 끼치는 인물이 여기저기 써댄 글과 황당하고 과장투성이인 음악을 통해서 최초의 씨를 뿌렸다고까지 말할 순 없지만, 적어도 전국 각지의 모든 살롱을 지배하는 분위기로 만들어놓은 건 사실이었다. 하지만 우리의 친구가 사랑하는 음악은 사티나 드뷔시, 멘델스존-바르톨디와 마이어베어의 작품이었다.

엥겔하르트가 나체주의자 리하르트 운게비터와 처음 싸우게 된 발단도, 엥겔하르트의 기억에 따르면 절대 오해 때문은 아니고, 분명히 사악한 증오로 범벅이 된, 서신 교환이 계속될수록 점점 더 심한 강도로 유대인을 탓하는 운게비터의 글 때문이었다. 엥겔하르트는 인종을 이유로 인간을 단죄하는 것은 옳지 않다고 분명히 거부 의사를 밝혔다. 그걸로 끝이지. 토론하고 자시고 할 여지조차 없는 문제가 아니던가. 그런데 피아노가 한 대 있어야 할 것 같다. 그녀처럼 어지럽게 생각들이 머릿속을 맴돌았다. 그런데 만약 모래가 피아노 속으로 들어가면 문제가 되지나 않을까? 한참 전부터 마켈리의 모습이 보이지 않는다. 부디 무슨 일이 생긴 건 아니어야 할 텐데. 나이팅게일이 울었다. 악령의 상아 뿔피리 소리가 들려왔다. 스키타이족 왕들은 눈을 멀게 한 노예들을 데리고 있으면서 그들을 젖 짜는 노동에 투입했다. 그런 이유로 인해 곡Gog과 마곡Magog의 땅은 영원한 어둠만이 지배했다. 그러다 마침내 아침의 여명이 희미하게 떠오르기 시작한 다음에야 엥겔하르트는 가위 눌림에서 놓여났다. 그는 환각의 형체들이 함께 거주하는 모기장의 베일 아래에서 가벼운 잠에 빠져들었다.

날이 밝았고, 뜨거운 태양이 위협적으로 이글거렸다. 우리는 남자 두 명이 나체로 해변을 거니는 것을 본다. 엥겔하르트는 자신을, 이런 표현을 용서해달라, 눈으로 어루만지는 듯한 아우에켄스의 시선을 느낀다. 그가 거북해하는 것을 알면서도 아우에켄스는 시선을 거둘 생각을 하지 않는다. 앞서 걷고 있는 엥겔하르트는, 자기 신체의 뒤쪽에 찰싹 달라붙어 있는 아우에켄스의 눈길을 떨칠 수 없다. 그는 관찰당하고 침투당하다 못해 성기만 덩그러니 남게 된 느낌이다. 엥겔하르트는 리넨 천을 허리에 두르고 나머지 산책을 계속한다. 하지만 아우에켄스는 여전히 나체이고, 대화는 중간중간 끊어지면서 계속된다. 더 이상 테니슨은 화제에 오르지 않는다.

우리는 섬을 돌아다니는 마켈리를 본다. 그는 화려한 초록 깃털의 새를 잡아 엥겔하르트에게 선물하려고 한다. 착한 마켈리가 느끼기에, 멀리 독일에서 손님까지 찾아왔음에도 불구하고 주인인 엥겔하르트가 여전히 고독해하기 때문이다. 그는 하늘 높이 솟은 야자나무 꼭대기를 쳐다보면서 자신이 찾는 화려한 새가 있는지 살피느라 정신이 없다. 그런데 갑자기, 나무 아래 관목 오른쪽에서 소년이 전혀 예상하지 못한 일이 일어난다. 주근깨투성이의 힘 좋은 헬골란트인이 엄지손가락과 집게손가락을 이용해, 바로 이 목적을 위해서 들고 온 카바콘-코코야자 오일 병에서 윤활제를 조금 따라 발기한 자신의 성기 끝에 문지른 뒤, 야자나무 숲 공터에서 상처 입은 짐승처럼 울부짖는 소년을 강간해버린다. 놀란 새들이 날카로운 소리를 지르며 하늘로 날아올라 공중을 빠르게 빙글빙글 돈다. 새들은 좀처럼 진정하지 못한다.

그다음에 우리가 아우에켄스를 보았을 때, 그는 이미 죽은 다음이다. 배를 깔고 나체로 바닥에 엎어져 있다. 두개골이 깨져 골수가 약간 흘러나왔다. 영원히 마르지 않을 것 같은, 여전히 번들거리는 그의 뒷머리 상처에 몰려든 파리들이 즐겁게 즙을 빨아 먹는다. 아직도 맥박이 뛰고 있는 것 같다. 아직도 생명이 완전히 사라져버리지 않고, 약간은 남아서 그 자리를 지키고 있는 것만 같다. 마켈리의 모습은 어디에도 없다. 엥겔하르트는 단지 그림자로만 있다. 저녁이 되자 비가 내린다. 비가 핏자국을 씻어낸다.

엥겔하르트가 직접 반유대주의자의 머리통을 코코야자 열매로 후려친 것인지, 아니면 아우에켄스가 마켈리를 가해하던 그 야자나무숲 공터를 거닐다가 우연히 떨어진 야자열매를 머리에 정통으로 맞은 것인지, 혹은 원주민 중 누군가의 손이 정당방위를 위해 돌을 집어 든 것인지, 그 원인은 이미 모두 서사적 불확실성이란 안개 속에서 사라져버렸다. 단지 분명한 사실은, 헬골란트인은 뭔가 단단하고 둥근 물체에 의해서 가격을 당했으며, 그 결과 이 세상을 떠나 울티마 툴레*로, 태양이 비치는 야자나무 해변을 건너 차갑고 깜깜한 얼음의 땅으로 가버렸다는 것이다. 독일 보호령에 머문 지가 6주도 채 되지 않는 아우에켄스는 별다른 장례식 절차도 없이 급하게 헤르베르트 쇠헤의 독일인 묘지에 묻혔고, 그의 매장에는 그 누구의 슬픔도 애도도 따르지 않았으므로, 어쩌면 우리의 친구가 살인을 감행했을지도 모른다는 정황은 금세 망각이라는 짙은 어둠에 덮여버리고 만다. 사실 이런 사건들은 식민지에서는 그리 드문 편도 아니므로 노이포메른의 시청 일지에도 아주 빈약한 내용으로 기재되었을 뿐이다. 게다가 범죄 수사는 아예 처음부터 시작도 되지 않았다. 총독 대리인은 아우에켄스가 나무에서 떨어진 코코야자열매를 맞고 죽은 것이라고 단정했으므로 이 사건을 사고사로 규정했고, 따라서 카바콘 섬으로 사람을 보내 사건 조사를 해볼 생각은 애초에 없었기 때문이다.

설사 수도에서 수사관이 파견되었다고 해도 이 사건의 유일한 증인인 마켈리에게 묻는 것 말고는 다른 방법이 없는데, 마켈리는 아우에켄스의 죽음으로 인해 명예를 되찾은 장본인이므로 그에게서 뭔가를 건질 가능성은 전혀 없었다. 대신 주인 아우구스트 엥겔하르트를 향한 그의 사랑은 이 사건 이후 무한히 커졌으며, 동성애자 손

---

* ultima thule: 극복의 땅, 세계 경계 너머의 장소를 의미하는 라틴어.

님의 방문으로 잠시 중단되었던 그들만의 저녁 낭독 시간도 재개되었다. 더구나 이제는 읽을 책이 모자라서 고민할 일은 결코 없는 것이다. 디킨스의 책이 끝난 뒤에는 호프만의 단편들이 뒤를 이었다.

VIII

그 이후로, 말하자면 모든 것이 물살에 쓸려 가버리기 전까지, 엥겔하르트가 비스마르크-아르히펠을 떠난 적은 단 한 번뿐이다. 복잡하고 유해하기만 한 자본주의 시스템을 어느 시점에서는 거부해야 하므로 그는 마침내 더 이상 빚을 갚아나가지 말자는 생각을 하게 되었다. 하이델베르크에는 그와 편지 교환을 하는 친구가 한 명 있었다. 그 친구는 그곳의 유명 대학에서 돈 한 푼 없는 가난한 지식인으로서 우중충하기 짝이 없는 삶을 영위하는 중인데, 놀랍게도 엥겔하르트의 바로 가까운 곳에 그와 유사한——적어도 정신적인 측면에서만큼은——사상을 지니고, 그 사상을 세상으로 전파하고 실현할 만한 자질을 갖춘 젊은 독일인이 한 명 살고 있다는 소식을 전해준 것이다. 그 독일인은 마찬가지로 남태평양의 섬에 거주하면서 아노렉시아 미라빌리스*를 받아들여, 예를 들면 복된 여인 콜룸바 폰 리에티의 삶을 따라서 황금빛 태양의 햇살 외에 음식이라고는 아무것도, 거의 아무것도 섭취하지 않고 지낸다고 말이다. 이 문제의 인물은 피지 섬에 살고 있는데, 엥겔하르트의 섬에서 엎어지면 바로 닿을 정도로 가깝다고 했다. 그러니 한번쯤 그곳을 방문해보는 것이 좋으리라.

그렇단 말인가. 이거 정말 흥미롭군. 엥겔하르트는 편지를 옆으로 치워두고 꽤 낡았지만 그래도 여전히 쓸모는 많은 지도를 펼쳐보았다. 독일 보호령에서 피지까지의 거리는 오스트레일리아까지의 거리와 거의 비슷했다. 그런데 방향이 남쪽이 아니라 동쪽이라는 점만 다를 뿐이다. 노이엔 헤브리덴 군도를 거쳐서 가면 될 것 같았다. 그의 손가락은 푸르게 칠해진 잔잔한 대양 위를 돌아다니며 대강의 거리를 어림해보았다. 그는 무심결에 오른손 엄지손가락을 입속에 넣고 빨았다. 이 고약한 버릇은 어린 시절에 엄청나게 두들겨 맞으면서 고쳤던 것인데, 어

---

* anorexia mirabilis· '경이로운 식욕 부진'이란 의미로, 종교적인 이유 등으로 극도의 금식과 절식을 하는 행위를 가리킨다.

느새 그는 자신만이 알고 있는 독특하고도 효과 좋은 명상의 도구로서 그것, 헤르코스 오돈톤*을 재발견한 것이다. 자기 자신의 텅 빈 구멍 안으로 침잠하여 스스로에게 엄지손가락 빠는 행위를 허용하면, 주변의 세상은 어느새 완벽하게 소멸해버리고 오직 자기 자신 안으로만 몰입하는 경지에 이른다. 자의식의 가장자리를 떠도는 감각과 느낌들은 해안으로 와서 부서져버리는 파도처럼 그의 내면으로 침투하지 못한다. 마치 유난히 섬세한 모기장의 섬유가 탐식의 나방을 막아주는 것처럼.

그는 허리에 천을 두르고 배낭에 코코야자열매를 채운 뒤 헤르베르트쇠헤로 배를 타고 나가 포트빌라로 가는 프랑스 우편선이 언제 도착하는지를 물었다. 그런데 그의 여행이 정말로 우주적 의지에 부합하는 것처럼, 우편선이 바로 다음 날 노이포메른에 온다는 것이다(프랑스의 메사주리마리팀 선박회사는 이 항로를 겨우 1년에 두 번만 운항하는데 말이다). 엥겔하르트는 자신을 항상 호의적으로 대해주는 우체국 직원으로부터 가장 값이 싼 배표 살 돈을 빌려, 다음 날 제라르 드 네르발 호에 맨발로 올랐다. 그는 백인들의 커다란 배에 올라타서 어쩔 줄 모르며

---

* herkos odonton: '이빨의 울타리'란 뜻의 그리스어.

당황하고 불안해하는 원주민과 똑같은 태도로 가지고 온 코코야자 매트리스를 뒤 갑판에 펼쳤다. 처음에는 불결한 돈을 더 이상 건드리지 않아도 되도록 제라르 드 네르발 호에 몰래 올라타 밀항하려고 했지만, 곧 그런 생각을 떨쳐버렸다.

그를 완전히 무시하지는 않는 소수의 프랑스인은 엥겔하르트를 원시의 삶에 영혼을 잠식당한 화가, 즉 독일판 고갱이라고 생각했다. 그러니까 한마디로 말해서 그냥 웃기는 괴짜이기는 하지만—배에 탄 갈리아 지방의 프티 부르주아들은 라인 강변 반대쪽에 사는 음침한 이웃보다는 그래도 좀더 관용을 보여줄 줄 알았다—존재의 정당성이 있는 인물이라고, 어쨌든 딱지가 덕지덕지 앉은 시민계급 출신(즉 그들 자신)임을 확인했다는 뜻이다. 프랑스인은 사회의 테두리 밖에서 살아가는 아웃사이더를 그냥 본능적으로 감지할 수 있었다. 물론 아웃사이더가 우월하고 고상한 문화의 포즈에 수정을 가하려 하고, 그럼으로써 자기들의 낡아빠진 표준 규범이란 것에 변동을 가져올 것을 프랑스인들도 두려워하기는 했지만, 그럼에도 불구하고 아웃사이더에게 즉시 적대적인 태도를 취하지는 않았다. 적대적이라기보다는 살짝 경멸하고 조롱하는 편이며, 차라리 호기심을 가지고 지켜보는 것에 가까웠다. 프랑스인은 자폐적인 엘레강스로 유명한 만큼 모두들 엘레강스한 속물이긴 하지만, 그들의 문화적 특징은 언어 자체, 즉 라 프랑코포니*에 최우선으로 있지 독일처럼 떠들썩한 신화로 가득 찬 혈통에 있는 것이 아니므로, 어쨌든 독일보다는 훨씬 이종성이 강했다. 그에 반해 독일인들에게는 중간 음이란 존재하지 않으며 뉘앙스라는 것도 없고, 소리에 드리워진 음영도 훨씬 덜하다.

처음부터 엥겔하르트는 식당에서 그들과 함께 식사를 할 생각이 전혀 없었다. 대신 어두워질 때까지 기다렸다가 배낭에서 코코야자 몇 개를 꺼내 씹었다. 그러곤 뒤갑판 구석에 길게 누워 멀리, 달빛이 반사하는 검은 초록빛의 드넓은 바다 위를 응시하면서 몇 시간 동안 꼼짝 않고 있었다. 그러다가 이윽고 잠 속으로, 최근 들어 더더욱 무시무시하고 위협적으로 변해가는 꿈속으로 빠져들어 갔다.

그런 까닭에 엥겔하르트는 샴페인 기운에 잔뜩 취한 승객들이 늦은 밤까지, 때로는 새벽 동이 틀 때까지 술기운에 젖어 무겁게 처지는 목소리로 고요한 바다를 향해 불러대던 샹송 노랫소리를 듣지 못했다. 축제마당처럼

---

* la francophonie: 프랑스어를 사용하는 지역.

휘황찬란하게 불이 밝혀진 제라르 드 네르발 호의 승객들은 예전의 프린츠 발데마르 호 승객들보다 더욱 제멋대로 술을 마셔대고 있었다. 그러나 엥겔하르트의 신체 조직을 채우고 힘차게 흘러가는 것은 오직 우유처럼 청결하고 순수한 꿀물, 액즙으로 짜낸 코코스 누치페라라는 오팔색의 액체뿐이었다. 이미 오래전부터 자신의 영혼을 술기운에 맡기지 않겠노라고 결심한 엥겔하르트이지만 코코야자유를 마신 다음에는 자신의 피가 이런 식으로 차츰 코코야자유로 교체되고 있다는 모종의 흥분된 쾌감을 가졌는데, 그 느낌은 심지어 잠을 자는 동안에도 사라지지 않았다. 그리하여 마침내 그 자신의 혈관 속을 흐르는 것이 더 이상 붉은색의 동물성 체액이 아니라 그보다 훨씬 더 높은 상태로 진화한 이상적인 과일의 순식물성 즙이 될 것이며, 그것이 언젠가는 자신이 처한 진화의 단계를 한 계단 더 높이 상승시켜줄 것이라는 황홀한 믿음에 가까운 느낌이 들었다. 엥겔하르트의 정신과 영혼이 점차 알 수 없는 방향으로 흘러가기 시작한 원인이 그의 혹독한 식습관 때문인지 아니면 점점 커져만 가는 고독 때문이었는지 확실하게 단언할 수는 없지만, 최소한 순전히 코코야자만을 섭취하는 행위는 그에게 이미 내재해 있던, 절대 변하지 않고 줄기차게 자신을 괴롭힌다고 굳게 믿는 외부 세계의 특정 요소와 마주쳤을 때 심하게 동요하는 성향을 더더욱 가중시킨 것은 분명하다.

엥겔하르트가 프랑스 선박에 올라타고 동쪽으로 항해하고 있는 동안, 헤르베르트쇠헤에서는 사람들이 잠시 동안의 토론을 거친 뒤 독일령 뉴기니의 수도를 그곳에서 해안을 따라 20여 킬로미터 떨어진 곳, 마찬가지로 블랑슈 만에 자리 잡고 있으며 화산에서 가까운 라바울이란 장소로 옮겨 새로 세우기로 결정을 내렸다. 항구로 들어오는 뱃길이 모래로 완전히 막혀버릴 위험에 처한 것이다. 아마도 눈에 보이지 않는 깊은 물속의 해류가 엄청난 양의 퇴적물을 만 내부로 쓸어오는 것 같았다. 이유야 어찌 됐건 간에 헤르베르트쇠헤는 하루아침에 모습을 감추게 되었다. 건물과 집 들을 모두 단정하게 분해하여, 널빤지는 널빤지대로 묶고 못들은 상자에 모아 담아 차곡차곡 쌓아서 나중에 다시 지어 올리기 위한 정확한 설계 도면과 함께 챙겨 원시림을 뚫고 라바울로 실어 보내는 절차가 진행되었다. 마치 행진하는 개미들처럼 줄을 지어서, 총독 대리인의 총지휘 아래 옛 수도와 새 수도 사이에 이삿짐의 행렬이 끊임없이 꼬물거리면서 왕복했는데, 그 와중에 원주민 일꾼 두 명이 쓰러지는 나무에 맞아 죽었고, 다른 한 명은 골동품 가구를 짊어지고 정글을 통과

해서 라바울로 가던 중에 가구를 떨어뜨리지 않으려고 안간힘을 쓰다가 그만 독사에게 맨발을 물리는 불행을 당하고 말았다. 독일인 부인들은 한 대뿐인 자동차를 타고 이동했다. 바람처럼 빠른 속도로. 하지만 세심하게 공을 들여 헤르베르트쇠헤와 똑같이 만들어진 새 수도는 예전과 마찬가지로 호텔 두 개를 비롯하여 총독 관저, 회사 건물들, 선착장이 있었고, 나무로 새로 지은 화려한 교회까지도(실수로 벽을 향해 뒤집어서 달아놓은 빌헬름 2세 황제의 초상화만 제외하고는) 모든 면에서 헐려나간 옛 교회와 구분할 수 없었으며, 지역 성직자에 의해서 재빨리 봉헌식도 열렸다. 심지어는 에마의 빌라 구난탐부까지도 그대로 라바울로 옮겨왔다. 하지만 사람들은 이제 차이나타운으로 가려면 예전처럼 오른쪽 방향이 아니라 왼쪽으로 꺾어져야 한다는 사실에 처음에는 영 적응하지 못했다. 그리고 나무들이 예전과는 다른 위치에 있다는 것도 어색하면서 아쉽게 느껴졌다. 그렇다. 모든 것이 심하게 혼동을 불러일으킨 것이 사실이다.

그런데 엥겔하르트는 이번에 아주 간발의 차이로, 예전에 비스마르크 후작 호텔에서 함께 체스 게임을 했던 크리스티안 슬뤼터와 다시 마주칠 뻔했다. 제라르 드 네르발 호가 포트빌라에 도착하고 엥겔하르트가 피지 군도로 가는 영국 우편선으로 갈아탄 직후에, 크리스티안 슬뤼터는 평소 자신의 성격과는 아주 어울리지 않는 일인데도 불구하고(혹은 바로 그렇기 때문에) 어느 허름한 여관 앞에서 길을 가로막는다는 이유로 현지 원주민을 거칠게 발로 걷어차던 미국인 침례교인과 한판 싸움을 벌였다. 그 침례교인은 키가 2미터나 되는 뱀눈을 가진 자였는데 더러운 얼룩투성이의 짙은 색 기다란 성직자복 차림이었고 두 손은 증기기관의 쇠망치처럼 우람하고 튼튼했다. 그 손으로 얼굴의 왼쪽과 오른쪽을 연달아 강타당한 슬뤼터는 정신이 혼미해진 채 길바닥에 그대로 쓰러지고 말았다. 여기까지는 그냥 여느 항구 거리에서나 흔히 일어나는 싸움판으로, 굳이 말로 옮길 필요조차 없는 사건이지만, 좀 다른 점이라면 화가 치밀어 오른 성직자가 여기서 멈추지 않고 재빨리 장화 속에서 단검을 뽑아 들고는 바닥에 쓰러져 신음하는 독일인의 배를 향해 내리꽂으려 했다는 것이다. 그런데 바로 그 찰나, 쇠막대 하나가 양키 침례교인의 오른쪽 귀 뒤쪽을 강타했다. 발로 차이는 걸 보고 슬뤼터가 달려들어 보호해주려고 했던 그 원주민이 땅바닥에 떨어져 있던 쇠막대를 집어 들고 있는 힘껏 휘두른 것이다. 소동이 일어났고 현지 경찰들이 달려왔다. 슬뤼터는 두 팔로 기어서 인근 건물 뒤 그늘로 가서 숨었고, 경찰들이 원주민을 범인으로 체포해서 사라져버릴 때까지 기다렸다. 하지만 그사이에 침례교인의 피투성이 머리카락이 묻어 있는 명백한 범죄의 증거인 쇠막대를 함께 끌고 가서 몸 아래에 감추는 것도 잊지 않았다. 기운이 빠진 슬뤼터는 그 상태로 그만 땅바닥에서 잠이 들고 말았다. 우리는 그를 잠시 그대로 잠들게 놓아두도록 하자. 그가 다시 이야기의 전면으로 떠오를 때까지 말이다.

피지 섬의 조그만 도시 수바는 첫눈에 보기에 헤르베르트쇠헤와 흡사했다(더 정확히 말하면 헤르베르트쇠헤의 모사품인 라바울과 더 닮았다). 각양각색의 사기꾼, 주정뱅이, 해적, 감리교도, 유럽 사회의 낙오자들, 기타 온갖 지저분한 캐릭터가 태평양의 많은 영국 식민지 중에서도 하필이면 조그만 섬 피지로 몽땅 모여들여 그곳에서 자신들의 막 나가는 인생을 계속 펼쳐보려고 작정하고 있는데, 왜 그런지 이유는 신만이 알 것이다.

거기서 좀 떨어진 이름 없는 이웃 섬에서는 베를린 달렘 출신의 햇빛 섭취자이자 프라나주의자*인 에리히 미텐츠바이가 살고 있었다. 그는 거주지에 젊은 순례자들을 맞아 몇 달씩 머물게 하고 있었는데, 엥겔하르트에게는

---

* prana. 힌두 철학에서 생명력을 가리킨다. 중국 철학의 기(氣)와 유사한 개념.

마치 그곳이 일그러진 거울 속에 비친 미래의 카바콘 공동체의 왜곡된 모습인 듯 느껴졌다. 그는 환영의 인사로 응대를 받았고, 다른 이들과 마찬가지로 미텐츠바이를 찾아온 숭배자일 거라고 착각한 사람들이 그에게 조그만 만에 10여 채 지어놓은 오두막 숙소 하나를 배당해주었다. 절차 하나하나가 모두 엄격한 질서 아래 통제되고 있으며 독일식 시스템에 따라 짜였다는 인상을 주었다. 명상에 잠긴 표정의 젊은 청년이 빗자루로 해변을 쓸고 있었다. 엥겔하르트는 놀라움을 가지고 그 광경을 지켜보았다.

특별히 말랐다고는 할 수 없는 몸매의 미텐츠바이가 모습을 나타낸 것은 점심때가 되어서였다. 해변에 놓인, 마치 왕좌처럼 생긴 대나무 평상에 자리 잡은 미텐츠바이는 중요 부위를 가린 손바닥만 한 헝겊만을 남기고 옷을 완전히 다 벗었다. 그런 다음 엥겔하르트의 눈에는 제멋대로 만들어낸 즉흥적인 요가 동작처럼 보이는 자세로 몸을 여러 번 꼬아대더니, 잉어가 뻐끔거리듯이 입을 크게 벌리고 햇빛을 신체 내부로 흡수하기 시작했다. 미텐츠바이의 발치에 모여 앉은 작은 무리의 순례자 집단은 놀라움으로 가득 차서 땅바닥에 몸을 던진 채 미텐츠바이의 행동을 따라 자신들도 햇빛을 마시려고 다들 입을 뻐끔거렸다. 엥겔하르트의 가슴속에서는 측정할 수 없는 분노가 이글거리며 불타올랐다. 잠시 동안의 시범을 마친 미텐츠바이는 다시 자신의 오두막 속으로 사라졌고, 해변의 모래사장 위에 있던 한 젊은 인도인 곁으로 가서 앉은 엥겔하르트는 이곳의 사정이 어떠한지 자세히 물어보았다.

수도자 미텐츠바이는 이미 반년도 더 전부터 오직 태양광의 에센스만 섭취하며 살아가고 있다고 인도인은 말했다. 물도 마시지 않고 다른 음식을 먹지도 않는다. 그런 훈련 방식은 중세 유럽에서 퍼져 있던 것인데, 그것을 미텐츠바이가 이곳, 주민의 대다수가 북인도 출신 이주민 노동자의 후손들인 피지 군도에서 인도 철학과 접목하여 더욱 고도로 발전시킨 것이다. 그 원리는 프라나, 즉 우리를 둘러싸고 있는 생명의 물질을 특수한 호흡법을 이용해서 우리 안으로 빨아들여 저장하는 것이다. 말하자면 에테르 성분을 영양소로 변화시키는 호흡의 기술이다. 물론 그 단계에 이르려면 고도의 집중력과 의지력이 요구되므로 일반인은 쉽게 도달할 수 없고, 몇 년에 걸쳐 익히고 훈련한 명상의 체험을 통해 스스로를 트랜스 상태로 몰입시키는 능력을 습득해야 한다. 그렇게 되면 마침내 태양광에 올라탄 세계정신이 우리의 육신 내부로 관통하기 시작한다. 그런 성취를 이룩한 미텐츠바이에게 경의를 표시하는 차원에서 순례자들은 금붙이나 시계, 장신구 등을 갖다 바쳤고, 미텐츠바이는 받은 선물들을 건드리지 않고 자신의 오두막에 그대로 놓아두고 있다. 이 세상의 무상함과 화려한 공허를 항상 눈앞에 두고 지켜보기 위해서.

그 정도만 들어도 엥겔하르트는 충분히 역겨웠다. 기가 막힐 정도로 황당한 속임수가 아닌가. 자리에서 일어난 그는 해변을 걸어 미텐츠바이의 숙소로 갔고, 노크도 하지 않고 아무런 기척도 없이 그대로 입구의 발을 휙 걷어내며 달렘 출신의 수도자가 있는 거룩한 성소 안으로 불쑥 걸어 들어갔다. 미텐츠바이는 어떤 늙수그레한 검은 피부의 인도인과 식탁에 마주 앉아 있다가, 마치 잘못을 저지르다가 들킨 아이처럼 화들짝 놀라며 몸을 일으켰다. 그 둘은 쌀밥과 과일, 닭다리가 담긴 그릇을 허둥지둥 방구석으로 밀쳤고, 잔뜩 기가 죽은 채 몸을 움츠렸다. 절망에 빠진 미텐츠바이는 이제 끝이라는 생각에 두 손바닥으로 이마를 감쌌다. 그러나 인도인은 손으로 입을 쓱 문질러 닦으면서 자리에서 일어섰는데, 그때 엥겔하르트는 자신 앞에 서 있는 인도인 남자가 바로 타밀족 사기꾼 고빈다라얀임을 알아보았다. 몇 년 전 실론에서 엥겔하르트를 어두운 동굴로 유인한 뒤 돈을 훔쳐 달아난 그자였던 것이다.

동시에 마찬가지로 고빈다라얀도 엥겔하르트를 알아본 그 순간, 미텐츠바이가 풀썩 무릎을 꿇고 주저앉았다. 독일인 손님에게, 제발 부탁인데 자신들의 비밀을 폭로하지 말아달라, 실제보다 더 안 좋게 보이는 일이고 또 분명 속임수를 부린 건 맞지만, 그래도 값비싼 물건을 갖다 바치라고 강요한 적은 맹세코 한 번도 없다, 선물이 쌓이기 시작한 건 정말이지 어느 날 아침 갑자기 일어난 일이다, 그렇게 한번 시작이 되자 이곳에 오는 훈련생들이 모두 뭔가를 들고 오게 되었고 받은 물건을 돌려주기란 전적으로 불가능했던 것이다, 라고 했다. 서둘러서 가져온 상자에서 두 손 가득히 꺼낸 장신구와 값나가는 시계가 엥겔하르트에게 건네지는 동안 비웃음의 미소를 띤 고빈다라얀은 엥겔하르트의 다리에 난 반점을 가리키며, 그 이상한 흔적은 왜 그런 것이냐고 물었다.

역겨운 우월감을 과시하는 고빈다라얀의 얼굴과 수치심도 모르고 내놓는 귀금속을 최대한 외면하면서, 엥겔하르트는 미텐츠바이에게 프라나를 호흡한다는 얘기가 단순한 속임수일 뿐인지, 아니면 정말로 인간이 햇빛만 먹고 사는 것이 가능한지 물었다(그런데 사방에 마구 흩어진 음식물들을 보면 사실은 정반대라는 것이 이미 추측 가능하기는 했다). 어느새 추악한 뻔뻔함을 잃어버린 베를린 출신 수도자는 기어 들어가는 작은 목소리로, 자신은 약 24시간 금식을 실행해보았으나 그 이상을 넘어서자 육체가 급속도로 한계 상황에 다다랐노라고 대답했다. 다른 무엇보다도 가장 견디기 힘든 것은 지독한 갈증이었으며, 그 체험을 통해 자신은 어떤 인간도 한 달 동안 태양의 에너지만을 섭취하며 살아간다는 것이 불가능함을 깨달았다고.

그런 말이 어디 있나. 엥겔하르트 자신도 바로 같은 것을 수행하면서 살고 있는데. 자기는 태양의 과실이 주는 영양분으로만 살고 있다고, 그것도 몇 년 동안이나, 하고 엥겔하르트는 벅찬 만족감으로 반박했다. 그들의 가짜 기적을 계속해서 진행해도 된다, 나 엥겔하르트는 비밀을 폭로하지 않을 테니까, 그럼에도 불구하고 미텐츠바이와 타밀족이 그에게 보여주고 있는 행태가 참으로 슬픈 것은 어쩔 수가 없다, 하지만 덕분에 엥겔하르트는 앞으로 고결한 가르침만을 가까이해야 한다는 교훈을 얻었고, 미텐츠바이처럼 그도 앞으로 훈련생을 얻게 되겠지만 항상 그들과 눈높이를 같이하겠으며, 비록 지금 당장은 아무도 찾아주지 않는 자기 섬의 상황이 안타깝기는 하지만, 단 한 명이라도 자신과 유토피아의 꿈을 나눌 수 있는 친구가 간절히 그립긴 하지만, 지금 미텐츠바이가 어떤 인간을 곁에 두고 있는지 두 눈으로 목격한 이상, 차라리 지금처럼 혼자 지내는 편이 이곳 피지 섬에 세워진 비잔틴적으로 허황한 껍데기 왕국, 한심하기 짝이 없는 거짓의 집보다는 천배 더 나을 것이란 생각이 들었다. 원 참, 어이가 없군, 하고 엥겔하르트는 마지막으로 말했다. 잘 있어라, 아듀. 그리고 일말의 가치도 없는 비천한 사기꾼 고빈다라얀에게는 단 한 번의 눈길도 주지 않은 채 그는 오두막을 나왔다. 고빈다라얀에게 훔쳐간 돈을 돌려달라고 요구할 생각조차 들지 않았다. 왜냐하면 엥겔하르트는 이제 앞으로 그 어떤 금전에도 손대지 않겠다는 결심을 굳혔기 때문이다. 비록 독일 보호령에서 그가 빚진 산더미 같은 금액을 조금이라도 갚으려면 그 돈이 몽땅 다 돌아와도 충분하지 않은 형편이기는 했지만 말이다.

벌써 몇 년 전에 훔쳐간 돈을 당연히 다 써버린 고빈다라얀은, 엥겔하르트 다리의 반점이 무엇을 의미하는지 짐작한 듯 사악한 염소처럼 키득거리며 웃었다. 그러고는 손을 휘휘 내저으면서 미텐츠바이에게 속삭였다. 떠나버린 그자에 대해서는 이제 더 이상 아무런 생각도 할 필요가 없다. 어차피 그는 벌써 몰락의 길로 접어든 사람이니까. 하지만 그들의 행운은 아직 소멸하기까지 한참이나 더 시간이 남지 않았는가. 고빈다라얀은 오두막을 청소하고 닭뼈와 쌀밥 찌꺼기를 화덕에 던져버린 뒤 재와 모래로 흔적을 지워버리는 일에 착수했다. 여전히 얼굴에는 정체를 알 수 없는 의미심장한 미소를 지우지 않은 채.

평소에 하던 것보다 더욱 자주 엄지손가락을 입속에 넣고 빨면서 엥겔하르트는 귀향길에 올랐다. 이번에는 수바 항구에서 석탄과 신선한 물을 싣느라 정박해 있던 독일 황실 해군의 소형 순양함 SMS 코르모란 호에 무임 승선하는 밀항자의 신분이었다. 그는 배고픔과 갈증을 달래줄 식량으로 코코야자 몇 알을 지닌 채 방수 커버를 뒤집어씌운 구명보트 안으로 몸을 숨겼다. 소변은 빈 야자껍질에 누었다가 밤에 몰래 방수 커버를 살짝 들추고 대양을 향해 멀리 쏟아버렸다. 그러다가 설사 들킨다고 하더라도 그다지 심각한 일을 겪지는 않을 것이, 그 배는 다름 아닌 독일배였기 때문이다. 하지만 만약 다른 국적의 배라면 선원들이 밀항자에게 결코 너그럽지는 않았던 그런 시대였다. 야만적인 18세기라면 몰라도 지금 우리의 20세기 법치시대에는 걸맞지 않은 일이지만 프랑스, 러시아, 그리고 일본 선원들까지도 밀항자를 발견하면 무조건 바다로 던져버리곤 했던 것이다. 엥겔하르트는 바다에 내던져진 가엾은 밀항자들의 운명을 생각했다. 망망대해의 파도에 몸을 맡긴 채 자신을 내던진 배가 점차 멀어져가는 것을 바라만 보고 있어야 하는 사람들을. 이제 곧 갈증으로 인해, 혹은 기운이 소진하여 죽게 될 것이며, 수천 킬로미터나 펼쳐진 드넓고 무자비한 바다 그 어디에서도 희망은 절대 없을 것이다. 엥겔하르트의 등줄기에 소름이 스치고 지나갔다. 그는 입속에 엄지손가락을 더욱 깊숙이 밀어 넣었다.

아무런 사건도 일어나지 않은 채 오직 뜨거운 태양빛 아래에서 2주를 항해한 뒤, 코르모란 호는 어느덧 블랑슈 만에 닻을 내렸다. 엥겔하르트는 들키지 않고 공짜 항해에 성공한 것을 흡족해하면서 숨어 있던 은신처에서 기어 나왔다. 군함이 항구에 도착하여 전체적으로 어수선하고 혼잡한 분위기 속에서 그는 눈에 띄지 않고 다른 사람들 속에 섞여 선착장에 발을 디딜 수 있었다. 그런데 갑자기 어떤 공포감이 그의 심장을 조여오는 것이다. 그곳은 그가 잘 알고 있던 원래의 헤르베르트쇠헤가 아니었다. 집들과 야자나무와 널찍한 거리 들이, 뭔가 아주 혼란스럽고 이상하게 비틀리고 어긋나 있다는 느낌이 들었다. 그는 방향감각을 상실하고 말았다. 그 자리에서 정신을 잃을 것만 같았고, 엄청나게 거대한 어떤 힘이 그를 좁은 구멍으로 강력하게 빨아들여 원자 상태가 될 때까지 산산이 분해해버리는 듯한 아득한 추락의 기분에 휩싸였다.

하얀색 양복을 빼입은 구경꾼들을 밀치면서 엥겔하르트는 그 자리를 서둘러 떠났다. 그의 얼굴에서 표정이 사라졌다. 아, 저기 교회가 있다. 그런데 세상에, 교회가 거꾸로 서 있는 것이 아닌가. 그는 두 손으로 수염을 잡아 뜯었다. 건너편에는 제국 우체국이 있지만, 불과 몇 주일 전만 해도 바로 그 맞은편에 있던 포사이스 회사 건물이 보이지 않는다. 엥겔하르트는 넋이 나간 채 발길 닿는 대로 라바울을 여기저기 정신없이 터덜터덜 돌아다니다가, 비스마르크 후작 호텔 바로 곁에서 포사이스 회사를 발견했다.

그는 행인들을 이 사람 저 사람 가리지 않고 무작정 붙들고 물었다. 도대체 어떻게 된 일인지 말 좀 해달라. 하지만 사람들은 모두 그를 피하기만 했다. 머리칼은 기다랗고 옷이라고는 허리에 달랑 천 하나만 걸친 모습이 너무 이상스러워서, 분명 정신이 나간 남자라고 여긴 탓이다. 코르모란 호에서 내린 한 장교와 얘기를 나누며 총독 관저 방향으로 걸어가던 호텔 사장 헬비히는, 무서울 정도로 비쩍 마른 카바콘 농장주가 대로 한가운데 서서 두 팔을 휘저으며 유령처럼 휘청거리는 광경을 목격하고는 깜짝 놀랐다. 헬비히는 일단 장교를 그 자리에 세워둔 채 엥겔하르트에게 수도가 이전한 것이라고—예수님, 마리아님, 세상에 이자에게 아무도 그 소식을 전해주지 않았단 말인가—알아듣게 설명했다. 하지만 엥겔하르트는 헬비히의 왼쪽 귀만을 뚫어지게 쳐다보며 시선을 거둘 생각이 없어 보였다. 연골 이상으로 귀가 자라지 못한 그 부위의 구멍 속으로 마치 자기 존재의 근원이 서서히 빨려 들어가기라도 하는 것처럼. 엥겔하르트의 입에서는 제대로 된 독일어 한 마디도 나오지 못했다. 오직 계속해서 알아듣지 못할 웅얼거리는 소리만을 입속으로 굴리다가 마침내는 정체불명의 말을 뱉어내면서, 원래 그에게 호의를 베풀려고 다가왔던 헬비히를 그대로 남겨둔 채 다시금 자신의 섬으로, 건강하게 살 수 있는 유일한 장소로 데려다줄 카누를 찾아 해변으로 내려가버렸다.

IX

 네번째 해인가 다섯번째 해가 되었을 때, 수년 전 그의 바람이 이루어져서 조율되지 않은 피아노 한 대가 카바콘 섬에 도착하게 되었다. 그런데 피아노는 혼자 온 것이 아니라 정성스레 돌보는 한 남자 동행과 함께였는데, 그 남자는 이미 사전에 열광과 찬미로 가득 찬 서신을 세 통이나 연달아 보내 자신의 도착을 통보해놓았다. 그의 이름은 막스 뤼트초프, 베를린 출신의 피아노와 바이올린의 대가이며, 그의 이름을 딴 뤼트초프 오케스트라의 단장이자 금발을 휘날리는 여성 편력가이기도 했다(하지만 가장 마지막 항목은 그의 편지에는 언급되지 않았다). 뤼트초프는 심신이 절망적으로 지쳐 있었다. 자신은 완전히 탈진한 상태라고 했다. 문명사회에 치일 대로 치여 버렸다. 그는 절반쯤은 스스로의 상상으로 만들어낸 온갖 질병을 잔뜩 짊어지고 왔는데, 독일의 일상에서 느끼는 불만을 우울증이란 이름으로 공공연하게 위장하기 위해 그런 질병들이 필요했던 것이다. 그날그날 날씨에 따라, 그리고 상태에 따라 뤼트초프는 하루는 천식, 하루는 류머티즘, 다른 하루는 백일해, 편두통, 그리고 어떤 날은 짜증, 오한, 악성빈혈, 결핵, 이명, 골다공증, 요통, 회충, 태양광 알레르기 그리고 비염을 앓았다.

당연히 뤼트초프는, 지난 수년간 베를린의 전문의들이 입을 모아 확인해준 것처럼 아무 이상 없이 건강한 몸이었다. 도저히 참지 못할 정도로 극심한 이런저런 증상들이 오직 그에게만 느껴질 뿐 의학적인 소견을 전혀 확인받지 못하자 뤼트초프는 당시 최신 유행으로 떠오른 요양 클리닉을 전전하는 방법을 택했는데, 그중에서도 특히 최면요법에 치중했다. 하지만 비싼 값을 지불하고 들어간 샤를로텐부르크의 메스머 요법* 전문치료센터에서도 특별한 소득 없이 통증이 가라앉지도 않고, 그렇다고 수시로 변화하며 나타나는 그의 이상 증세에 관한 별다른

---

* 독일 의사 프란츠 안톤 메스머Franz Anton Mesmer에 의해 창안된 자기(磁氣)최면술.

원인을 알아내지도 못하자, 평소 친분이 있던 한 유대인 첼리스트가 그에게 빈으로 한번 가보라고 권했다. 빈의 제9구역에서 개업하고 있는 지그문트 프로이트라는 의사에게 가서, 말하자면 그의 뇌를 낱낱이 해부하는 검사를 해달라고 말해보라는 것이었다.

하지만 프로이트는 잠시 동안 뤼트초프와 대화를 나누어보더니 치료를 할 수 없다고 딱 잘라서 거절해버렸다. 이미 신경전문의로서 큰 명성을 얻고 있던 프로이트에게 베를린 출신의 음악가가 겪는 자잘한 수준의 히스테리는 너무 하찮게 보였기 때문이다. 그리하여 뤼트초프는 빈에 도착했던 바로 그날 저녁에 다시 베를린으로 돌아가는 기차에 타고 있었다. 마음속으로는 프로이트란 이름에 이미 뾰쪽한 점을 찍어두고서 그는 결심했다. 도살장에서 죽어가던 동물의 고통과 슬픔이 그 상태 그대로 음식물이 되어 몸속으로 들어와 육신의 빈 공간을 채우고 소위 형태론적인 진행을 계속하고 있기 때문에, 이 순간부터 그는 채식주의자가 되겠노라고.

뤼트초프는 기차역 매점에서 산 햄샌드위치를 막 출발하는 열차의 차창 밖으로 던져버린 뒤 규칙적으로 덜컹거리는 바퀴 소리를 들으며 잠시 동안 불안한 잠에 빠져들었다. 이후 프라하에서 기차를 갈아타고 초저녁의 베를린에 도착하자마자 동물원 역의 한 책방에 들어가 자유로운 대안적 삶을 추구하는 채식주의와 관련된 최근의 도서들을 한 상자나 사들였다. 그중에는 듣기만 해도 기분 좋은 제목의 책 『근심 없는 미래』도 포함되어 있었는데, 뤼트초프는 길을 잃고 헤매다 끈적이는 나뭇진에 내려앉은 꿀벌처럼 당장에 그 책에 완전히 사로잡혀버렸다. 책방 주인으로부터 뉴기니 어쩌고 하는 말을 들은 뤼트초프는, 언약의 계시라도 받은 듯한 전기적 충격의 상태로 앞뒤 가리지 않고 즉시 북독일 로이드 회사의 베를린 지점으로 바람처럼 달려가 남태평양행 선표를 끊어버리고 말았던 것이다.

그때 엥겔하르트는 풍부한 햇빛을 담뿍 받고 자라난 발톱을 드디어 몇 개월 만에 잘라내는 일에 몰두하던 참이었다(그는 이런 목적에 활용하기에는 좀 크다 싶은 종이 자르는 가위를 사용하고 있었는데, 그 가위는 헤르베르트쇠헤의 우체국 직원으로부터 1마르크 85페니히라는 말도 안 되게 비싼 가격에 사들인 물건이었다). 발톱은 이미 몇 센티미터나 앞으로 비죽 자라나서, 해변을 거닐 때 땅 위로 드러난 나무뿌리나 조개껍질에 툭툭 부딪히곤 했다. 베란다의 조그만 나무 층계에 걸터앉은 엥겔하르트는, 원주민 남자들이 피아노를 증기선에서 내려 카누 두 대에

제국 183

옮겨 해변으로 실어오면서 피아노 다리가 바닷물에 닿지 않게 하느라 요리조리 몸을 비틀며 묘기를 부리는 모양을 흥미롭게 지켜보았다. 원주민들은 능숙하게 카누를 몰 줄 알았지만 피아노의 무게가 워낙 무거웠기 때문에 카누는 금방이라도 뒤집힐 듯이 위태롭게 흔들거렸다. 원주민 남자들 사이에서 팔을 휘두르고 있는 막스 뤼트초프의 모습이 보였다. 상반신은 맨몸이고 얼굴은 햇빛에 익어 새빨간 그는 이 희극풍의 피아노 상륙작전 전 과정을 지휘하는 중이었다.

엥겔하르트가 가위로 왼쪽 가운뎃발가락의 발톱을 서둘러 잘라내는 동안(그는 손톱의 경우 그냥 물어뜯어 삼켜버렸다. 손톱이야말로 그가 섭취하는 유일한 동물성 단백질인 셈이다. 우리는 이 사소한 자기 식인 습관이 어디까지 발전하는지 가만히 살펴보기만 하면 된다. 뭔가 암시적인 상징으로 나타나는 장면만을 제외하고는 굳이 미리 언급할 필요 없이 그냥 놓아두는 편이 나으리라) 원주민들은 피아노를 해안으로 실어왔고, 피아노 다리를 축축한 모래사장에 푹 파묻히게 한 채 질질 끌고 육지로 올라갔다. 피아노가 끌려간 깊숙한 모래의 고랑은 알을 낳기 위해 안전한 바다를 떠나 땅으로 올라가는 거북이의 흔적을 연상시켰다.

그러나 엥겔하르트는 머리를 흔들어 이 순간 참으로

부적절해 보이는 그 연상을 떨쳐버렸다. 조개껍질과 나무로 보기 좋게 장식한 베란다 가장자리에 값비싼 가위를 내려놓고, 조금 전까지는 잘라낸 발톱을 모으는 용도로 사용하던 천으로 하반신을 감싼 다음(이건 철저히 비밀이지만, 아마도 너무 지루하기 때문에 생긴 괴벽 중의 하나로 그는 잘라낸 발톱을 모아서 영양분의 원천으로 활용하곤 했다. 하지만 기쁨과 의심을 동시에 안고 기다려온 대가의 시선을 앞에 둔 지금, 그는 평소의 습관을 포기해버렸다) 그는 오른팔을 번쩍 들고, 지쳐빠진 채 기운 없이 그 자리에 털썩 주저앉아버린 독일 손님을 맞이하기 위해 해변으로 달려 내려갔다. 그때 집 주변으로 살금살금 기어와 날렵하고 정확한 손길로 햇빛 속에서 홀로 번쩍거리는 가위를 훔쳐가는 그림자가 있었으니, 추측하건대 그건 아마도 마켈리일 것이다. 뤼트초프의 도착은 이미 라바울에서 커다란 흥분거리였다. 특히 유명한 음악가로 인해 자신들의 지루해빠진 리셉션, 남의 험담이나 줄기차게 늘어놓는 것 말고는 아무런 특징도 의미도 없는 저녁 만찬의 격이 상승하지 않을까, 더 나아가서 혹시 소소한 밀애의 기회라도 생기지 않을까 하는 들뜬 기대를 품은 몇몇 독일 부인 사이에서는 더더욱 그랬다. 그리하여 젊고 잘생긴 베를린 음악가는 저녁마다 하얀색 플란넬 셔츠 차림으로 일단 독일 클럽의 피아노 앞으로 가서—모셔졌다기보다는 차라리 끌려간 편에 가깝지만—거기 모인 작물 재배인들과 그들의 부인을 위해 한창 유행하는 음악 소품들을 이 곡 저 곡 짜깁기하여 들려주는 역할을 맡았다. 그들은 뤼트초프에게 감상적인 가락들을 연주해달라고 요청했고, 그는 음도 맞지 않는 엉터리 피아노로 그들이 요구하는 곡목들, 도니체티와 마스카니, 그리고 느끼하게 척척 감기는 비제를 연주했다.

소문은 빨랐다. 어느새 사람들 사이에는 뤼트초프가 보호령으로 온 목적은 사실 아우구스트 엥겔하르트의 카바콘 섬이라는 말이 돌고 있었고, 이것은 엥겔하르트에 대한 평가를 한 단계 높여준 동시에 뤼트초프의 격은 반대로 하락시키는 결과를 낳았다. 사람들은 온갖 말로 그를 설득하려고 나섰다. 저기 카바콘 섬에 있는 뉘른베르크 사람은 머리가 살짝 이상해진 작자이다, 정말로 믿기 힘든 이야기이긴 하지만 그자는 순전히 코코야자와 꽃만 따 먹으면서 밤이나 낮이나 완전히 홀러덩 벌거벗고 산다고 하더라, 하고 사람들은 뤼트초프에게 전했다. 그런데 이런 표현이 나올 때면 특히 여자들은 묘한 열기와 흥분을 느끼게 되었고, 연기력이 서툰 그녀들은 손으로 열심히 부채를 부치면서 딴청을 피우느라 애를 썼다. 그러면 그녀들의 파인 가슴 선에서 용설란과 레몬 버베나, 머스크 향기가 날아올라, 보이지 않는 안개처럼 바닥을 가득 채우고 클럽 살롱 전체에 의미심장하게 유혹적인 냄새를 풍기며 퍼져나갔다. 그러니 뤼트초프 씨는 여기 문명화된 친절한 사람들이 있는 곳에 머무는 편이 좋을 것이다. 게다가 몇 달만 기다리면 이곳에 마르코니 무선기도 도착한다. 그런데 혹시 「카르멘」을 한 번만 더 연주해줄 수는 없는지, 딱 한 번만 더 듣고 싶은데.

뤼트초프는 절망의 끝으로 내몰렸다. 수천 마일이나 떨어진 곳으로 왔는데 자신이 필사적으로 벗어나고자 했던 바로 그 똑같은 상황 속으로 떨어진 셈이니. 더구나 라바울의 촌스러움이란 베를린의 그것보다 몇 배나 더 지독하지 않은가. 이래서야 어디 칸슈타트나 북스테후데* 로 여행 온 것과 무엇이 다르단 말인가. 거기서도 마찬가지로 겨드랑이가 누렇게 찌들고 유행이 한참 지난 모양으로 부풀린 드레스 차림의 귀부인들이, 마데이라 레이스로 장식된 가슴 깃 위로 효모 반죽처럼 터질 듯이 부풀어 오른 젖통을 그를 향해 불쑥 내민 자세로 몸을 기울이고 결혼반지 낀 손에는 끈적거리는 리큐어 잔을 든 채, 그의

---

* 둘 다 독일의 지방 이름.

손가락의 날렵함에 관한 중의적인 찬사를 늘어놓을 테니까. 단지 차이라면 이곳은 못 견디게 덥다는 것, 그리고 훨씬 더 한심하다는 것 정도다. 오직 여왕 에마 정도만이 뤼트초프를 낙담에서 구원해줄 수 있었겠지만, 그녀는 나름의 판단으로 독일 클럽과 그곳의 주제넘고 촌스러운 무리를 멀리하고 있었다. 그러나 그 둘은 시간이 흐른 다음에 결국 만나게 되는데, 아쉽게도 그것은 시간이 너무 많이 흘러버린 뒤의 일이다.

어느 날 갑자기 번쩍 어떤 생각이 든 뤼트초프는 지금까지의 행각을 돌연 중단해버렸다. 그리고 저녁마다 열린 독일 클럽의 연회에 늘 참석했던 호텔 사장 헬비히를 베란다의 2인용 탁자로 끌고 가서 자신이 클럽의 피아노를 살 수 있도록 주선해달라고 부탁했다. 음도 맞지 않는 그 피아노에 3백 마르크, 아니 4백 마르크 내겠다고. 클럽 회장이 자신에게 한번 큰 신세를 졌음을 기억해낸 헬비히는 속으로 주판을 튕겨본 뒤 적어도 그 액수에서 1백 마르크를 주선비로 챙길 수 있으리란 계산을 하고는, 뤼트초프에게 50마르크만 수수료로 더 얹어준다면 이 거래는 성사된 것이나 다름없다고 장담했다. 그렇게 계약은 끝났다.

다음 날 아침 날카로운 균열로 이루어진 블랑슈 만의

화산 산맥 위로 환하고 청명한 빛이 솟아오르나 싶더니 순식간에 하루가 밝아왔고, 오전 6시 반에 이미 날은 오븐 속처럼 무더웠다. 현지인 일꾼 여덟 명이 땀을 뻘뻘 흘리면서, 원래는 수도와 미오코 사이를 오가는 정기선인 소형 선박에 피아노를 옮겨 실었다. 마지막 남은 밤의 습기를 머금은 구름이 아침의 태양빛 아래 수증기로 사라지는 동안 뤼트초프는 전날 밤 자신에게 선사된 리큐어를 땀으로 흠뻑 배설하면서 전세 낸 배에 올라탔고, 엥겔하르트에게 헌납할 생각으로 구입한 피아노 몸체에, 숙취로 신경이 엉망이 되어 덜덜 떨리는 손을 얹은 채 카바콘 섬으로 향했다.

그리고 한동안은 실제로 아무런 걱정거리가 없는 행복한 나날이 흘러갔다. 항상 짐 속에 음차계를 갖고 다니는 뤼트초프는 원주민들이 서재 방에 옮겨놓은(그들은 집의 한쪽 나무 벽면을 간단히 통째로 떼어낸 뒤 피아노를 집 안으로 들였고, 그다음 다시 벽면을 못으로 박아 붙였다) 피아노의 조율 작업에 들어갔다. 수년 동안이나 계속해서 잘못된 소리를 내고 있는 구조를 정비하기 위해 먼저 음차계로 순수한 라 음을 친 다음, 피아노 내부로 몸을 깊숙이 구부리고 치유를 시작하는 것이다. 그는 조율되지 않은 피아노란 팔레트에 빨강과 파랑 물감이 없는 화가와 같다고 여겼다.

 엥겔하르트는 나체로 베란다에 누워 입가에는 나른한 미소를 띤 채 그의 일상인 일광욕을 즐기면서, 집 안에서 울려나오는 시험음들과 더불어 들리는 뤼트초프의 유쾌한 휘파람 소리에 귀를 기울였다. 엥겔하르트는 예술가란 존재와 그들의 능력에 대해 깊은 존경의 감정에 사로잡혔는데, 자신은 그들처럼 어떤 예술적 업적을 이룰 만한 자질을 타고나지도, 또 그럴 만한 훈련도 하지 못했다는 사실 때문에 그 감정은 거의 질투에 가까웠다. 시선을 수평선으로 향하고 두 눈을 감으면서, 그는 자신의 카바콘 거주 자체가 혹시 하나의 예술 작품으로 보이지는 않을까 곰곰이 생각해보았다. 그런데 불현듯 자기 자신이야말로 스스로 만들어낸 예술품일지도 모른다는 생각이 번뜩 드는 것이다. 박물관에 전시되어 있는 회화나 조각상들, 혹은 유명한 오페라 공연 등은 순전히 낡은 구시대적 개념의 예술일 뿐이지만, 오직 엥겔하르트 자신만이 예술과 삶 사이에 놓인 커다란 간극을 채울 수 있는 존재라고 말이다. 그의 얼굴에 다시금 미소가 감돌았다. 이런 달콤하고도 감미로운 유아론적 발상을 비밀스러운 생각의 방 한쪽 구석으로 밀어 넣은 뒤, 그는 자리에서 일어나 코코야자 한 덩이를 깨뜨려 열면서 눈으로는 다리에 생긴 상처를 유심히 관찰했다. 지난 몇 주 사이 상처는 고름이 흐르면서 더 크게 벌어졌다. 상처 주변으로는 구불구불 흐르는 모양으로 붉은 반점들이 흩어져 있는데, 손으로 건드려도 아무 감각이 없었다. 문제의 부위를 코코야자유와 소금물로 씻어내고 요오드팅크제를 바른 뒤 그는 상처에 대해서 곧 잊어버리고 말았다.

엥겔하르트와 뤼트초프는 금세 영혼으로 통하는 벗이 되었고, 말로 굳이 설명할 필요도 없이 자연스레 마음이 맞아 함께 섬을 탐험하며 돌아다녔으며 원주민의 마을을 방문하여 손님 자격으로 모든 축제와 댄스에 참여했다. 또한 그 답례로 두 독일인은 마을 추장과 추장의 자녀들을 집에 초대하여(불행한 아우에켄스의 경우와는 달리, 엥겔하르트는 뤼트초프를 시험 기간에 오두막에서 홀로 지내도록 하지 않고 곧장 자신의 집으로 들였다), 눈을 반짝이는 마켈리도 참여한 가운데 섬의 새로운 거주자가 연주하는 피아노 콘서트를 열었다.

경건할 정도로 진지한 시선들을 받으며 뤼트초프의 가느다란 손가락이 금이 간 상아색 건반 위를 이리저리 날아다니며 춤을 추자, 최상으로 조율된 피아노에서 눈부신 음의 폭포가 쏟아져나왔다. 추장은 연주가 진행되고 있는 도중에 피아노 앞으로 다가가 새끼손가락으로(그것이 가장 우아하다고 생각했으므로) 건반 몇 개를 직접 눌러보기까지 했는데, 그 소리는 불가피하게도 뤼트초프가 연주하고 있는 작품 전체의 조화를 깨는 엄청난 불협화음을 양산해버리고 말았다. 하지만 그들에게는 어차피 상관없지 않은가! 그들은 함께 웃었고, 그들이 라바울이 아니라 이곳 카바콘에 있으며, 교육받지 못한 귀들이라 비록 리스트와 사티를 구분하지는 못한다 해도, 음악 자체를 고귀하고 뛰어난 것으로 여길 줄 아는 사람들과 함께라는 사실에 기뻐했다.

그사이 독일어 실력이 엄청나게 발전한 마켈리(엥겔하르트는 최근에 켈러의 『초록의 하인리히』를 다 마치고 요즘은 저녁마다 뷔히너의 『렌츠』를 읽어주고 있다)는 그들에게 이런 얘기를 전했다. 추장이 자기 마을 광장에 나뭇가지로 실물 크기의 피아노 모형을 만들어놓으라고 지시했고, 하늘에 수많은 별이 반짝이고 수백 마리의 매미가 합창으로 울어대는 어느 날 밤에 그가 직접 피아노 앞에서 건반 위를 춤추는 뤼트초프의 손놀림을 연극적으로 흉내 내었고(검은 건반과 하얀 건반은 각각 석탄과 석회 가루로 칠을 해서 만들었다고 한다), 그러면서 입으로는 매우 열정적인 멜로디를, 완전히 즉흥적으로 터져나오는 곡을 노래하기까지 했다고.

하지만 또 다른 날 마켈리는 이런 얘기도 전했다. 원시림 속에는 구멍이 하나 있는데, 끝을 뾰족하게 깎은 대나무 기둥으로 빙 둘러싸인 그곳은 깊이가 6미터인 구덩이다. 구덩이 밑바닥에는 코브라와 바이퍼 등의 독사들이 득실거린다. 뿐만 아니라 치명적인 맹독을 지닌 무서운 짐승, 죽음의 독사라고 불리는 아주 늙은 뱀도 그곳 어둡고 축축한 바닥에서 살고 있다. 몇 세대 이전부터 있어온 그 구덩이로 다가가는 것은 부족에게는 터부이다. 오직 추장과 추장의 대리인, 그리고 신비의 말을 할 줄 아는 치유사만이 구덩이 가장자리까지 다가가 아래를 내려다보는 것이 허용된다. 간혹 호저 한 마리를 구덩이 안으로 던져 넣기도 하고, 아주 드물게는 살아 있는 개를 던지기도 한다.

그 많던 뤼트초프의 병들은 마치 열대의 미풍에 날려간 듯 모두 사라지고 말았다. 관절의 통증도 더 이상 없고, 독일에서는 무슨 짓을 해도 나아지지 않고 수년 동안 끈질기게 괴롭혀댔으므로 마침내는 좌절과 자포자기 속에서 뤼트초프 자신을 구성하는 지속적인 요소라고 생각해버리게 된 눈 뒤편의 무서운 압박감도 더 이상 느껴지지 않았다. 비염과 천식 발작도 나타나지 않았다. 비록 아직은 섬 주인인 엥겔하르트처럼 완전히 나체로 다닐 엄두는 내지 못하지만 최소한 마켈리처럼 능숙하게 코코야자나무에 올라가 열매를 떨어뜨릴 줄 알게 되었고, 야자열매를 바위에 내리쳐 깨뜨리거나 껍질 벗기는 기계를 이용해서 야자열매의 과육을 발라내는 일은 그의 가장 즐거운 하루 일과에 속했다. 그는 코코야자와 사랑에 빠져버렸고, 그래서 도착한 지 얼마 지나지 않아 음식이라곤 오직 코코야자만을 섭취하는 단계에 들어섰다.

엥겔하르트는 극도로 미미한 질투심을 느꼈으나—아니, 무슨 소리인가. 그는 자신을 찾아온 새로운 방문객 때문에 얼마나 자랑스러운지 모른다. 이제 그들은 독일의 채식주의 신문과 잡지에 코코야자를 찬미하는 글을 공동의 이름으로 기고할 정도이다. 이른 아침, 해가 뜨기 직전에 먹는 코코야자의 맛과 오후에 깬 야자열매의 맛은 마치 사과와 바나나가 다른 것처럼 확연히 구분된다고 그들은 썼다. 또한 2월의 야자열매는 4월에 수확한 것과 전혀 공통점이 없다. 그 둘의 맛 차이는 밀기울과 수영 풀에 비유할 수 있다. 그런 식으로 스스로 선택한 식량인 코코야자를 칭송하는 그들의 찬가는 점점 더 복잡하고 교묘한 차원으로까지 상승하다가, 마지막에는 이제 코코야자유와 과육을 공감각적으로 음미하는 단계에 와 있다는 말로 편지의 끝을 맺곤 했다. 설명하자면 어떤 코코야자열매는 장중하고 묵직한 말러의 교향곡을 연상시키는 데 반해 어떤 것들은 온갖 종류의 푸른빛을 펼쳐놓은 스펙트럼의 맛이 나고, 또 다른 것은 입속에 넣고 음미할 때 사각형으로 각진 느낌, 또는 하트 모양, 혹은 심지어 팔각형의 모양으로 느껴지기도 한다는 것이다.

독일의 관련 신문과 잡지들은 이들의 편지를 기꺼이 실어주었다. 야자나무 아래에서 공산주의 나체 유토피아를 실현하고 있다, 겉으로는 방종해 보일 수도 있지만 사실 치유의 태양이 환하게 내리쬐는 열대, 비교할 수 없이 맛이 뛰어나면서도 한없이 유용한 코코야자가 자라는 땅에서 이것은 아주 효과적인 덕행이다—그러니 어서 이곳을 방문하러 오길 바란다, 엥겔하르트의 태양교단에 있으면 모든 문명의 질병으로부터 치유될 것이다—이런 뤼트초프의 글은 특정 집단을 매료시키기에 충분했다. 『베를린 화보』란 잡지에는 「코코야자의 사도」란 제목으로 이들의 캐리커처가 실렸다. 야자 이파리로 중요 부위만 가린 엥겔하르트는 근육이 울퉁불퉁한 몸매인데, 한 손에는 왕홀을 들고 다른 손에는 코코야자열매 모양인 왕좌의 심벌을 들고 있으며, 그의 발치에는 유럽식 복장을 한 흑인들이 엎드려 경배를 올리고 있다. 유명한 음악가 뤼트초프의 편지는 『자연의 의사』와 『채식주의 망루』지에 실렸는데, 다른 신문에 재수록될 정도였다. 비록 다음과 같은 코멘트를 포함한 기사가 함께 실리긴 했지만 말이다. 베를린 출신의 유명한 음악가 막스 뤼트초프가 어떤 허풍쟁이를 따라 멀리 남태평양으로 가버린 걸 보니 아마도 그는 완전히 미친 것이 분명하다. 여기 실린 그의 편지가 바로 그 증거라고 할 수 있다고.

그런데 공짜 광고 역할을 한 이런 기사들 덕분에 대안적인 삶을 찾아 헤매는 몇몇 사람의 관심이 정말로 독일령 뉴기니로 향하게 되었다. 선표가 예약되고, 엥겔하르트의 책 『근심 없는 미래』는 초판을 넘어 재판, 심지어 생각지도 못한 3판 인쇄에 돌입했으며, 식민지 상품점 상인들은 신선한 코코야자열매도 판매 품목에 포함시켜달라는 부탁을 받게 되었다. 비록 잠시 동안이지만 베를린 뒷골목에서는 유머러스한 가사에 날렵한 멜로디를 입힌 속된 노래가 유행하기도 했다. 베를린 아이들은 코코야자열매와 식인종, 나체족 독일인이 등장하는 그 유행가를 학교에서도 불러댔고, 마침내는 전차 안이나 오페라 극장 앞, 심지어는 정부부처의 대기실도 더 이상 완전히 자유로운 장소라고 할 수 없을 정도로 이 노래는 베를린 곳곳을 파고들어 가며 번져나갔다. 그러나 이런 일시적인 현상은 처음에 나타날 때와 마찬가지로 급작스럽게 사라져버렸다. 그것이 유행의 수레바퀴가 갖는 진정한 속성이다. 코코스 누치페라의 뒤를 이어 코카인의 가차 없는 소비가 유행의 주인공이 되었고, 그다음 시즌에는 **팝콘**이라고 불리는, 바람을 넣어 불린 옥수수 알갱이의 시대가 왔다. 하지만 또 다른 한편으로는 유행이 한창일 때 이미 배에 몸을 싣고 태평양의 독일 보호령으로 떠나버린 사람들이 있다. 라바울에 도착하여 독일제국 우편선에서 뱉어내진 그들에게는 대체적으로 빈털터리라는 공통점이 있었다.

호텔 사장인 헬비히는 값싼 숙소를 희망하는 그들을 모조리 독일 호프 호텔로 보내버렸다. 그러자 독일 호프의 사장은, 이자는 아침 8시면 벌써 술에 거나하게 취해 있는 알자스 사람인데, 즉시 장전된 리볼버로 그들을 위협하여 다시 헬비히에게 돌려보냈다. 그리하여 반쯤 벌거벗은 이 괴이한 무리는, 라바울은 카바콘이 아니라는 사실을 전혀 이해하지 못한 채, 도시의 잔디밭과 블랑슈 만의 해변에서 야영을 하는 처지가 되었다. 그들은 야자나무 사이에 매달아둔 커다란 방수 천 아래에서 얇은 천만을 덮은 채 잠을 잤고, 그래서 달콤한 유럽인의 피 냄새에 이끌려 까맣게 날아든 모기 떼로부터 자신을 보호할 아무런 방책이 없었다. 열병이 그들을 덮쳤다. 한 달이 지나자 조그만 진료소가 보유한 키니네가 동이 났고, 두 번째 달에 접어들자 그들 중 한 명이 카바콘은 보지도 못한 채 죽었다. 그는 하인리히 아우에켄스 곁에 묻혔다. 장식이라곤 하나도 없이 소박하고 밋밋한 그의 무덤을 신선한 꽃으로 가꾸어줄 사람도 한 명 없었다. 증기선이 새로이 도착할 때마다 한 명 혹은 두 명씩 영문을 모르는 새로운 얼뜨기들이 도착해서 그들과 합류했다. 그리하여 얼마 지나지 않아 곧 수십 명으로 불어난 초라한 독일 노숙자들이 도시 외곽에서 빈둥거리고 있게 되었다.

그사이 흑수병이 완전히 회복된 할 총독은 새로운 수도 라바울로 돌아와 있었다. 최근에 도시 안에 독일인 빈민집단이 생겨난 것은 자신의 책임권 내의 문제가 분명하므로, 할 총독은 그곳의 사람들을 만나 얘기를 한번 해보기 위해 의사 빈트와 하겐을 동반하고 해안으로 시찰을 나갔다(가벼운 바닷바람이 불어오는 해변의 야영지가 훨씬 더 살기에 쾌적했으므로 새 이주자들은 잔디밭 야영지를 포기해버렸다). 썰물 때가 되어 축축한 진흙 구덩이로 변한 모래밭, 맹그로브 사이로 등판이 넓적한 게들이 돌아다니는 곳에 놀랍도록 끔찍하고 원시적이며, 거의 야만적인 인상까지 주는 장면이 펼쳐져 있었다. 끄트머리가 바람에 너덜거리는 구멍투성이 낡은 방수 천 그늘 아래에서 해골처럼 비쩍 마른 젊은이들이 유령처럼 멍한 표정으로 어슬렁거리는데, 심지어 그중 몇 명은 완전히 발가벗었다. 공기 중에는 매일매일 밀려오는 파도가 대양으로 미처 다 실어가지 못한 인간의 변 냄새가 희미하게 떠돌았고, 일부 무리는 무정부주의 서적을 지나치게 열중해서 탐독하다가 기운이 빠져버렸는지 잠에 곯아떨어져 있었다. 몇몇은 절반으로 자른 코코야자 덩이로 몰려들어 숟가락으로 하얗고 미끄덩한 과육을 수염으로 빙 둘러싸인 입 구멍 속으로 열심히 퍼 나르는 중이다.

하얀 양복 차림인 문명의 대변인들은 이런 광경을 앞에 두고 그만 놀라서 말문이 막힐 뿐이었다. 이 젊은이들에게 향하는 지적인 동감을 억누를 수 없던 할 총독(그는 싱가포르에서 돌아오는 길에 프랑스어판 말라르메 시집과 바흐 칸타타의 악보 몇 개 외에도 엥겔하르트의 『근심 없는 미래』를 읽고 내면화했던 것이다)은 의사들에게 즉시 가장 상태가 심각한 사람들을 찾아서 치료하고, 이 사람들을 전부 담수로 씻긴 다음 진료소로 데려가라고 지시했다. 그런데 진료소의 병상도 이들을 전부 수용하기에는 턱없이 모자랐으므로, 이 처량한 무리의 나머지 인원을 위해서 결국 호텔 두 개의 빈 객실을 징발할 수밖에 없었다. 일이 이렇게 되자 호텔 사장 헬비히는 아무짝에도 쓸모없는 비렁뱅이들을 눈부시게 깔끔한 비스마르크 후작 호텔 객실에 묵게 해달라는 할 총독의 부탁(이기도 하고 동시에 명령이기도 한)을 차마 뿌리칠 수 없었고, 이럴 거면 차라리 두 달 전에 이 패거리를 받아줄걸, 그때만 해도 최소한 지금처럼 병들고 더러운 행색은 아니었는데, 하고 속으로 마냥 투덜거렸다. 젊은 이주자들 중 나머지 인원은 헬비히와 경쟁관계에 있는 독일 호프 호텔로 갔는데, 그곳의 소유주 역시 분을 삭이지 못해 욕설을 퍼부었고, 사장실 문을 안에서 잠근 채 한 상자나 되는 네덜란드산 예네버르를 모조리 들이켜는 바람에 이후 3주일 동안은 아무도 그의 모습을 본 이가 없었다.

총독 관저에서 급파한 심부름꾼이 주머니 속에 총독의 전갈을 갖고 카바콘으로 왔다. 엥겔하르트는 조속히 수도로 와서 총독과의 대담에 응해달라, 그의 선교 과업이 보아하니 무르익은 결실을 맺은 것 같다, 하지만 라바울에서는 대안적인 삶을 찾아 먼 거리를 달려온 이 젊은이들을 감당할 자리가 없다, 그러니 여기서 질문은 엥겔하르트 개인의 신화로 인해 발생한 비용(할 총독의 이 문구는 조금의 비꼬는 투도 없는, 그야말로 솔직하고 순수한 호의적 표현일 뿐이다), 특히 숙박 관련 비용을 처리해줄 수 있겠느냐는 것이다. 그런데 여기까지 읽은 엥겔하르트는 갑자기 극심한 무기력 상태로 빠져든다. 왜냐하면 그가 선호하지 않는 관공서 특유의 관료적인 말투는 그의 신경을 마비시켜서 종국에는 아무런 행동도 할 수 없게 만들어버리기 때문이다. 그는 총독의 편지를 뤼트초프에게 건네주었다. 편지를 빠르게 읽은 뤼트초프는 환호성을 지른다. 이거야말로 굴러들어온 기회가 아닌가. 함께 라바울로 가자. 가서 호텔 계산을 마치고 불쌍한 젊은이들을 카바콘으로 데려오는 거다. 그들은 어차피 모두 엥겔하르트 하나 때문에 보호령까지 온 사람들이지 않은가. 태양교단은 다수의 추종자를 한꺼번에 얻게 된 셈이다. 그것이야말로 엥겔하르트의 궁극적 소명이 아니었던가 —자신의 놀라운 이상을 세상에 확실하게 전파하는 일 말이다.

하지만 엥겔하르트는 말없이 곰곰이 생각에 잠긴 채 근래 들어 유난히 크게 벌어지고 있는 정강이의 상처를 긁적이면서 엄지손가락을 입속으로 밀어 넣었다. 그동안 홍보 편지들을 세상 곳곳에 줄기차게 써 보낸 것은 맞지만, 솔직히 말해서 한두 명도 아닌 그 정도로 많은 수의 낯모르는 사람이 정말로 자기를 찾아올 거라고는 전혀 기대하지 않고 있었다. 그래, 친구 몇 명이나 뜻을 같이하는 동지라면 여기까지 올 수도 있겠지. 하지만 할 총독이 편지에 쓰기를 최소한 스물다섯 명은 되는 남자와 여자라고 하지 않았는가. 엥겔하르트는 자신이 그들을 어떤 식으로 대해야 할지 알 수 없었다(그들은 예를 들면 **마나와** 같이 단순하고 덧없는 것에도 쉽사리 감명받을 수 있는 행복한 흑인 원주민과는 다른 존재이니까). 그들이 과연 엥겔하르트의 가치관을 받아들일 것인가, 아니면 그의 껍데기를 벗기고 정체를 폭로해버릴 것인가, 그가 자신만이 아는 비밀의 방에 몰래 숨겨둔 본모습——위대해지고 싶어 이를 악물고 있는 처절한 인간의 정체를 말이다. 이 순간 뤼트초프가 자기 곁에 있고 자신을 격려해주고 있다는 사실이 큰 위안이 되었다. 혼자였다면 아마도 엥겔하르트는 보이지 않는 곳으로 얼른 숨어버리고는, 편지뿐 아니라 그 편지가 의미하는 다른 결과들, 그리고 그 자신의 비겁함까지도 모두 무시해버렸을 것이다.

라바울에 도착한 그들은 야자수 가로수가 심어진 대로를 따라 총독 관저를 향해 걸었다. 물론 그들은 나체가 아니었다. 엥겔하르트는 처음 보호령에 도착할 때 입고 있었던, 그사이 색이 심하게 바래버린 긴 가운을 입고 있으며 뤼트초프는 알록달록한 천을 허리에 감았고 갈색으로 그을린 어깨에는 더 이상 깨끗하지 않은 칼라 없는 셔츠를 걸쳤다. 그 셔츠는 뤼트초프가 견딜 수 없이 괴로운 독일 클럽에서 마지막으로 피아노 연주를 한 날 입었던 것이다. 엥겔하르트는 새 수도 주변의 자연 풍광이 현저하게 인공적으로 길들여졌음을 알아차렸다. 날이 갈수록 점점 더 원시림을 밀고 들어가 헤르베르트쇠헤에서보다 더 많은 널찍한 대로를 만들기 때문이다. 무엇이 여기에 반기를 들 수 있겠는가, 하고 그는 생각했다. 유기체의 혼돈에 대항하여 직선과 질서를 확립하고자 하는 욕망, 엑토플라즈마를 조종하고 통제하겠다는 인간의 욕망에. 그것이야말로 모든 것을 문명화하는 정체일 것이다. 그리고 그 동력은 바로 윤리적인 것, 푹 익혀낸 것, 푹 쪄낸 올바름인 것이다. 기침이 터져 나왔다. 그 바람에 중심을 잃고 비틀거린 그는, 하마터면 땅바닥에 길게 넘어질 뻔했다.

총독 관저 앞의 넓은 광장에는 나무틀이 하나 설치되어 있었다. 사람들이 원주민 범죄자 한 명을 끌고 오더니 끈 두 줄을 이용해 형틀에 단단히 묶었다. 하얀 양복을 입고 팔짱을 낀 작물 재배인 몇 명이 몰려들었다. 그리고 함성을 지르는 아이들 한 무리와 보호령 군대의 현지인 경찰관 부대도 있었다. 그런데 이 경찰관들에게는 제복이나 총검 달린 혁대는 지급되었으나 군화나 신발은 지급되지 않았다. 그러므로 백인 신사들의 눈으로 볼 때 현지

경찰의 권위에는 뭔가 우스꽝스러운 요소가 항상 달라붙어 있을 수밖에 없다. 경찰관 부대원 한 명이 앞으로 나오더니, 제복 윗도리를 벗었다. 그러자 검푸른빛으로 번들거리는 근육질의 상체가 드러났다. 백인 경찰 간부가 그에게 대나무 가지 하나를 건네주었는데, 아주 부드럽고 연약해 보이는 그 가지는 거인처럼 큼지막한 그의 손바닥 안에서 마치 사라지듯이 파묻혀버렸다. 작물 재배인들이 손뼉을 쳤고, 손가락을 입에 넣은 아이들은 신이 나서 휘파람을 불었다. 엥겔하르트와 뤼트초프가 고개를 돌려버린 사이 거인은 유연한 대나무 가지를 치켜들고, 믿을 수 없을 만큼 엄청난 힘으로 형틀에 묶인 남자의 맨 등을 향해 내리쳤다.

뤼트초프는 매질 소리에 몸을 움찔거리는 친구의 발꿈치를 가볍게 건드렸다. 그들은 벌써 총독 관저 베란다라는 그늘진 도피처 안으로 들어서 있었다. 할 총독은 두 다리를 벌리고 서서 몸을 흔들면서, 두 손의 엄지손가락을 각각 왼쪽과 오른쪽 바지 주머니에 찔러 넣은 채 광장에서 벌어지는 처형 장면을 내려다보고 있었다. 먼저 간단한 소개가 끝나자 할 총독은 엥겔하르트의 손을 잡고 일반적으로 하는 것보다 더 강하게 흔들었다. 관저 안으로 따라 들어오라고 할 총독이 말했다. 그는 두 사람을 만나서 진심으로 기뻐하는 것처럼 보였다. 건물 안 접견실은 기분 좋게 시원했다. 엥겔하르트는 천장에 매달린 최신형 전기 선풍기의 개수를 여덟 대까지 셀 수 있었다.

저 밖에서 벌을 받는 자는 도둑질을 했다. 비록 총독 자신에게도 유쾌한 일은 아니지만, 그래도 규율은 엄격하고 단호해야 한다. 자신은 이곳을, 예를 들면 독일령 남서아프리카나 아니면 카메룬의 총독들과는 좀 다른 방식으로 다스리고 싶다. 그러기 위해서 현지인들에게 독일식의 올바르고 도덕적인 법질서 의식을 심어주는 것이 최우선이라고 본다. 그것이야말로 최고로 윤리적인, 공정한 법정인 셈이니까. 그렇다고 해서 프랑스령 혹은 네덜란드령 식민지처럼(벨기에령 식민지 상황은 아예 제쳐두고서도) 학대과 노예제를 유지하기 위해 법도덕을 명분으로 내세우고 싶지는 않다. 그건 전부 경제적 착취를 위한 도구일 뿐이며, 이익을 극대화하기 위해 인간성을 최소로 축소시키자는 계략이니까.

두 명의 방문자는 총독의 입에서 나오는 사회주의적 색채가 깃든 연설을 내심 놀라는 마음으로 고개를 끄덕이며 듣고 있었다. 중국인 사환이 과일 주스를 은 쟁반에 받쳐 들고 왔다. 주스가 담긴 유리잔에 마음을 빼앗긴 벌새 한 마리가 연푸른색 깃털을 반짝이며 접견실로 들어왔다가, 윙윙거리며 돌아가는 선풍기 날개 사이로 요리조리 능숙하게 방향을 잡고 날아 열려 있는 관저의 문을 통해 다시 밖으로 나갔다. 할 총독의 머릿속에는 나중에 정지비행술의 개발에 따른 문제점을 이론화해서 수첩에다 기록해두는 걸 잊지 말아야겠다, 하는 생각이 떠올랐다. 비행 물체를 마치 벌새처럼 허공에서 정지한 채 한 자리에 머물면서 떠 있게 설계하는 것이 과연 인간의 능력으로 가능할 것인가. 특이한 사상을 지닌 두 젊은이와 대화를 나누는 도중에도 할의 생각은 멈추지 않고 이어졌다. 깃털이 알록달록한 그 새는, 말하자면 자연의 비자발적 영구기관인 셈이다. 벌새는 허공에 정지한 채 꽃술에 부리를 박고 멈추어 있기 위해 달콤한 과당의 형태로 엄청난 양의 에너지를 소비한다. 그리고 반대로 말하면 꽃은 벌새가 그런 형태로 영양을 섭취할 수 있도록 허용해주는 원천이기도 하다. 고로 인간은, 만약 허공에 정지해서 비행할 수 있는 기계를 만들려고 한다면, 기계 스스로가 자기 내부에서 에너지를 자체 공급하는 기술도 개발해야 하는 것이다. 바로 그런 기술의 개인적인 연구를 위해서 할 총독은 은퇴 이후의 시간을 바칠 것이다.

　라바울을 한번 방문해달라는 이유가 무엇인지는 이미 편지에서 설명했다. 문제의 요지는, 허심탄회하게 말해서, 그 젊은이들은 대부분 엥겔하르트의 글을 읽고 매혹되어 보호령까지 찾아온 사람들이란 것이다. 물론 엥겔하르트가──이 부분에서 할 총독이 특히 강조해서 덧붙이기를, 자신은 단순히 경제적인 이익을 바라거나 선교 활동을 목적으로 하지 않고, 오직 철학적인 실험을 감행해보기 위해 식민지를 찾는 사람들이 있다는 사실 하나만으로도 매우 기쁘다고 했다──그의 책을 읽은 독자들의 모든 행동에 대해 법적인 책임을 져야 하는 건 아니다. 하지만 그래도 도의적인 책임마저 완전히 부인할 수는 없지 않은가. 무엇보다도 이 젊은이들의 심각한 건강 상태를 생각하면 더더욱 그렇다. 이미 열병 때문에 한 명의 사망자까지 나왔다(이 대목을 말할 때 할 총독은 모르핀에 취한 듯한 모종의 환각 통증을 느꼈다. 그의 육신은 바로 얼마 전에 직접 체험한 말라리아의 파괴력을 기억해냈고, 덕분에 극미량 남아 있던 고통의 여운이 와락 고개를 쳐들었기 때문이다). 아무런 준비도 없이, 아무런 방책도 마련하지 않고 무턱대고 이곳으로 온 여행자들은 지금까지 자기들끼리 무리 지어 한 장소를 잡고 야영하면서 살고 있었는데, 그 야영지가 병균이 득실거릴 뿐만 아니라 너무나 불결하고 끔찍하여 할 수 없이 그들을 데리고 나와 이 지역 진료소와 호텔 두 곳에 분산 수용하고 있다.

그런데 엥겔하르트의 귀에서 뭔가 뜨끈한 액체가 방울지며 떨어지더니, 미지근하게 몸을 타고 뚝뚝 흘러내렸다. 어깨에 떨어지는 것의 정체가 무엇인지 살피려고 그가 고개를 돌려 보니, 이미 그의 가운은 귀에서 녹은 채 흘러나오는 엄청난 양의 누르스름한 액체 귀지 때문에 완전히 얼룩이 져 있었다. 놀랍고 어이없을 정도로 양이 많지만, 의지로 멈추게 할 수도 없다! 그는 손가락으로 귓속을 후벼 파서 분비물을 맛보고 싶은 욕구를 꾹 누른 채, 대신 몸을 슬쩍 돌려 할 총독과 뤼트초프가 얼룩을 눈치채지 못하게 하고 주스 잔을 들었다. 그리고 대화에 지나치게 열중한 나머지 주스 잔이 입에서 미끄러진 척 능숙하게 연기를 하면서 내용물을 어깨에 조금 흘려버렸다. 그러자 가운의 귀지 얼룩은 더 이상 눈에 띄지 않았고, 심지어 같은 색인 주스 얼룩으로 완전히 뒤덮여서 알아볼 수도 없게 되었다.

그사이(도둑질을 했다는 남자의 등짝을 내리치는 마지막 매질 소리가 여전히 광장에서 들려오는 가운데) 할 총독은 프랑스 사상가 샤를 푸리에의 저서 가운데 몇 부분을 상세하게 언급하면서 엥겔하르트에게 냅킨을 건네주었다. 냅킨을 받아 든 엥겔하르트가 연극적으로 과장된 동작으로 어깨를 닦아내는 동안 뤼트초프는, 비록 푸리에를 읽지는 않았지만, 대신에 프루동을 들먹이면서(그의 옛 애인 중 한 명은 실제로 더블린 출신의 여자 테러리스트이기도 했다) 태양교단이야말로 진정한 사회혁신을 도모하는 곳인데 할 총독이 교단을 단지 허용해주는 차원을 넘어서 말하자면 윤리적으로 그리고 지적으로 지지해주는 것은 참으로 놀랍다. 왜냐하면 대개의 사람은 할 총독같이 국가기관의 높은 자리에 있는 관료들이란, 실례의 표현일 수도 있지만, 개인적 유토피아 건설에 오직 천적일 뿐이라고 간주하기 때문이다. 자유란 다른 무엇보다도 사유재산으로부터의 자유를 의미하는 것이며, 그런 점에서 우리는 현재 카바콘에서의 삶의 형태를 그대로 유지하기를 원할 뿐이라고 했다. 엥겔하르트는 뤼트초프가 갑작스럽게 정치적인 발언을 하는 바람에 당황스러웠을 뿐만 아니라, 할 총독 앞에서 엥겔하르트가 구축한 사상을 마치 자기 자신의 이론인 양 마음대로 묘사하고 있는 데 내심 충격을 받았다. 그래서 한마디 끼어들어서, 푸리에는 악명 높은 반유대주의자였고, 자신은 카바콘 섬을 공정하게 법에 따라 사들였으며 한 번도 스스로 무정부주의자라고 공언한 적은 없다. 그리고 푸리에가 공상한 유토피아 모델 **팔랑스테르***(엥겔하르트는 뤼트초프가 이 개념을 절대로 모를 것이라고 확신했다)는 속물적이고 빈약하며,

무엇보다도 섹스 강박증에 걸린 소시민형 유토피아일 뿐이라고 말했다. 뤼트초프는 친구의 얼굴을 잠시 쳐다보며 침묵했다. 할 총독은 코코야자주의자 동지들 사이에서 일어난 작은 권력 갈등의 내용을 머릿속 수첩에 얼른 저장한 다음 손뼉을 치면서, 세상의 끝과 같은 이런 외진 곳에서 이처럼 수준 높은 대화를 들을 수 있다는 사실이 심히 감동스럽긴 하지만, 그래도 사람은 안타깝게도 언젠가는 현실로 되돌아와야 하는 법이 아닌가, 그는 이번 주에 벌써 캐비엥에 콜레라가 발생했다는 소식을 들었고, 이달 말에는 아스트롤라베 만에서 부족 간의 심각한 분쟁(사망자 발생)을 하나 해결해야만 한다, 그다음에는 유명한 미국 작가 잭 런던의 방문이 예고되어 있으며, 뒤를 이어서 독일 화가 에밀 놀데와 막스 페히슈타인이 올 것이다, 그러니 이제 본격적인 질문에 들어가서, 태양교단의 명성 하나만을 듣고 무작정 라바울로 온 젊은 추종자들의 문제를 어떻게 처리해야 하겠는가, 라고 물었다.

그들은 함께 비스마르크 후작 호텔로 향했고, 도중에 진료소에 들러 의사 빈트도 데리고 갔다. 화가 잔뜩 나 있는 호텔 사장 헬비히는 더 이상 전처럼 엥겔하르트에게

---

* phalanstère: 프랑스 사회주의자 샤를 푸리에Charles Fourier가 주창한 사회주의적 공동 생활체로 푸리에식 공동 생활체 거주지를 말한다.

호의적이지 않은 태도로, 쾌유를 위한 오후의 낮잠에 한창 빠져 있는 여행자 무리에게 그들을 안내해주었다. 할 총독은 넓적한 가슴팍에 두 팔을 깍지 끼고 서서, 이 문제에 대해 자신이 먼저 어떤 의견을 피력하고 싶지는 않다는 뜻을 암암리에 표시했다. 코코야자주의라는 것에 대해 적대감을 숨기지 않는 의사 빈트는, 객실도 모자라 복도에까지 놓인 침대 위에서 졸고 있는 젊은이들 위로 일일이 몸을 구부려 이 사람 저 사람 눈꺼풀을 열어보고는, 한 가지 음식만 먹고 사는 것이 인간의 신체에 얼마나 해로운지 조그만 소리로 불만스럽게 중얼거렸다. 그래, 바로 좋은 예가 거기 엥겔하르트 씨의 다리에 난 상처가 아닌가. 어느새 고름이 그득 찼군그래. 그 상처가 오래가는 것은 열대의 습기 많은 기후 때문일 수도 있지만, 그보다 먼저 애당초 발생 원인은 이미 말한 대로 영양 불균형 때문일 가능성이 크다. 실례입니다만 그건 말도 안 돼요, 하고 뤼트초프가 커다란 소리로 대꾸했다. 그렇다면 자신이 독일에 살 때 몇 년간이나 애를 써도 도저히 떨어지지 않던 수많은 관절염 증상이 이곳에 와 코코야자만 먹으면서부터 말끔히 사라져버린 일은 어떻게 설명할 수 있단 말인가.

그런데 코코야자라는 말이 화제에 오르자 여기저기 침

상에 널브러져 있던 젊은이들이 하나둘 몸을 움직이면서 깨어나더니, 불현듯 그들 가운데 서 있는 한 사람, 고국에서 신문과 잡지의 사진으로만 자주 접했으며 바로 그들을 이곳까지 오게 만든 장본인인 아우구스트 엥겔하르트의 비쩍 마른 형체가 실제로 그들의 눈앞에 있는 것을 발견했다. 감격의 속삭임이 복도 전체에 퍼져나갔다. 이제 겨우 성인이 되었을까 말까 한 슈바벤 출신의 청년이 목쉰 소리로, **오 주여!** 하고 외쳤고, 한 젊은 여자는 침대에서 일어나 비틀거리는 발걸음으로 엥겔하르트에게 다가오더니 그 앞에 무릎을 꿇고 그의 손을 부둥켜 잡았다. 그리고 모두의 경악스런 시선 앞에서 마침내 그녀는 바닥에 완전히 엎드렸으며, 극도로 당황한 채 그 모습을 바라보고만 있는 엥겔하르트의 발을 쓰다듬는 것이었다.

아니 제발, 이러지 말고. 당혹스런 웅얼거림과 함께 의사 빈트와 뤼트초프가 그녀를 일으켜 세웠고, 이런 어이없는 장면이 우스워 죽겠다는 듯한 미소를 감출 수 없었던 할 총독은 엥겔하르트를 잡고는 호텔 로비로 데리고 나왔다. 로비에는 호텔 사장 헬비히가 기다리고 있다가 그에게 간단명료하게 용건을 전했다. 엥겔하르트는 이 미친놈들 때문에 발생한 모든 비용을 지불해야 한다. 그것도 지체 없이 당장, 이 자리에서 바로 말이다. 엥겔하르트는 생각에 깊이 몰두한 얼굴로 엄지손가락을 빨기만 했다. 할 총독은 손가락 끝으로 콧수염을 건드려 모양을 만들면서, 진정하고 내 말을 좀 들어보기 바란다, 이러면 어떨까 하는데, 하고 중재의 말을 꺼냈다. 엥겔하르트가 여왕 에마에게 이미 진 빚이 있지 않은가. 거기에 그 비용을 얹어버리는 것도 한 방법일 것이다. 엥겔하르트의 농장에서 나오는 코프라 생산품으로 이 금액도 함께 갚는 것으로 하면 되지 않는가. 그래 그거 좋은 생각이라고, 엥겔하르트는 불분명하게 중얼거렸다. 그런 조건이면 얼마든지 서명을 하겠다. 문제를 해결하기 위해 뭐든지 할 용의가 있다. 단지 저 이상한 사람들을 모조리 돌려보내버려야 한다. 그는 저들과는 어떤 관련도 맺고 싶지 않다. 그러니 당장 독일로 보내달라. 비용은 그가 지불하겠다. 오, 그것 참 듣던 중 가장 현명한 생각인 것 같다고 할 총독은 대답하면서, 머릿속으로는 재빨리 셈을 해보았다. 스물다섯 명분의 선표라면 전체 액수는 약 1만 2,500마르크가 되겠군.

제정신이 아닌 애송이들을 돌려보내고 그 비용을 충당하기 위해 엥겔하르트는 앞으로 수년 동안 자신의 생산물을 미리 저당 잡히는 것으로 합의를 마쳤고, 또한 미래에 태양교단을 방문하려는 사람은 미리 독일에서 심사를 해서, 독일로 돌아가는 운임까지도 스스로 감당할 만큼 충분한 재정 능력을 입증할 수 있는 경우에만 북독일 로이드 회사의 배에 올라 남태평양으로 올 수 있도록 하는 조항도 만들었다. 또한 엥겔하르트는 이제 더 이상 노이포메른이 마치 에덴동산이라도 되는 것처럼 공언하는 선전용 편지를 보내지 말아야 할 것이다. 아니 차라리 편지 자체를 전혀 보내지 않는 편이 최선이다. 엥겔하르트의 귓속에서 뭔가가 뚝뚝거리는 느낌과 함께, 물속에 들어가 있을 때처럼 콸콸거리는 소리가 줄기차게 들렸다. 대양의 모든 물이 그를 집어삼킨 것만 같았다. 그는 다시금 엄지손가락을 입속으로 집어넣었다. 추악한 계약이 성사되는 동안 뤼트초프는 살짝 옆으로 비켜서 있으면서, 곤혹감 속에서 손톱을 질겅질겅 씹어댔다.

잠시 후 할 총독은 정말로 물속에서, 아니 정확하게는 샤워 꼭지에서 떨어지는 미지근한 물줄기 아래에서, 맥 빠진 동작으로 온몸에 비누칠을 하고 있었다. 그는 바보같이 욕조 속에 멍하니 누워 있는 것보다는 머리 위로 물줄기를 맞는 방식을 더 선호했으므로, 수도가 이사할 때 관저에 새 욕실을 만들도록 시켰던 것이다. 이상주의자 두 명이 돌아가버린 뒤 총독은 공용문서로 표시된 편지의 봉인을 뜯었다. 그 편지는 좋은 소식이 들어 있을 것 같은 기대감에 그가 아까부터 얼른 읽고 싶어 안달하던 것인데(그것은 그의 친구이기도 하며 얼마 전에 제국 식민지청의 청장으로 부임한 빌헬름 졸프로부터 온 것이었다), 예상과는 달리 보호령에서 어떤 황당한 일이 그의 비호 아래 벌어지는 판이냐고 질책하는 내용으로 편지지 세 장이 가득 채워져 있었다. 그래, 여기 고국의 언론이 뉴기니의 뉴스를 다룰 때마다 빠지지 않고 언급하기를, 보호령에서는 난잡한 풍기 문란이 판치고 있는 것이 분명하다, 발가벗은 독일인들이 돌아다니고, 난교 파티가 열리고, 꽃을 따 먹고 나비를 잡아먹는다고 한다. 그러니 할이 보수도 두둑한 그 자리를 계속 지키고 싶다면(그는 친구의 입장에서 충고하는 것이다), 베를린 제국 식민지청의 구석진 골방, 이름도 초라한 사무실에서 정년을 맞지 않으려면, 그러한 방종이 어서 막을 내리도록 서둘러 조치를 취해야 할 것이다(졸프는 **제발이지 조치를 좀 취해준다면 좋겠다**라는 완곡한 표현을 굳이 사용하지 않았다). 갑자기 물줄기가 약해지면서, 향기 좋은 비누로 잔뜩 거품을 내고 문지른 할 총독의 머리 위로 겨우 물 몇 방울이 똑똑 떨어지는가 싶더니, 곧 완전히 나오지 않게 되었다. 총독 관저의 샤워실 안, 반쯤 장님인 채로 물을 뚝뚝 흘리며 선 할은 터져 나오는 분노를 간신히 억누르며 앞으로 자신이 어떻게

해야 할지를 곰곰이 생각해보았다.

그날 저녁, 엥겔하르트와 뤼트초프는 카바콘으로 향하는 카누 위에 있었다. 오렌지색이 섞인 붉은 석양이 이글거리는 하늘 아래에서 그들은 둘 다 말이 없었다. 마음이 아주 잘 통하는 친구라서 몇 시간 동안 별다른 대화를 하지 않아도 상관없는 그런 침묵이 아니라, 그들 사이의 뭔가가 부서져버렸다는 느낌, 깨어져 나간 그것을 다시는 복구할 수 없으리라는 예감이 깃든 침묵이었다. 뤼트초프는 답답한 분위기를 어떻게든 개선해볼 생각으로 폭포처럼 쏟아져 내리는 형태로 쌓여 있는 신비한 구름들을 향해 몇 번이나 시적 감탄사를 토해내면서 친구의 얼굴에 다시 미소가 떠오르기를 기대했지만, 엥겔하르트는 전혀 들으려고도 하지 않았다. 아직도 그의 귓속에서 맴돌고 있는 것은 오직 라바울 방문 중에 무심코 뤼트초프가 입 밖으로 꺼냈던 말들인데, 그것들 한마디 한마디가 모두 그를 겨냥한, 참으로 옹졸하면서도 거슬리는 충고라는 생각이 지워지지 않는 것이다.

섬에 도착한 뒤 그는 심지어 친구가 피아노에 앉는 것도 금지해버린 채 침대로 들어가 천장만 뚫어지게 올려다보면서, 피아노 대가의 코 고는 소리가 집 안에 낭랑하게 울려 퍼진 다음에도 한참 동안이나, 그 어떤 생각도 하지 않고 오직 엄지손가락만 빨면서 누워 있었다. 하지만 이윽고 어떤 특정한 상상에 사로잡혀버렸으니, 그 상상은 마치 불타는 재앙의 징조인 양(혹은 우로보로스, 자신의 꼬리를 잡아먹으려고 몸을 둥글게 말고 있는 뱀처럼) 세계의 모든 생명 위로, 끝간 데 없이 펼쳐진 무한한 우주 위로 퍼져 나가는 것이다.

그는 다시금 불의 바퀴를 보았다. 어린 시절 어머니가 손으로 가리키던 그 바퀴, 그의 집 지붕 위에서 빙글빙글 돌아가던 바퀴, 눈을 가릴 베개가 없었던 그는 공포로 신음하면서 두 손에 얼굴을 묻었다. 이어서 나타난 것은 짐승들이었다. 게니우스 말리그누스*를 닮은 짐승의 모양이 너무나 소름 끼치고 흉측하여 소스라친 엥겔하르트는, 애처롭게 몸을 잔뜩 움츠리고 숨을 곳을 찾아 자신의 가장 어둡고 구석진 자아의 귀퉁이로 달아났다. 차마 이름을 입에 올리기조차 두려운 짐승, 구역질이 날 정도로 역겨우며 흐물거리는 생물체, **하스터와 아자토스****라고 불리는 그것들이 징그럽게 쉭쉭거리면서 그에게 속삭인다. 이

---

* genius malignus: '악령'이란 의미의 라틴어. 근세의 회의주의 발생에 빗대어 철학자 르네 데카르트가 생각해낸 상상의 괴물이다.
** Hastur, Azathoth: 둘 다 미국의 호러 작가 어거스트 덜레스, 하워드 필립스 러브크래프트가 상상한 크툴후 신화에 나오는 괴물들이다.

우주 안에서 인간이란 참으로 무의미하고 하찮으며 완전히 별 볼 일 없는 얼뜨기 종족에 불과하다고. 그러므로 태어났다가 죽어가는 것이 인간 운명의 전부라고, 그 어떤 말도 필요 없고, 그 어떤 눈물도 필요 없이. 이런 심오한 진리를 눈곱만큼도 이해하지 못하는 뤼트초프는 아무것도 모른 채 잠들어 있다. 아주 깊이 잠이 든 나머지 새벽 동이 터오기 직전 엥겔하르트가 그의 모습을 내려다보면서, 어떻게 하면 이자의 잠을 깨우지 않고 감쪽같이 죽여버리는 것이 가능할지 궁리하는 동안에도 그는 눈을 뜨지 않았다.

제3부

X

 노도와 같이 날뛰는 무시무시한 7월의 마지막 태풍을 만난 선장 크리스티안 슬뤼터는, 솔로몬 해의 거센 파도가 여기저기 일그러지고 찌그러진 그의 화물선 S. S. 제다 호 갑판 위로 사정없이 밀려와 덮치는 한가운데서 기를 쓰며 분투하고 있다. 바로 그날 이른 아침, 막스 뤼트초프는 거의 1년 전 자신이 카바콘으로 타고 왔던 바로 그 증기선에 올라탄다. 배 두 척은 불가피하게 서로를 향해 곧장 나아가게 되어 있다. 그런데 사이클론의 중심부가 공교롭게도 2백 해리나 북으로 밀려 올라가고 만 것이다. 슬뤼터는 시드니에서 힘들게 싣고 온 2백 상자나 되는 프랑스산 브랜디를 아피아에서 모두 하역했고, 이번에는 주방 기기, 칼, 도끼, 프라이팬, 냄비를 노이포메른으로 실어 나르는 중이다.

그날 뤼트초프는 아침 해가 뜨기도 전에 짐을 꾸렸다. 집을 나서기 전 그는 손가락으로 피아노를 가볍게 한번 쓸어보았고, 엥겔하르트가 잠에서 깨기 전에 해변으로 내려가 여전히 속을 알 수 없이 수수께끼의 미소를 짓고 있는 마켈리가 노 젓는 카누에 올라, 산호초 저 너머에서 자신을 기다리는 배로 향했다.

작별 인사도 없이 몰래 떠나기 전날 저녁, 그들 사이에는 격렬한 싸움이 있었다. 엥겔하르트는 함께 사는 동료가 자신이 아무 데나 놓아두고 잊어버린 가위를 훔쳐갔다고 굳게 확신했던 것이다. 소나기가 무섭게 지붕을 두드려대는 동안 모기들은 두 사람에게 사정없이 달려들었고, 그들은 피부 위에 코코야자 오일을 두텁게 바르고 야자 섬유로 모닥불을 만들어 피웠다. 어느 순간 도저히 타개할 수 없는 막다른 골목에 몰리게 되자 엥겔하르트는 거친 손동작으로 체스판의 흰말들을 모조리 쓸어버리고 말았다. 나이트와 루크*가 마치 나무 수류탄인 양 모래 바닥으로 가서 푹푹 박혔고, 마침 그 자리에서 저녁 식사

---

* 체스 말의 명칭.

로 잎사귀 하나를 뜯어 먹던 지네는 몹시 기분이 상한 채 툴툴거리며 빗줄기를 뚫고 다른 곳으로 기어가버렸다. 엥겔하르트는 잃어버린 가위 이야기를 다시 꺼냈고, 비록 어떤 불만스러운 점이 있더라도 싸움을 위한 싸움만은 절대로 기피하는 편인 뤼트초프는, 자신은 가위라면 본 적도 없고 알지도 못하고, 심지어 관심도 없다──어차피 이곳의 물건은 모두 공동소유가 아니었던가, 그러니 문제의 그 가위도 마찬가지가 아닌가? 하고 대꾸했다. 자잘한 열대성신경증이라면 자신은 얼마든지 참아줄 용의가 있다. 하지만 그렇다고 하여 억지로 갖다 붙인 잘못된 죄목을 그대로 뒤집어쓸 수는 없다고 했다. **잘못된 죄목**이라고, 엥겔하르트가 이렇게 내뱉더니, 갑자기 벌떡 일어나 집 안으로 달려 들어가 미친 듯한 동작으로 서가의 책들을 마구 꺼내 창밖 억수같이 쏟아지는 빗줄기 속으로 내던지는 것이었다. 잘못된 죄목일 리 없다. 뤼트초프는 이미 몇 번이나 자신이 교단의 비밀스런 이론가라도 되는 양 폼을 잡지 않았던가. 하지만 실제로 모든 것을 처음부터 다 창안하고 구상한 것은 바로 엥겔하르트 자신이다. 그러니 지금 그가 진심으로 묻고 싶은 것은, 위대한 음악가 양반께서는 언제쯤 카바콘 섬의 궁극적인 통치권을 넘겨받으려고 계획하고 계신가. 물론 빠르면 빠를수록 좋겠지. 하지만 엥겔하르트는 최대한 신속하게 빗장을 걸어 그 속셈을 방지할 생각이다. 이 섬은, 뤼트초프가 할 총독 앞에서 지껄인 것과는 다르게 절대로 민주주의 체제가 아니며, 웃기는 애송이들의 유치한 공산주의 놀음은 더더욱 아니다. 지금도 아니며, 앞으로도 영영 어림없는 소리다. 엥겔하르트 자신이 혼자서 모든 것을 결정한다. 그러니 뤼트초프가 한심한 비렁뱅이 떼거리를 카바콘으로 데리고 와야 한다고 조언한 것은 통치권에 대한 참으로 모욕적인 참견이며, 장기적으로 엥겔하르트를 무력하게 만들려는 모종의 술수였을 것이다.

제발, 하고 뤼트초프가 대꾸했다. 계속해서 그렇게 나온다면 차라리 돌아가버리는 것이 낫겠다. 자신이 그동안 이곳에서 머물러온 시간이 그처럼 하찮았단 말인가. 자신은 카바콘 섬에서 둘이 함께 만드는 새로운 에덴동산을 생각했는데 그것이 혼자만의 착각이었단 말인가. 또한 태생적으로 사람들과 친하게 지내는 걸 좋아하는 자신은 엥겔하르트와의 관계를 불편하게 만들 만한 그 어떤 일도 도모할 생각이 없으며, 더구나 권력을 가져볼 생각은 꿈에도 하지 않았다. 자신은 예술가일 뿐 결코 경영이나 정치를 하려는 사람이 아니므로 코코야자 농장의 운영권에는 애당초 관심이 없다. 그런데 이제 예상과는 다른 방향으로 분위기가 흘러가게 된 지금, 솔직히 몹시 마음이 아프다. 하지만 아무래도 떠나야 할 것 같다. 떠나고 싶다. 친구의 앞날에 행운을 빈다. 말할 수 없이 슬프지만 마음 깊은 한구석에서는 우정이 이렇게 금이 가버린 것에 대해 그 자신도 일말의 책임이 있는 것은 아닌가 하는 느낌이 든다(**그래 맞아, 맞는 말이지**, 하고 엥겔하르트는 격렬하게 고개를 끄덕여 동의를 표했다). 하지만 지금 그들의 관계가 이대로 끝이 난다 해도 뤼트초프 자신이 친구로부터 귀한 가르침을 얻은 것까지 부인할 수는 없다. 인간성을 마비시키는 현대사회의 삭막함으로부터 달아나 구원을 찾을 가능성이 있음을 보여주지 않았는가. 그 점에 대해서는 앞으로도 항상 감사하게 생각하겠다. 아마도 가위는 며칠 이내로, 언제 없어졌냐는 듯 태연하게 다시 모습을 나타낼 것이다.

색이 바랜 이들의 사진 한 장이 아직도 남아 있다. 둘 다 수염을 덥수룩하게 기르고 야자나무 아래 앉아 있는 모습. 반쯤 몸을 누인 뤼트초프는 왼팔을 모래 속에 받친 채 즐거워하는 표정으로 카메라를 응시한다. 무서울 만큼 앙상하게 마른 엥겔하르트는 까마귀를 연상시키는 옆모습을 보이고 있다. 기묘하게 긴장했으면서 도도하게 치켜든 머리 모양은 잘못하면 건방진 인상을 줄 수도 있는데, 강한 자긍심을 뚜렷하게 나타내고 있으며, 자세히 관찰해보면 약간의 자기만족도 느껴진다. 그런데 허리에 두른 체크무늬 천 위로 드러난 엥겔하르트의 배는, 영양 부족으로 인해 가스가 부풀어 올라 공처럼 둥그렇게 팽창해 있다. 그렇다. 그는 사진기의 셔터가 내려와 닫히기 전, 순전한 허영심 이상의 이유 때문에 허리에 그 천을 둘렀던 것이다.

반면에 뤼트초프는 외모나 태도에서 훨씬 더 단정함이 엿보인다. 그가 원래부터 단정한 인간임은 의심의 여지가 없다. 물론 약간 허영기가 있긴 하지만, 엥겔하르트가 이미 수년 전부터 하고 있듯이(뤼트초프와 다른 사람에 대해 엥겔하르트가 가졌던 섬뜩한 의도는 여전히 그의 영혼 그 늘진 경사면에 잠시 동안 더 숨어 있게 된다) 뭔가 기괴하고 음침한 인간을 연출하는 그런 방식으로 자신을 과시하는 성격은 아니다. 뤼트초프는 엥겔하르트를 상대로 최대로 공정하게 행동했으며, 그날 아침 카바콘을 그렇게 떠난 것도 비록 뤼트초프 자신은 다르게 느끼지만, 몰래 도주한 것이라기보다는 당연히 그럴 수 있는 정당한 결과였다.

이미 이른 아침부터 농장에 나와 일을 하고 있던 원주민 일꾼들은 그가 떠나는 것을 지켜본다. 갑작스러운 이들의 결별을 목격한 원주민들은 불길한 징조라도 본 것처럼 서로 수군거렸으며, 이 일이 더욱 무서운 결과를 몰고 올 것이라는 예감을 갖는다. 그래, 이제 생각하니 어제 한 번도 본 적 없는 이상한 새가 날아와 비통하게 울면서 해변에서 마구 몸을 뒹굴지 않았던가. 마치 깃털에 묻은 뭔가를 떨쳐내려는 것처럼. 그들은 약속이나 한 듯 모두 일손을 놓고 새로운 징조가 찾아올 때까지 당분간은 아무것도 하지 않고 그냥 쉬기로 한다. 이미 2년 전부터 엥겔하르트가 임금을 전혀 지불하고 있지 않다는 사실은 이 경우 그다지 중대한 원인으로 작용하지 않았고, 원주민들은 단지 그 형제가 이젠 돈이 없나 보다, 하고 생각하고 말 뿐이다. 요즘에도 여전히 밤마다 모형 피아노 앞에서 연주를 하는 톨라이족 추장은 이제는 자기 부족의 전통 악기인 북이나 피리가 어쩐지 무척 원시적으로 느껴져 기피하게 되었는데, 야자나무 그늘에 앉아 무감각해진 손바닥을 비비면서 음악의 마법사인 백인이 떠나버려 깊은 슬픔에 잠겨 있다. 추장의 슬픔은 문둥병 감염이라는, 부족민들에게는 안간힘을 쓰며 숨겨야 하는 그 자신의 처지와 맞물려 무한한 영역으로 팽창하는 듯하다.

사실 엥겔하르트도 마찬가지로 나병에 감염되었지만 엥겔하르트 자신이나 막스 뤼트초프, 누구도 그 사실을 알아차리지 못했다. 구약에서의 어마어마한 명성 때문에 일차적으로 신경 계통의 이상이라는 명확한 성격이 묻히기 마련인 이 질병으로 인해, 수년 동안 코코야자만을 먹어왔던 탓으로 이미 상당히 교란된 상태인 엥겔하르트의 신체는 복합적이고도 불명확한 반응들을 나타내고 있었다. 라바울에 있는 의사 빈트의 진단은, 그러므로 당연히 옳은 것이었다. 엥겔하르트의 영혼이 레테 강의 강물을 떠 마셨고, 고요한 강가에 앉아 쉬면서 수면에 비치는 자신의 모습을 오래오래 바라보았으며, 그 덕분에 자신이 왜 이곳 카바콘으로 왔는지 그 이유조차도 깊고도 우주적인 망각 속으로 흘려보내버렸다고 말한다면 아마도 과장된 표현일 것이다. 대신 진실은 훨씬 더 산문적으로 들린다. 그가 인간 사회에서 멀어지면 멀어질수록 그의 행동과 사회에 대한 그의 태도는 더더욱 괴이해지며 정신의 원시적 상태로 더더욱 깊이 후퇴하여, 마침내는 극심한 정도로 자기통제력을 상실한 행동을 보인다는 것이다. 카바콘 오일 상표를 붙인 채 라바울에 산더미처럼 쌓여 있는 코코야자 오일은 사람들의 뇌리에서 잊히고, 코프라 상품들도 마찬가지고, 한때 그가 사랑하던 책들도 더 이상 햇빛에 정기적으로 내다 말리는 일을 하지 않으므로 열대의 습기 속에서 구불구불하게 우그러진다. 심지어는 그가 예전에 그토록 정성 들여 사랑으로 가꾸던 집 주위의 화단도 엉망이 되고, 무성하게 우거지며 자라는 넝쿨식물들 때문에 꽃들이 질식할 위험에 처해 있다. 마치 엥겔하르트 자신이 노처녀 미스 하비샴으로 변해버린 것만 같다. 생의 감각을 잃어버린 채 오직 자신을 궁극적으로 소멸시켜줄 무서운 대화재의 불길만을 기다리고 있는 그런 인물.

그런데 나병은 어디서 온 것일까? 얼핏 생각하기에 병균의 원천지가 되었을 것 같은 장소는 뤼트초프가 가져온 피아노 도와 솔 사이 다섯 개 건반 중의 어느 한 곳이다. 톨라이족 추장의 손가락에서 떨어져 나온 나병균성 살비듬이 그곳에 달라붙었고, 얼마 후에 엥겔하르트가 자신의 손가락으로 그것을 옮겨왔으며, 그다음 반사적으로, 그리고 습관적으로 손가락을 입속에 넣고 빨았던 것이다. 입속과 잇몸 몇 군데에 출혈 부위가 있다는 사실, 즉 아프타성궤양을 앓는다는 것을 개의치 않고, 혹은 의식하지 못한 채로. 그런데 사실 우리의 친구는 이미 그보다 더 오래전에 이미 나병균에 감염되어 있었다.

XI

 엥겔하르트는 카바콘에서 마비성 염증으로 정신이 혼미해진 채 분노로 뒤척이고 있고(신경과 의사라면 그의 증상을 일종의 추적망상증이라고 진단했을 것이다), 막스 뤼트초프는 커다란 덩어리가 목을 꽉 누르는 기분으로, 하지만 그런 반면에 어쩐지 해방된 듯한 명랑하고 가벼운 마음 또한 지닌 채 라바울로 가고 있다. 제다 호의 선교에 우뚝 선 선장 크리스티안 슬뤼터는 블랑슈 만을 향해 혓바닥처럼 좁고 길쭉하게 불쑥 튀어나온 암녹색 곶을 빙 돌면서, 처음에는 연기를 내뿜는 화산의 봉우리가, 그리고 이어서 조그만 독일식 도시가 자기 앞에 점차 모습을 나타내는 것을 지켜본다. 그는 미소 띤 얼굴로 이곳에서 마지막으로 체류하던 때의 기억을 되살리는데, 당시는 아직 선장 임명장도 받지 못한 신세였다. 그는 한 손으로 금빛 수염을 쓰다듬으면서(몇 년 전 그때 마지막으로 이곳에 왔을 때는 아직 피부 아래에 묻혀 있던 하얀 수염들이 지금은 군데군데 하얗게 눈에 보인다) 다른 손으로는 기관실로 향하는 엔진 손잡이를 움직여 배의 전진 속도를 절반으로 줄인다. 대개는 지저분한 상태이며 항상 물에 약간 젖어 있는 슬뤼터의 하얀색 상의 속주머니에는 아피아에서 받은 할 총독의 편지가 들어 있다. 새 수도인 라바울로 자신을 한번 꼭 방문해달라, 소소할 수도 있지만 그래도 정말 다급한 문제를 해결해야 하기 때문이라는 내용이었다.

태풍으로 사납게 날뛰던 바다는 어느새 거울처럼 잔잔한 그림 속의 바다로 바뀌었고, 머리 위에서는 태양이 화창하게 빛을 발하는 중이다. 물에 젖은 담배를 입에 물면서 그는 자신만이 알고 있는 멜로디를 작은 소리로 흥얼거린다. 슬뤼터의 눈앞에 펼쳐진 전체 풍경은, 물론 그 자신까지도 포함하여, 수십 년이 된 오래된 앨범 속 점차 희미하게 형태가 허물어져가는 낡은 사진들을 보고 있다는 인상을 준다. 마치 이미 예전에 한번 보았던 사진을 다시 보는 듯한, 단지 그사이 외부 세계와 사람 자신은 변화했으나 앨범 속 사진들만큼은 변함없이 그대로 남아 있다는 인상—과거로부터 풍겨져 나오는 강렬한 인상은 현실에서 영원히 살아남아 존속하는 데 반해 현재는 1분 1초의 짧은 순간에도 스스로를 쉴 새 없이 먹어치워버린다. 담배 연기를 깊이 들이켜면서 슬뤼터는 웃음을 터뜨린다. 그의 뇌는 패러독스한 사고를 자유자재로 감당할 만큼 유연하지 못하기 때문이다. 그런 생각이 떠오르는 즉시 이건 말도 안 되는 헛짓이야, 하고 붙잡아 없앨 기회만 노리니, 생각은 태어나는 순간 이미 연기가 되어 사라져버릴 운명이다. 미리 정해진 것은 단 한 가지 오직 죽음뿐이지, 하고 그는 생각한다. 그 일의 발생은 이미 미래의 책에 결정되어 있다. 단지 남은 문제라고는 시간과 공간이 서로 협력하여 조정을 이루는 일뿐이다.

화물선에는 슬뤼터가 뉴칼레도니아에서 고용한 노련한 뱃사람이며 얼굴에 인상적인 문신을 한 마오리족 남자 아피라나와 함께 화부인 노벰버, 그리고 젊은 여인 판도라가 타고 있다. 슬뤼터가 그녀를 낚은 건 시드니에서다. 1년에 두 번씩 방문하는 시드니의 차이나타운에서 아편의 달콤한 꿈에 취해 늦게까지 널브러져 있던 그는 다음 날 오후 자신의 배로 터덜터덜 돌아가다가, 말 그대로 정말 우연히 판도라를 만났던 것이다. 약간의 현기증을 느끼며 그는 달링하버의 선착장 방향으로 모퉁이를 살짝 돌았다. 선착장에는 돛대가 세 개나 달린 화려한 배들과 눈처럼 하얀색으로 칠한 정기 운항선들 사이에 따개비가 몸체 전체에 닥지닥지 앉은 볼골사납고 흉측한 배, 뭐라고 정의하기 힘든 빛깔인 그의 사랑하는 제다 호가 정박 중이었다. 밤새 잠을 설친 피곤한 눈으로 제다 호의 뒤 갑판과 이미 연기가 솟아나는 굴뚝을 점검하면서 선원용 행낭을 중국인 짐꾼에게 막 던졌는데, 바로 그 순간 판도라가 그의 눈앞에 서 있었다. 맨발에 붉은 머리칼, 열두 살, 아니 열네 살쯤 되었을까? 조그만 한쪽 눈썹을 보기 좋은 모양으로 휙 추켜올렸고, 어깨에는 조그만 가방(그 안에는 연필 여러 자루와 하와이언 퀼트 덮개가 들어 있었다)을 멘 모습이었다.

거의 알아차리기 힘든 극히 미세한 고갯짓으로 판도라는 선착장 아래쪽을 가리켰는데 그곳에는 좀 떨어진 거리에서 경찰관 네 명이 그들을 향해 점차 다가오는 중이었다. 사정한다기보다는 차라리 재촉하는 말투로 그녀는 자신을 좀 숨겨달라고, 배에 싣고 가달라고 부탁했다. 어쨌든 간에 지금 이 순간 위협당하는 자신을 경찰로부터 보호해야만 하는 것은 길게 이야기할 필요도 없이 당연지사라고. 슬뤼터는 잠시도 망설이지 않고 그녀를 데리고 제다 호에 올라, 무심하게 쳐다보는 마오리족 남자의 눈길 앞을 지나 선장실로 데리고 갔다. 그녀의 몸 위로 이불을 덮어씌우고 자신의 입술에 손가락을 한 번 대 보인 뒤 선교로 나와 즉시 출항 명령을 내린 슬뤼터는 화부 노벰버에게 뒤 갑판에 황실 상선 깃발을 올리라고 지시했다. 이 거짓말은 제다 호의 엉망진창인 외양 때문에 도저히 믿기지 않는 것이었지만, 그런 사소한 문제점에 전혀 개의치 않은 채 제다 호는 잠시 뒤 보무도 당당하게 재빨리 시드니 항구를 빠져나가 망망대해로 나섰다.

판도라는 선장실에서 오랫동안 잠에 빠져 있다. 그녀는 뉴사우스웨일스의 해안선이 수평선 너머로 한참 전에 사라져버리고 오직 짙푸른 잉크빛 대양이 제다 호 아래로 펼쳐지고 있을 때 잠에서 깨어나 발밑을 더듬거리며 갑판으로 나온다. 그녀는 아무렇게나 휘날리는 밝은 붉은색 머리칼을 얼굴 양옆으로 넘기면서 슬뤼터를 키에서 떼어 놓은 다음, 감사의 몸짓으로 그의 더러운 하얀색 선장복 앞섶에 좁다란 머리를 가만히 기댄다. 그때 슬뤼터는 깨닫는다. 자신은 그녀에게 결코 해명을 요구할 수 없다는 것을, 무슨 일 때문에 배로 도망 와야 했는지, 그리고 심지어 그녀가 누구인지조차 묻지 못하리라는 것을. 바다는 너그러운 존재다. 많은 사람이 바다를 생각하면서 살인을 떠올리지만, 슬뤼터는 이 세상에 아직 인간이란 생물이 없던 태고의 시간을 향한 한없이 애잔한 그리움과 향수 어린 애정을 느낀다. 그런 점에서 보면 그도 엥겔하르트와 아주 다른 인간이라고는 할 수 없지만, 그의 꿈과 향수는 결코 다른 세상의 출현을 기대하지 않는다는 차이가 있으며, 그는 새로운 종족이 나타나고 새로운 질서가 지구를 지배하게 될 거라는 상상은 결코 하지 않는다. 대신 언제나 홀로 바다를 바라볼 뿐이다. 피처럼 뜨끈한 유기체의 확고부동함으로 교회며 도시, 나라, 대륙 전체를 뒤덮고 범람하는 바다를.

슬뤼터는 정말로 판도라를 향한 사랑에 빠진 것일까? 아니면 판도라가 그날 오후 마치 생강 빛깔의 냉담한 고양이처럼 살금살금 갑판으로 기어 나왔을 때, 그는 이미 아버지 같은 애정으로 보호자를 자청한 상태였으므로 그녀를 여인으로 인식한다는 것은 스스로의 허용 한계치를 넘어서는 일이었을까? 어쨌든 슬뤼터는 판도라를 독일령 사모아에 내려줄 생각이었지만 결국 그렇게 하진 못한다. 제다 호가 아피아 만으로 들어서고 한 회사 건물 지붕에서 펄럭이는 유니언 잭을 발견한 순간 판도라는 비명을 지르고 눈물을 흘리며 그의 발치에 몸을 던져버렸기 때문이다. 조그만 주먹으로 쇠갑판을 얼마나 긁어댔던지 피부가 벗겨진 손 옆 부분이 피로 벌겋게 물드는 와중에도 판도라는 어여쁜 눈시울을 몰래 옆으로 흘기며 자신의 굴욕적인 연극이 혹시 지나치게 과장되지는 않았는지 살피는 일을 잊지 않는다. 하지만 심장이 이미 고무나무 액처럼 흐물흐물해진 슬뤼터는 노벰버와 아피라나에게 지시하여 코냑 상자만 하역하도록 한다. 프라이팬을 배에 실은(그리고 게살 통조림 몇 상자도 함께) 슬뤼터는 소녀의 머리를 쓰다듬으며, 걱정하지 말라고, 제다 호가 노이포메른에 도착할 때까지 배에 있어도 된다고 진정시킨다.

마오리족 남자는 판도라의 손을 붕대로 싸매고, 노벰버(그의 셔츠와 피부는 검댕이 점점 두껍게 쌓여 나날이 더욱 시커멓게 보인다)는 석탄을 싣고, 잠시 뒤 그들은 다시 망망대해로 나선다. 태풍이 그들을 맞이한다. 거대한 청회색 괴물처럼 강렬하고도 적대적인 태풍이다. 불과 몇 분 사이에 먹구름이 급속하게 허공에 산을 이루고 구름 사이로 하얗고 노란 번갯불이 섬뜩하게 번쩍인다. 선교에 있는 나침반의 바늘이 유리 원통 안에서 방향을 잃고 제멋대로 돌아가고, 탑처럼 까마득한 파도가 화물선을 마치 종이 상자인 양 이리저리 흔들어댄다. 파도의 꼭대기까지 밀려 올라간 배는 다음 순간 가장 깊은 물살의 골짜기 아래로 순식간에 추락했다가 다시 허공 저 높이까지 치솟아 오른다. 그러다 보니 심지어 경험 많은 선원 아피라나까지도 심상치 않은 기분이 드는 것이다. 마오리족 남자는 마치 자신이 살과 피를 가지고 다시 태어난 퀴퀘그*인 양 밧줄로 자신의 몸을 선교 바로 곁 뱃전에 단단히 묶고, 온몸에서 나오는 우렁찬 목소리로 슬뤼터에게 올바른 뱃길을 인도해준다. 방향과 항해에 관한 한 비범한 능력의 소유자였던 조상들과 비밀스런 소통이 가능한 그는, 현대적인 나침반 기기보다 더 정확하게 길잡이 역할을 할 수 있기 때문이다. 그렇지만 상황은 점점 나빠지기만 해서 어느덧 제다 호는 금방이라도 좌초할 위기에 놓인 것처럼 보인다. 슬뤼터는 쇠맛이 나는 분노의 눈물이 자신 안에서 치밀어 오르는 것을 느낀다.

그사이 노벰버는 배의 아래 어두컴컴한 기관실에서 악마처럼 일에 열중하고 있다. 쉴 새 없이 석탄을 한 삽 한 삽 퍼서 오렌지빛으로 이글이글 불타는 보일러의 화덕 안으로 연신 밀어 넣는다. 그러다가 아주 잠시 짬을 내어 삽을 옆으로 치워두고 지옥의 불구덩이 기계 밸브와 조정기를 잡아당긴 다음 다시 삽질을 시작하는 것이다. 불은 그의 소명이다. 그가 기관실에서 수행하는 건 태풍과의

---

* 허먼 멜빌의 장편소설 『모비 딕』에 나오는 등장인물.

싸움뿐만은 아니다. 그것은 자연 자체를 상대로 벌이는 거의 원초적인 격투에 가까웠다. 그것은 원시적 카오스에 대한 반발이며, 버릇없고 건방진 세계의 무질서를 향해 수십만 번씩 부삽을 치켜드는 행위이다.

아직 한 번도 이런 항해를 경험한 적이 없는 판도라는 슬뤼터의 선장실 한구석에 쪼그리고 앉아 겁에 질린 채 덜덜 떨고만 있다. 병이 하나씩 떨어져 박살이 날 때마다, 혹은 기구가 하나씩 반대편 벽으로 날아가 요란하게 부딪칠 때마다 그녀는 이제 짧은 삶에 종말이 다가왔다고 확신하는 것처럼 비통한 울음을 와락 터뜨리고 만다. 무시무시한 바다가 화물선을 완전히 박살 낼 것만 같아서. 밖에서 날뛰는 거대한 물 더미가 그녀에게 죽음의 공포를 불러일으키고, 수 킬로미터나 되는 심연이 검은 입을 쩍 벌리며, 그 아래 끝없는 암흑 속을 기어 다니는, 눈도 없이 축축하고 징그러운 괴물들이 자꾸만 머리에 떠오른다. 무슨 일이 있어도 선교의 조종간을 절대 떠날 수 없는 슬뤼터는 아피라나를 아래 선실로 보내 자신을 대신해 그녀를 품에 꼭 안아주고, 머리를 쓰다듬으면서 감미로운 마오리족 노래를 불러주라고 시킨다.

태풍은 이틀 낮과 사흘 밤 동안 지속된다. 태풍이 부는 동안 아피라나와 노뱀버, 그리고 슬뤼터는 석탄처럼 새까만 블랙커피에 설탕을 타서 몇 리터나 들이켰고 다른 음식물은 전혀 입에 대지 않았으므로, 마침내 날씨가 좋아지자 그들의 육체는 마치 무서운 열병이 혹독하게 난장을 치고 지나간 것만 같다. 비스듬한 빛기둥이 잿빛 구름층 사이를 뚫고 지상으로 내리비치자, 세상은 숨을 고르고 바다는 고요히 가라앉으며, 기진맥진한 군함조는 태풍으로 엉망이 된 제다 호의 앞 갑판에 내려앉는다. 아직도 완전히 사그라들지 않은 성난 파도의 마지막 자락들이 뱃전에서 부서지며 물보라를 일으키고는 있지만, 신이여 감사하나이다, 사실상 태풍은 물러간 것이다. 선실에서 나온 판도라는 갑판으로 기어 올라와 맨다리를 가슴으로 모으고, 한마디 말도 없이, 한마디 인사도 건네는 법 없이, 하지만 그래도 무서운 불의 시험을 이겨냈다는 자의식은 가진 채, 갑판에 묶어놓은 통조림 상자 위에 앉는다. 그리고 배가 나아가는 방향으로 고개를 들고 흩날리는 머리를 소금기 어린 바닷바람에 맡긴다.

아무도 그녀의 눈물과 공포를 질책하지 않는다. 질책하기는커녕 배 밑바닥에서 기어 올라온 뒤 뱃전에 매달아 놓은 양동이로 바닷물을 퍼 담아 얼굴의 검댕을 씻어낸 노벰버조차 그녀 앞을 지나갈 때면 알 듯 모를 듯 희미하고 어색한 미소나마 지어 보이려고 안간힘을 쓰는 것이다. 죽음의 공포를 함께 넘긴 경험만큼 사람들을 하나로 강하게 묶어주는 끈은 없다. 희미한 미소와 함께 얼굴이 환해지는 그런 짧은 순간이야말로 진짜 노벰버의 숨겨진 모습이 잠시라도 드러난 듯하다. 민감하고 아름다우며, 하지만 음울한 남자, 이미 오래전에 지나간 고통을 결코 잊는 법 없이 자신 안에 고스란히 간직하고자 애쓰는 한 남자의 모습이.

슬뤼터는 화물을 점검해본다. 파도에 휩쓸려 사라진 물품은 프라이팬 상자 한 개뿐이다. 왜 독일 보호령에서 군이 오스트레일리아제 게살 통조림을 주문하는 건지 슬뤼터로서는 잘 이해가 가지 않는다. 보호령은 사방에서 마음만 먹으면 언제든지 신선한 게를 잡아 올릴 수 있는 위치가 아닌가. 어깨를 한번 으쓱인 그는 담배를 피워 물고 제다 호의 키를 망설임 없이 북서 방향으로 잡는다. 오후 1시경 그는 다른 배 한 척을 발견한다. 마찬가지로 화물선인 그 배는 남쪽, 오스트레일리아의 다윈을 향하는 중이다. 슬뤼터는 마르코니 기기로 상대에게 인식 무선을 보냈으나 답신이 없다. 그는 판도라에게 통조림을 몇 개 열어 내용물을 스토브 위에 데우라고 소리친다. 얼마 지나지 않아 제다 호의 뒤편으로는 군침 도는 통조림의 향기가 보이지 않는 꼬리처럼 길게 퍼져나간다.

함께 식사하는 동안 아피라나는 판도라에게 문신을 해주겠다고 제안한다. 소녀의 피부 어느 한 부위에다 자신들이 겪은 폭풍의 이야기를 영원히 역사로 기록해주겠노라고. 그러나 슬뤼터는 절대 안 된다는 생각이다. 그녀의 몸을 감싸는 껍질을, 그녀의 새하얀 외피를 바늘로 뚫어버린다는 것은 상상만으로도 참을 수 없다. 아피라나는 어깨를 한번 으쓱이며 포기한다. 마오리족 남자에게 그것은, 모든 인간의 운명에 공통적으로 작용하는 이 세계 연대기의 일부를 소녀의 신체에서는 읽어낼 수 없다는 것 이상의 의미는 없다. 아피라나는 노벰버에게 김이 펄펄 나는 게살 요리를 가져다주기 위해 기관실로 내려간다.

두 사람을 이어주는 것은 참으로 독특한 형태의 사랑이다. 판도라는 슬뤼터를 자기 운명의 무조건적인 주인으로 선택했다. 그리고 그는 그녀를 통해 스스로 도저히 불가능할 것이라고 상상하던 모종의 확신에 도달한 듯이 보인다. 그는 자신이 갑작스럽게 인간으로서 가능한 한 최대로 심오한 내면을 지닌 사람으로 변해버린 것 같다. 이제는 바다를 바라볼 때 단지 그냥 모든 사물을 말끔히 씻어내버리는 정화의 원소라고 생각하고 그치는 것이 아니라, 대신 심연에 대한 판도라의 끝없는 공포를 떠올리게 된 것이다. 그는 비록 한 인간으로서는 유일한 존재일 수는 있지만, 우주 전체의 시점에서 보면 참으로 작고도 작은, 세계의 가장 외곽, 최후의 가장자리에서 수백만 년에 걸친 마찰로 인해 덧없는 모래 알갱이로 화해버리는 한 조각의 산호에 불과함을 깨닫는다. 그런 순간마다 슬뤼터는 조심스러운 발걸음으로 죽음에 한 발짝 더 가까이 다가간다.

그리하여 마침내 몽둥이찜질을 당한 개가 상처를 치유하기 위해 으슥한 다리 아래로 숨어들어 가듯이, 제다 호는 블랑슈 만으로 들어간다. 부두에 서서 반갑게 손을 흔들어주는 사람은 아무도 없다. 다 헐어빠진 쪽배 한 척이 라바울 항구에 들어오는지 마는지 신경 쓰는 사람도 하나 없다. 슬뤼터는 선교에 서서 닻과 밧줄로 입항 준비를 하라는 지시를 내리고, 아피라나와 노벰버는 내키지 않는 몸짓으로 명령에 따른다. 항구에 자신을 체포하려고 나와 있는 영국 경찰들이 없는 것을 확인한 판도라는 엷은 색 옷차림으로 배에 걸쳐놓은 목제 가교에 폴짝 뛰어오르더니, 물 위에서 흔들거리며 떠 있는 보트들 앞을 지나 맨발로 총독 관저를 향해 곧장 달려간다. 이미 항구에 들어설 때부터 그녀는 관저의 하얀색 정문을 눈으로 확인해 놓았던 것이다. 반쯤 달려가던 그녀는 우뚝 멈춰 서더니 허리를 굽혀 꽃을 꺾는다. 원주민 아이들 몇 명이 쭈뼛거리며 그녀에게 다가온다. 멀리서 바라보니 마치 서로 어울려서 즐겁게 놀고 있는 것만 같다. 판도라는 자신이 왜 육지로 내려왔는지 그 이유를 까맣게 잊어버린다.

노벰버도 배에서 내려 제다 호에 상품을 주문한 회사들을 어렵사리 찾아간다. 무시무시한 태풍을 겪어낸 뒤 태연하고 심드렁한 라바울을 방문하자, 그 엄청난 하강의 느낌 때문에 이제 사람들이 자신의 프라이팬에 관심을 갖든 갖지 않든 슬뤼터로서는 아무래도 좋은 일이 되어버린다. 그는 판도라의 뒷모습을 눈으로 쫓으면서 다시금 그녀를 잃게 되리라는 것을 예감한다. 아직 그 누구도 그에게 이렇게 소중한 존재인 적은 없었다. 아직 그 누구도 그에게 이처럼 막강한 힘을 발휘한 적은 없었다. 그래, 그는 인정할 수밖에 없다. 이 빨강 머리 아이가 그를 상처받는 존재로, 죽을 수밖에 없는 존재로 만들도록 결국 그 자신이 직접 허용한 셈이다.

침착한 손길로 선장 제복의 단추를 채운 그는 모자를 집어 들고 총독 관저로 간다. 모든 종류의 공공 권력에 대한 불신을 의식 가장 뒤편 구석으로 밀어버린다. 이곳의 할 총독이 매우 신중하고 사려 깊은, 괜찮은 사람이라는 얘기를 들었기 때문이다. 그럼에도 불구하고 그는 자신의 운명이 점점 더 강하게 외부의 영향 아래에서 움직이고 있다는 예감마저 버릴 수는 없다. 마치 처음부터 패배가 불가피한 체스 게임, 두세 수를 둔 다음에는 이미 패색이 기하급수적으로 늘어나버리는 그런 게임에서처럼 스스로 할 수 있는 일이 아무것도 없는 그런 느낌이다. 하지만 다르게 비유하면, 조그만 씨앗 속에 늙은 고목의 모습이 이미 잠재하고 있는 것이나 마찬가지라고 말할 수도 있으리라. 원주민 아이들과 어울려 잔디밭에 앉아 있는 판도라를 지나치면서 슬뤼터는 미소를 보낸다. 그러나 화답의 미소가 없을 뿐만 아니라, 아예 그녀는 그를 쳐다보지도 않는다. 눈을 질끈 감은 슬뤼터는 계속해서 길을 간다.

시간은 멈추지 않고 흐르는 강물이며 그 안에서 모든 것이 정확하게 시작되고 확실히 규정된 경로를 거친다는 유력한 세계관은, 슬뤼터의 사고에도 뿌리를 내리고 있다. 하지만 반면에 그가 살아오면서 많은 경우 분명히 실감한 것은, 우리의 종말이 결정되어 있긴 하지만, 끊임없이 지속적으로 우리를 종말로 이끄는 현재 자체는 그렇지 않다는 것이다. 음흉하고 불가해한 '지금'은 인생의 모든 구석 모든 끄트머리에서 종잡을 수 없는 형태로 발산하며, 엑토 플라즈마 형태로 너울거리며 피어나 통제 불가능한 가스처럼 존재의 온 방향으로 흘러나가며, 매 순간 순간이 갖는 결정적이고도 유일무이한 성격은 전혀 고려하지 않는다. 예를 들면 다음과 같은 순간의 안타까움을 전혀 살피지 않는 것이다.

슬뤼터 선장은 약속 시간에 정확히 맞추어 총독 관저에 도착한다. 양손을 살짝 들어 할이 권하는 맥주 한잔을 거절하고, 생의 결정적인 순간, 매우 불쾌한 어떤 순간이 다가왔음을 눈치챈 사람처럼 조심스럽게 자리를 잡고 앉는다. 할은 헛기침을 하면서 바로 본론으로 들어가겠으니 양해해달라고 부탁한다. 슬뤼터 선장은 남태평양 여기저기서 흔히 보이는 백인 떨거지, 간신히 하루하루 벌어먹고 사는 수상한 떠돌이 부류가 절대 아님을 할도 잘 알고 있다. 하지만 지금은 사정이 좀 특별하여, 소위 법의 테두리 바깥에서 뭔가를 해결해야 할 다급한 사유가 발생했음에 대해 이해를 구하고 싶다. 말하자면 슬뤼터 같은 인물(이 대목에서 할 총독은 갑작스럽게 자리에서 벌떡 일어선다), 간편하게 생을 사는 사람, 가족도 없이(당연히 할 총독은 판도라에 대해서는 전혀 아는 바가 없겠지, 하고 슬뤼터는 생각한다), 마음의 자유를 따라서, 그 점은 할 총독도 참으로 존중하는 바이다, 바람 부는 대로 이동하느라 어느 한 군데에서 필요 이상으로 길게 머무르지 않고 망망대해를 몇 년씩 떠돌며 여기저기 다니는 사람,

바로 그런 사람에게 할 총독은 뭔가 자그마한 일 처리를 하나 부탁해야 한다. 비록 도덕적으로 아주 흠이 없다고 는 할 수 없지만, 그럼에도 불구하고 정말로 불가피한 일 이다.

그 일이란 다음과 같다. 슬뤼터가 수년 전 헤르베르트 쇠헤에서 알게 된 아우구스트 엥겔하르트란 인물이 이제 더 이상 감당하기 힘든 존재가 되어버렸다. 이미 벌써부 터 다들 껄끄럽게 생각하고 있다. 엥겔하르트는 상당히 큰 빚을 지고 있으므로 그의 섬도 사실상 그의 소유가 아 니다. 농장은 엉망으로 망가졌고 또한 추측하건대 그가 한 사람을 살해한 것도 명백해 보인다. 그는 분명 미친 것 같다. 할은 몇 년 동안이나 그의 모든 행적을 호의를 가지고 주시해왔지만, 지금은 결론을 내려야만 한다. 짧 고 고통 없이 끝내버리기 위해서(할은 이 말을 하면서 등 뒤에서 두 손을 주무른다) 슬뤼터에게 부탁하는데, 이 지 역 최고법정의 대리자로서 카바콘 섬으로 건너가 코코야 자 사도인 엥겔하르트를 총살하고, 시체를 불태운 뒤 재 를 바다에 뿌려 없애주기 바란다. 그 일의 대가로 2천 마 르크를 주겠다. 그 돈은 할이 단독 책임으로 관리하는 비 밀 전쟁 계좌에서 나오는 것이며, 어떤 조건이나 기타 공 제 조항이 따르지 않는다. 슬뤼터는 돈을 받고 영수증을 쓸 필요도, 독일제국의 세제 법령에 따른 의무를 이행할 필요도 없다. 할이 원하는 조건이란 단지 한두 발의 총을 쏜 다음 즉시 보호령을 떠나줄, 그런 사람일 뿐이다.

슬뤼터는 기침을 한 다음 자신의 손을 들여다본다. 침묵한다. 아니다. 그는 그런 일을 하고 싶지 않다. 그건 명백한 죄악이고, 그는 죄를 지은 채로 살고 싶지 않다. 할은 담배에 불을 붙인 뒤 고민에 잠겨 있다는 것을 암시하며 타오르는 담배 끝에서 고요히 구불구불 피어오르는 연기를 한동안 응시하다가, 숨을 고르고 다시 입을 연다. 그래, 자신도 잘 안다. 인간의 문명이란 죄책감의 근원이다. 문명화된 인간은 사회의 질서를 유지해야 한다는 압박을 받고 있고, 따라서 폭력적 충동을 안으로만 다스려 결국 자기 자신을 대상으로만이 폭력을 휘두르는 것을 허용할 뿐이다. 아마도 엥겔하르트도 비슷한 생각을 하고 있음이 틀림없다. 하지만 그럼에도 불구하고 이곳은 결국 하나의 식민지다. 그리고 식민지란 **작물 재배, 노동, 이주, 개발, 그리고 소득 창출**이란 개념을 당연히 내포하는 것이다. 바로 그것들이 할 총독 자신이 이곳에서 일하는 목적이기도 하다. 가장 우선으로 독일 민족의 이익을 위해서 복무하도록 임부를 부여받았고, 그러기 위하여 법적인 권력, 이성의 권력을 휘두르며 식민지를 유지해나

가야 하는 것이다. 그런데 바로 이 경우처럼 그의 영향권 내에 광적인 무정부주의가 싹트고 있음이 감지된다면, 그러면 그는 행동을 취할 수밖에 없으며, 그 행동이 어떤 극단적인 수단을 동반하더라도 그것은 총독으로서 할 수 있는 권력 범위 내의 명령이 될 것이다(그런데 최근 카바콘 섬의 상황은 실제로는 할이 묘사한 것보다 훨씬 더 심각하며, 총독 자신의 상상력의 범위를 넘어설 정도이다).

일생 동안 한 번도 철학 서적을 읽어본 적이 없는 슬뤼터는 거절의 의사를 표시하고, 모자를 집어 들고 자리에서 일어나 나갈 채비를 한다. 그런데 리볼버를 가지고는 있느냐고 할이 묻는다. 가지고 있기야 하지, 저 아래 항구 제다 호에 한 자루가 있다고 슬뤼터는 대답한다. 그런 자리에 있지만 않았더라도 결코 범죄와 같은 끔찍한 짓은 생각도 하지 않았을 사람인 할 총독은, 뱃사람에게 가볍게 고갯짓으로 작별의 인사를 대신한다. 슬뤼터는 이미 베란다로 나서는 중인데, 그 순간 할 총독은 겉옷 주머니에서 마치 마법처럼 통지문을 한 통 꺼내 든다. 첼름스퍼드 자작이며 뉴사우스웨일스의 총독인 프레더릭 세시저의 외동딸 판도라가 시드니의 기숙학교를 탈출했다가 라바울에서 잡혔으며, 영국 국왕 조지 폐하의 대표단이 이곳에 와서 그녀를 배에 태워 다시 시드니로 돌려

보낼 때까지 라바울 총독부가 억류하고 있겠다는 내용이다. 거의 눈에 띄지 않을 만큼 미미하게 흠칫 몸을 떤 슬뤼터는 몽유병자처럼 접견실로 되돌아와 자리에 다시 앉는다. 머리를 흔들며, 그걸로 충분하다는 뜻을 표시한다. 통지문을 슬뤼터에게 건넨 할은 진열대로 가서 잔 두 개에 위스키를 따른다. 할이 이겼다.

XII

저녁때 뤼트초프는 그곳에서 조금 떨어진 장소, 총독 관저의 풀밭 언덕 위에 서 있다. 야자나무 꼭대기마다 불을 밝힌 종이 등이 걸려 있고 하늘하늘 춤추는 반딧불이 수풀에서 날아오른다. 수천 마리나 되는 박쥐 무리가 깊은 원시림 속에서 잠자리를 찾기 위해 소리도 없이 내륙을 향해 날아간다. 이미 해는 지평선 아래로 기울었지만 화산 뒤쪽에는 아직도 부드럽게 저물어가는 하루의 마지막 광채가 멀고도 희미하게 가물거린다. 하얀 제복 차림의 슬뤼터 선장은 베란다에서 담배를 피우며 앉아 오늘 떠맡은 살벌한 임무를 생각하며 무거운 기분에 잠겨 있다. 그의 곁에는 예쁘장한 에나멜 구두를 신은(도대체 그녀는 이런 신발을 어디서 구했을까?) 판도라가 바닥까지 채 닿지도 않는 다리를 달랑거리며 커다란 접시에 가득 담긴 생강 비스킷을 먹는 중이다. 바깥 잔디밭에는 사람 좋은 의사 빈트가 흥겨워하는 작물 재배인들에게 빙 둘러싸인 채 오페라 「라 보엠」에 나오는 아리아 「그대의 찬 손 Che gelida manina」을 부르고 있다. 할 총독은 무슨 이유에서인지 자리에 없다. 제복을 갖춰 입은 중국인 하인들이 끈적거리고 달콤한 펀치 잔을 날라온다. 뤼트초프는 담배를 피운다. 그가 가장 좋아하는 환상적인 맛의 담배로, 1년 전부터 피워오던 독일산 상표이다. 그는 손가락 끝으로 윗입술에 달라붙은 담배 찌꺼기를 떼어내고 저 멀리 점점 어두워지는 만의 풍경을 내다본다. 그때 더 이상 아주 젊다고는 할 수 없는 한 여인이 그에게 다가오더니, 자신의 소개조차 생략한 채 살짝 우아한 태도로 뤼트초프가 이제 그 나체주의자와 어울려 지내지 않고 되돌아와서 안심이 된다고 말한다. 하지만 그곳에서의 시간이 아주 무의미한 것은 아니었을 거라고, 왜냐하면 뤼트초프가 지금 건강해 보이니까, 다름 아닌 영혼이 말이다.

시간이 흐르면서 뤼트초프는 당시 독일 클럽에서 겪었던 끔찍한 연주회의 기억이 충분히 희미해진 데다 카바콘에서 보낸 수개월간의 체험으로 뒤덮여 아주 다르게 채색

되었고, 뿐만 아니라 수도 이전의 여파가 남아 전반적으로 변덕스러운 라바울의 분위기 탓에 이곳에서 예전 인상들을 그대로 되살려내지는 못하는 상태이다. 몸을 돌려 여왕 에마를 향한 그는 가무스름한 피부에 인상이 좋으면서 개방적인 느낌의 얼굴을 들여다본다. 가볍게 벌어진 입술 뒤로 흠잡을 데 없이 고른 두 줄의 치열이 나타나고, 그 사이로 끄트머리만 보이는 혀가 살짝 빠져나온다. 뤼트초프는 전기에 감전된 듯한 느낌이다. 길쭉하고 날씬한 손으로 에마의 허리를 감싼 그는 남성미 넘치는 태도로 그녀를 와락 끌어당겨 안고 검붉고도 몽환적인 정염에 도취된 채 그녀에게 열정적인 입맞춤을 퍼붓는다.

바다 건너 카바콘에서는 엥겔하르트가 내려앉기 시작한 밤의 어둠을 방패 삼아 도끼로 4미터 깊이의 구덩이들을 파고 있다(몇 개는 해변에, 그리고 몇 개는 숲 속 깊은 곳에). 뼈마디가 욱신거리는 긴 노동 뒤에 오직 엥겔하르트 자신만이 용도를 아는 구덩이가 완성되자, 그는 마치 섬 전체를 함정의 천지로 만들려고 작정한 듯 나뭇가지와 야자 이파리로 구덩이 입구를 덮는다. 그사이 뤼트초프는 에마를 데리고 나와 어느새 둥실 떠오른 보름달이 하얀 달빛을 비치는 인적 없는 해변으로 끌고 간다. 그들의 몸은 스르르 무너지고, 그들 육체가 지닌 원래의 유연한 기운은 머뭇거리는 자동기계같이 서툰 리듬으로 변하여, 멀리서 보면 마치 괴상한 인간 로봇이 팔다리를 딱딱하게 움직이고 있는 것 같다. 그들은 서로가 서로의 육체 속으로 파고드는 몸짓을 취하는데, 반쯤 벗은 나무인형이 바닥에 누운 채 경련을 일으키듯 부둥켜안고 한 곡의 춤을 완료하는 형국이다. 뤼트초프의 금색 털로 덮인, 불쑥 위로 솟은 채 오르락내리락하는 두 개의 엉덩이 언덕 위에 달빛이 내려앉는다. 총독 관저에는 간혹 신음을 닮은 바람 소리가 들려온다. 원래는 미풍조차 없는 고요한 저녁인데도 불구하고. 그곳에서 북쪽으로 몇 해리 정도 떨어진 곳에서는 바로 같은 달빛 아래에서 나체의 엥겔하르트가 절름거리며, 손에는 도끼를 치켜든 채 자신의 섬 원시림을 돌아다닌다.

다음 날 뤼트초프와 에마는 함께 라바울을 떠날 뿐만 아니라, 최대한 빠른 시일 내에 결혼하기로 결심한다. 초스피드로 가방을 꾸리고, 빌라 구난탐부의 문에 거대한 자물쇠를 채우고, 독일 클럽의 회원들(그중에서도 특히 여성 회원)이 다급하게 예외적인 긴급총회를 소집하여 다른 무엇보다도 특히 중점적으로 여왕 에마와 그녀의 음악가 애인의 연애 사건을, 선택받지 못한 자 특유의 열등감 때문에 더욱 뜨겁게 불타오르는 공격성으로 미친 듯이 더

럽히고 험담하고 조롱할 즈음, 그 둘은 이미 한 부대나 되는 원주민 짐꾼들의 호위를 받으며 할 총독에게 그 자리에서 즉시 결혼식을 거행해달라고 부탁하기 위해 관저로 향하고 있다. 에마는 이미 한참 전부터 더 이상 하얀색이라고 부를 수 없게 변색한 낡은 웨딩드레스 차림이다.

할은 이미 그 소식을 듣고 있었다. 그런데 그 누구도 전혀 눈치채지 못한 사실이지만, 공교롭게도 총독 자신이 벌써 몇 년 전부터 여왕 에마를 깊이 짝사랑하고 있었다. 그는 종종 불안하고 불안정한 현실의 리얼리티가 자신을 비껴서 지나가버린다는 느낌을 받을 때가 많았는데, 바로 지금도 마찬가지다. 사랑에 넋이 나간 두 남녀가 그 앞에 미소를 지으며 서 있다. 할은 조금 전까지만 해도 참으로 비겁한 청부 살인을 의뢰한 탓에 양심의 가책까지 안고 있었는데, 순식간에 표정을 바꾸어 환하게 외교적인 웃음을 띤 낯으로, 그 웃음이 본심과 정반대임은 말할 필요도 없지만, 두 사람에게 축하의 말을 건네고, 뤼트초프를 슬쩍 찌르면서 충분히 생각하고 내린 결정이냐고 농담까지 던지는 것이다. 그러자 뤼트초프는 마치 자신의 아주 가까운 미래를 예견이라도 한 것처럼 당당하게 웃음 띤 얼굴로 이렇게 낭송한다. **하지만 가수는 술을 들이켜고는, 경고의 말을 무시한 채 명부를 향해 시선을 돌린다.**

서둘러 넥타이를 하나 찾아야 한다. 할은 너그럽게도 자신의 넥타이를 빌려주기로 한다. 아니 그는 상관없다. 정말 진심이다. 뤼트초프가 다시 문명 세계에 완전히 정착한 셈이니 그도 기쁘기 그지없다. 하지만 정말 불가능하다. 그는 그들을 혼인시킬 수가 없다. 넥타이를 빌려준 것처럼 재빨리 변명거리가 하나 발견된다. 코안경이 어디 있는지 보이지 않는다. 하지만 그가 아니더라도 이 젊은 한 쌍(에마는 그때 이미 나이가 50이 훨씬 넘었다)이 혼례를 꼭 거행해야만 한다면, 슬뤼터라는 사람이 있다. 그도 선장이므로 혼례의 권한을 가진 사람이다. 그러니 얼른 부둣가로 내려가봐라. 그도 따라서 갈 테니. 가서 그들의 행복을 빌며 샴페인을 한 잔 쭉 들이켤 것이다. 아니 두 잔이나 석 잔이 더 좋겠지, 하하. 이미 여러 번이나 에마의 결혼식을 본 적이 있는 할 총독은, 당연히 그들을 뒤따라가지 않는다. 대신 그 자리에 서서 찰싹 달라붙은 채 항구를 향해 내려가는 두 사람의 다정스런 뒷모습을 지켜본다. 묵직한 문을 열어젖히고 자신의 개인 서재로 들어선 할은 (그 방에는 어디서나 흔하게 구할 수 있는 뵈클린의 그림 「죽음의 섬」 복제화가 마호가니 유리 액자 속에 든 채 걸려 있다) 등 뒤에서 문을 쾅 닫고, 책상 뒤쪽으로 가서 털썩 주저앉아 갈색으로 그을린 남성다운 거칠고 큰 두 손으로 총독 각하의 얼굴을 감싼 채, 그 스스로도 정말 놀랍게도 눈물을 펑펑 쏟으며 정신없이 울기 시작한다.

그때 아래쪽 부둣가에서는, 기뻐하고 환희하라, 두 사람이 선장 슐뤼터에게 제다 호 선상에서 결혼식을 올려달라고 부탁하는 중이다. 헛기침을 하고 턱을 몇 번 긁적거린 슐뤼터는 불편하고 어색하게 몸을 가누다가 괜히 다시 기침을 하고, 도저히 빠져나갈 구멍이 없자 마침내 할 수 없이 승낙한다. 그런데 제발 두 사람이 이 점을 알아주기 바란다. 그는 아직 한 번도 혼인 서약을 해준 경험이 없다는 사실을. 마오리족 아피라나는 더 이상 새하얗지만은 않은 슐뤼터의 하얀색 셔츠를 걸치고 나와, 모두들 재미있게 지켜보는 가운데 실수로 배 앞쪽에 길게 뻗어 있는 둥근 활대에다 제국 국기를 내다 걸고는 회심의 미소를 지으며 샴페인 한 병을 통째로 비워버린다(노벰버는 늘 그렇듯이 기관실 안으로 사라져버렸고 판도라는 육지 어딘가를 돌아다니는 중이다). 캐러멜을 씹는 에마는 열 살, 아니 열다섯 살은 더 어려 보인다.

뤼트초프 자신도 건강미가 넘치는데, 게다가 숨길 수 없는 자신감까지도 팽배하며 에너지가 사방으로 뻗어나가는 것만 같다. 그동안 그에게는 이런 유의 세련된 분위기가 부족했던 것이 분명하다. 문명사회의 격식, 크리스털 술잔, 다림질 선이 반듯하게 보이는 하얀색 바지, 카바콘 섬 따위는 더 이상 생각도 나지 않는다. 그만했으면 충분하지. 하나의 실험으로서. 그래, 성공한 실험 말이야. 근 1년 동안이나 금욕을 지키며 살지 않았던가. 자질구레한 질병들도 말끔히 나았고, 그러니 이제 유럽으로 돌아가는 거야. 복잡한 체질을 지닌, 하지만 자신이 태어난 구조의 범위 내에서 스스로 자리를 찾아 살기에는 적합한 환경인 낡은 세계로—되돌아가지 않는 여행이 무슨 의미가 있단 말인가. 경험하고 배운 것을 실제 삶에 적용해 써먹지 않는다면 말이다.

내 손을 잡아요, 애인이여. 그렇게 앞으로 계속 앞으로만 가면 되는 겁니다. 바덴바덴으로, 몬테카티니테르메로, 에비앙레뱅—모든 섬의 여왕으로, 우리는 프란츠 리스트를 방문할 것이고 한여름 아름다운 프랑스로 가서 드뷔시를 찾을 것이며, 그런 다음 베를린으로, 부다페스트로, 황금색으로 반짝이는 우리들의 낡고 낡은 대륙에 자리 잡은 오페라 극장들을 하나하나 찾아갈 겁니다. 우리는 자동차를 한 대 사게 될 거예요. 우리, 햇볕에 그을린 용맹스런 무적의 사자 부부를 속도와 날렵함으로 취하게 하면서 모나코를 향해 바람처럼 달려가게 될 자동차를. 수천, 아니 수만 마르크를 붉은색에 걸고, 딴 돈도 그 자리에 그대로 계속해서 걸어요. 그러면 돈이 두 배, 아니 수십 배로 불어나겠죠. 우리는 바닷가재 요리와 얼음에 채운 푸이퓌세 포도주를 마시며, 지중해의 반달 아래에서 취한 요정들처럼 빠르게 빙글빙글 도는 군무를 추게 될 겁니다.

네, 그래요, 하는 에마의 대답이 한 줄기 미풍처럼 들려온다. 뤼트초프도 당연히 서약의 대답을 마쳤고 슬뤼터 선장은 몇 마디 연설을 하는데, 반쯤은 직접 생각해낸 내용이고 반쯤은 기존의 결혼식 연설에서 적당히 짜깁기 한 것이다. 그들은 남편과 아내가 되었고, 펑 하는 소리와 함께 샴페인의 코르크 마개가 허공으로 날아간다. 아피라나의 얼굴 동심원 문신은 진주 방울같이 고운 샴페인 거품이 달라붙는 바람에 섬세하게 그려진 거미줄 문양으로 변신한다. 아피라나는 미리 준비해둔 유리잔마다 샴페인을 가득 따르고(물론 자신의 잔을 최대한 가득 채우는 것은 당연하고), 단숨에 자신의 술잔을 들이켜 비운다. 그리고 포도주의 효력이 번개처럼 빠르게 마오리족의 대뇌피질에서 반응을 일으킨 덕분에 종족 특유의 소극적인 우아함을 버린 그는 뤼트초프와 에마 그리고 슬뤼터를 진심을 다해 부둥켜안는다.

그런데 그날 오전 프린츠 발데마르 호도 라바울에 입항했다. 그리고 눈처럼 새하얗고 당당한 자태를 뽐내며, 약간 심술궂게도, 하필이면 이미 말했듯이 형편없는 외양을 하고 있는 데다 솔로몬 해의 거친 파도와 치열하게 투쟁한 직후인 지금 그 몰골이 더 나아졌다고는 결코 말할 수 없는 제다 호 바로 옆에 닻을 내린 것이다. 물론 그래도 사람들은 제다 호를 바라보면서 결혼식을 치른 한 쌍과 선장 슬뤼터를 향해 손을 흔들고 축하 인사를 건넬 줄은 안다. 갑자기 우아하고 품위 있는 프린츠 발데마르 호의 일등석 살롱 풍경이 눈에 들어오자 기분이 날아갈 듯 좋아진 뤼트초프(그는 이제 모래 벼룩이나 나체주의 토론이라면 신물이 날 지경이다)는 무모한 용기에 사로잡혀 제다 호의 뱃전에 훌쩍 올라가 거기서 단걸음에 프린츠 발데마르 호를 향해 건너뛰는데, 참으로 생각 없는 경솔한 행동인 것이, 양손에는 웨이터처럼 샴페인 잔을 하나씩 들고 균형을 잡아야 하는 상태이고, 또 건너뛰는 동안 뒤쪽 제다 호를 향해 고개를 돌리고, 입에는 불붙은 담배를 문 채로 뭔가 재치 있는 농담 한마디를 외치고 있었기 때문이다.

그의 신발 밑창(그 신발은 아직 그의 발에 충분히 익숙지 않았다)이 미근미끈한 프린츠 발데마르 호의 외벽을 타고 죽 미끄러지자, 그는 순간 난간을 붙잡으려고 시도해보지만 성공하지 못한다. 그리고 순식간에 하늘에 매달아놓은 스파게티 국수 두 가락처럼 다리가 거꾸로 치솟으며, 완벽한 공중제비 자세로(실제로 **치명적인**이란 수식어를 붙여도 될 만큼 아슬아슬한 경지를 이루며) 그의 머리통이 프린츠 발데마르 호와 제다 호 사이로 낙하하여 물속으로 풍덩 곤두박질친다. 그런데 때마침 운 나쁘게도 밀려온 파도 혹은 거센 조류로 인해 배 두 척의 아랫부분이 마치 쇳덩어리 고래 두 마리처럼 서로 사정없이 스치는 바람에, 그 사이에 정통으로 끼어 있던 뤼트초프는 그대로 박살이 난다. 팔이나 다리 정도만 박살 난 것이 아니라 뤼트초프라는 전체가 그대로 맷돌에 갈리듯 우지끈 갈려버린 것이다.

프린츠 발데마르 호에서는 깜짝 놀란 비명이 터져나오며, 서둘러 붉은색 줄무늬의 구명대를 바다로 던지지만 그것은 수면에 채 닿지도 못한 채, 마치 거인의 혓바닥과 입천장 사이에 무심하게 찰싹 달라붙은 캐러멜 봉봉처럼 배 두 척 사이에 끼어버리고 만다.

누렇게 색이 바랜 웨딩드레스 차림의 에마는 제다 호 위에 꼼짝도 못하고 서 있다. 그녀의 눈은 방금 앞에서 벌어진 광경을 그대로 다 목격했을 뿐만 아니라 느린 속도로 필름을 돌리듯, 한 장면 한 장면을 망막에 생생하게 각인시켜준다. 그녀는 자신도 모르게 기도를 올리려는 사람처럼 충격 속에서 무릎을 꿇고 털썩 주저앉는다. 모든 것이 순식간에 일어났다. 자신도 모르게 깨물어버린 윗입술에 수놓은 리넨 손수건을 가져다 대는 그녀의 양쪽 눈에서 눈물 줄기가 흘러나온다. 손수건의 고급 섬유에 불그스름한 얼룩이 둥글게 번져나가고 있다. 슬뤼터가 그녀의 팔을 가볍게 잡고 일으켜 세운다. 하지만 일어선 에마는 부축하는 그의 손길을 뿌리치며, 단 한 번의 비명도 지르지 않고, 단 한 방울의 눈물도 더 이상 흘리지 않는다. 아피라나의 얼굴은 색을 칠한 바위처럼 무표정하다.

XIII

 살인자의 임무를 띠고 카바콘 섬으로 향하는 슬뤼터는, 마치 두근거리는 자신의 심장이 미리 내보낸 파장을 수신한 엥겔하르트가 모든 사정을 다 알고 있어서 그를 처형하러 오는 형리의 도착을 기다리고 있다는 느낌이 들었다. 슬뤼터는 철저하게 무자비해지자고 마음을 몇 번이나 다잡았다. 그는 엥겔하르트가 그동안 얼마나 많이 인간 사회에서 멀어진 상태인지, 다르게 말하면 리볼버 방아쇠를 당기는 것이 얼마나 간단한 일인지를 전혀 짐작하지 못했다.
 엥겔하르트는 구덩이 파는 일을 마치고 나자 집 안으로 들어가 책 10여 권을 안쪽과 바깥쪽, 그리고 측면까지 모두 석탄을 이용해 새까맣게 칠한 다음, 바닥에 앉아 가위로 오른손 엄지손가락을 잘라냈다. 손의 상처를 모닥불에 그을리고, 잘라낸 엄지손가락을 소금을 넣은 코코야자 껍질 그릇에 담은 뒤 밖으로 나간 그는 해변으로 내려가 벌써부터 수평선 너머로 연기가 보이기 시작하는 증기선의 도착을 기다렸다. 썰물이었다. 아마도 금방 비가 내릴 것 같았다. 어쩌면 아닐지도 모른다.

증기선에서 뛰어내린 슬뤼터는 거의 허리까지 닿는 물속에서, 등허리로 와서 끈질기게 부딪히며 한두 번은 자신을 비틀거리게 할 만큼 기세 좋은 파도의 철썩임을 무시한 채 해변을 향해 똑바로 철벅철벅 걸었다. 그의 가슴에는 리볼버 케이스가 매달려 있으며, 그의 정신은 자동적으로 해변에 앉아 있는 저 대상, 발가벗고 굶주린 수염 투성이 엥겔하르트를 인간으로 의식하지 말라고 강요하는 중이었다.

엥겔하르트는 일어서면서 인사의 표시로 왼손을 들어 보이는데(손상된 오른손은 등 뒤로 숨긴 채였다), 그 순간 슬뤼터가 바로 수년 전 어느 날 오후 오랜 시간 함께 체스 게임을 했던(솔루스 렉스가 될 때까지) 그 젊은이, 당시까지 엥겔하르트가 만나본 일반인 중에서는 유일하게 존경스러운 인품을 지녔던 인물임을 알아차린다. 그런데 뒤를 이어 난데없이 다른 인간들의 얼굴도 동시에 떠오르는 것이다. 할, 나겔, 고빈다라얀, 헬비히, 뤼트초프, 미텐츠바이, 할시, 오토, 아우에켄스, 이들은 모두 엥겔하르트를 때려 부수려고 혈안이 되어 있다. 병적인 이기심으로 일그러진 흉측한 얼굴들이 그를 죽이려고 한꺼번에 덤벼든다. 엥겔하르트는 모래 위에 풀썩 주저앉으며, 마치 독실한 이슬람교도가 수도 메카를 향해 경건한 기도를 올리는 모양으로 방문객을 향해 경배를 올린다.

다른 이도 아닌 바로 유일한 존경의 인물이 자신을 찾아왔다는 사실에 감격한 엥겔하르트는 기쁘면서도 감사하다. 그래 이 기적은 분명 스베덴보리의 책을 모두 검게 칠해버렸기 때문에 일어난 마법의 효과이다. 그는 아홉 개의 손가락을 사용해서, 죽을 정도로 지독한 엄지 마디의 근질거림도 잊어버린 채 축축한 모래흙을 마구 파헤친다. 슬뤼터, 그래 저 사람 이름이 슬뤼터라고 했지, 선-장 슬뤼터, 하필이면 운명의 섭리가 바로 그를 이곳으로 보내다니 참으로 기이한 일이다. 자신은 그동안 내내 슬뤼터가 선장 자격증을 얻게 되기를, 만사가 잘 풀리기를, 뱃사람들의 표현대로라면 소금 기둥으로 변하기 전에 모든 것이 미리 반듯하게 서 있기를 바라는 마음이었는데, 하하, 보아하니 지금은 슬뤼터가 자기 선박을 지휘하는 신분인 것이 확실하고, 그래서 엥겔하르트도 기쁘기 그지없다. 하지만 아쉽게도 손님 대접을 할 음식이 전혀 없다. 왜냐하면 그는 이미 한참 전부터 몇 년 동안이나 오직, 그야말로 코코야자 한 가지만을 먹으며 살고 있기 때문이다(그가 거짓말하는 것처럼 보이는가? 아니다. 정말로 코코야자 말고는 아무것도 먹지 않았다). 허옇게 바랜 수염이 축축하게 젖을 때까지 땅바닥을 엉금엉금 기던 엥겔하르트는 마침내 모래진흙 위에 사지를 뻗고 누워버린다. 나병 때문에 거무스름하게 누런 반점들로 잔뜩 뒤덮여 있는 그의 다리는 마치 쉴 새 없이 어딘가에 부딪혀 멍이 생긴 것만 같다.

 슬뤼터는 허둥지둥 엥겔하르트를 일으켜 세우다가, 이 남자의 몸이 너무나 가벼운 나머지 체중 자체가 소멸해버린 듯해 깜짝 놀라고 만다. 말라빠진 어린아이, 혹은 피부가 도마뱀 가죽처럼 바스라질 듯하고 뼈다귀만 남은 채 다 죽어가는 노인을 팔에 안고 있는 듯하다. 또한 엥겔하르트의 귀가 두개골로부터 멀찌감치 떨어져 있는 데다 역시 마찬가지로 종잇장처럼 얇고 비쳐 보일 듯 투명한 것을 알아차린 슬뤼터는, 동정심에 순간 가슴이 먹먹해진다. 그는 두 팔로 엥겔하르트의 어깨를 받치며 야자나무가 울타리처럼 둥글게 심어진 집으로 데리고 간다. 자신이 원래는 이 남자를 쏘아 죽이려고 이곳에 왔다는 사실을 잊어버린 채.

집 안은 어스름한 빛 속에 잠겨 있다. 벽 틈새로 스며들어온 빛줄기가 여기저기 가로지르는 실내에는 들척지근하게 썩어가는 과일 냄새가 난다. 어둠에 익숙해지는 데 한참 시간이 걸린 슬뤼터의 눈에는, 서재 방 거칠게 짠 의자 위에 앉아서 미소 짓는 한 원주민 소년의 모습이 금방 들어오지 않는다. 그것은 가위를 가지고 노는 마켈리다. 그런데 이 많은 파리는 다 어디서 온 것인가? 수백 마리는 되는 것 같군. 슬뤼터가 닫아놓은 창문 가리개를 열려고 하는데, 엥겔하르트는 뜻 모를 말을 중얼거리며 뭔가를 찾는 것처럼 책장에 달라붙어 있다. 오지항아리에서 물 한 잔을 따른 슬뤼터는 냄새를 맡아보다가 얼굴을 찌푸리면서 물잔을 내려놓는다. 물에서는 퀴퀴한 곰팡이 냄새가 진동한다.

엥겔하르트는 수염을 잡아 뜯으면서 하소연을 시작한다. 코코야자 농장에서 일하려는 일꾼들이 하나도 없다. 게을러터진 멍청이들이 다들 자기 마을로 돌아가버린 것이다. 못돼빠진 톨라이족 추장이 그를 위해서 일하지 말라고 지시를 내린 것이 분명하다. 일꾼들을 위해서 그토록 애써주었는데, 감사의 인사로 돌아온 보답이 고작 이런 것이다. 이제 그의 곁에 남은 사람은 마켈리 하나뿐이다. 어차피 마켈리는 독일어를 능숙하게 말할 줄 알고 진짜 독일인처럼 되어버렸기 때문에 자기 마을로 돌아갈 수도 없다. 마을 사람들이 그를 받아주지 않으니까. 어쨌든 간에 최근에는 마켈리에게 『파우스트』 제2부를 읽어주었다. 에드거 앨런 포의 책과 결말이 충격적인 입센의 『유령』을 읽어주기도 했다. 엥겔하르트의 두 눈에서 눈물이 솟아나더니 곧 얼굴을 실룩거리다가, 마침내는 몸 전체를 떨면서 운다. 그것을 본 마켈리는 비죽거리는 웃음을 지으며 손으로 입을 가린다. 슬뤼터는 소년의 가운뎃손가락과 집게손가락이 없는 것을 알아차린다.

실내 전체에 정체를 알 수 없는, 하지만 선명한 위협의 기운이 음산하게 고인 것을 느낀 선장은 코코야자 농장을 한번 둘러보고 싶다고 제안한다. 그 말을 듣자 엥겔하르트는 즉각 눈물을 멈추고, 그것 참 괜찮은 생각이라고 외친다. 마켈리와 슬뤼터가 우선 앞서서 출발해라. 밖으로 나가면 자연이 그들에게 먼저 말을 걸어줄 것이다. 그도 서둘러서 뒤따라가겠다. 하지만 그 전에 우선 뭣 좀 먹어야겠다. 지금 당장은 온몸에 기운이 하나도 없으니 말이다. 슬뤼터와 원주민 소년은 눈이 멀 정도로 강렬한 햇살이 천지에 가득한 바깥으로 걸어 나온다.

원래 엥겔하르트는 손님에게 다 설명할 생각이었다. 그가 깨달은 사실들을 진실로 전부 다. 하지만 그럴 만한 적당한 순간은 이미 순식간에 지나가버리고 말았다. 그래서 그는 혼자 중얼거리며 집 안을 이리저리 돌아다닌다. 그래, 니체도 생의 마지막에, 토리노에서 쓰러진 다음에 자기 자신의 분비물을 먹지 않았는가. 그것은 거대한 순환 고리, 뫼비우스의 띠, 불의 바퀴, 그리고 칼라차크라*에 해당하는 일이다. 단지 니체는 광증에 사로잡힌 나머지 그 부분을 끝까지 생각할 수가 없었고, 또한 수년 동안이나 지속되는 굶주림을 겪지 않아도 되었다. 그런데 엥겔하르트는 이곳에서 신으로부터 부여받은 선천적인 본능을 선교사들의 꼬드김 때문에 불행하게도 포기해 버린, 소위 진보했다는 식인 종족들과 함께 살고 있지 않은가. 그들의 문화에서 보면 모든 것이 아주 간단하게 설명 가능한데, 인간이 원래 섭취하도록 되어 있는 식량은 코코야자가 아니라 인간 자신인 것이다. 황금시대의 인간은 다른 인간을 먹고 살았으며, 그로 인해 신과 닮게 되고 자동적으로 엘리시온의 땅으로 귀환하는 존재, 즉 **신의 섭취자**가 될 수 있었다. 엥겔하르트는 손을 뻗어 엄

---

* 티베트 불교에서 최고 경지의 요가 탄트라 중의 하나이며 '시간의 바퀴'란 의미다.

지손가락이 담긴 코코야자 그릇을 집어 들고 잘라낸 손가락에 묻은 소금 알갱이를 조심스럽게 털어낸 다음 입속에 집어넣고 깨문다. 오도독 소리가 날 때까지 이빨로 뼈를 씹는다.

오후의 바람이 잔잔하게 불어오자 잎이 무성하게 자란 야자나무 꼭대기가 엉망으로 엉킨 채 휘날린다. 두 사람이 다가오는 것을 발견한 극락조 한 마리가 수풀 속으로 종종걸음을 치며 사라진다. 마켈리는 슐뤼터에게 예전에 코코야자를 수확하던 장소들을 보여준다. 하지만 지금은 아무도 돌보는 사람이 없다고, 안타까운 일이지만 작업은 중단된 상태인데, 자기 부족이 그러기로 확고하게 결정을 내렸기 때문에 어쩔 수가 없다고, 무조건 그대로 그 자리에 놓아두고 건드리지 않기로 했다고, 하지만 책임을 물을 수도 없는 것이, 왜냐하면 이 경우 그의 부족은 마치 갖고 놀던 장난감에 싫증이 난 어린아이와 같은 입장이니까. 슐뤼터는 마켈리의 설명을 듣고 놀라움을 감추지 못한다. 이 아이는 마치 식민지 관청의 공무원과 같이, 그런 유사한 시각으로 자기 부족을 평가하고 있지 않은가. 게다가 여기 있는 이 코코야자만을 먹으면서 엥겔하르트가 지금까지 살아왔단 말인가? 다른 음식은 전혀 먹지 않고? 그러면 이 아이도 그렇게 했단 말인가?

마켈리는 부끄러운 듯 소리 없이 웃기만 한다. 수염을 기른 이 백인은 제복 차림에 권총을 가지고 있지만 분명 나쁜 사람은 아닌 듯하다. 홉스가 『리바이어던』에서 일반적인 인간으로 묘사한 괴물과는 다른 종류로 보인다. 하지만 그럼에도 불구하고 이자가 침입자인 것은 맞다. 다른 모든 침입자와 마찬가지로 위험하다는 뜻이다. 지난번의 음악가는 마켈리를 몰아내버렸고, 그 기간은 1년이나 지속되었다. 마켈리는 이 사람 때문에 또다시 그렇게 오랜 시간을 기다리고 싶지는 않다.

슬뤼터는 야자나무 한 그루를 향해서 다가간다. 그리고 모든 생각을 잊은 채 나무둥치를 손으로 쓰다듬으며 시선은 먼 바다로 향한다. 조금 떨어진 곳에서 엥겔하르트가 다가온다. 슬뤼터와 마켈리에게 따라오라고 한다. 원시림 안쪽으로 난 작은 길을 가리키면서 정글 속에서 뭔가 흥미로운 것을 보여주고 싶다고 말한다. 그들은 함께 숲 속으로 걸어간다. 앞서 가는 엥겔하르트는 유쾌한 멜로디를 입속으로 흥얼거리며 몸을 춤추듯이 흔든다. 영양 부족으로 말라비틀어진 그의 납작한 엉덩이가 이리저리 실룩거린다. 엥겔하르트는 잘 알고 있는 듯한 어떤 장소로 이들을 안내한다. 그리고 슬쩍 옆으로 비켜서더니, 슬뤼터에게 여기서부터는 앞서서 걸으라고 한다. 마켈리도 슬뤼터에게 길을 비켜준 다음, 도저히 참지 못하고 웃음을 쿡쿡 터뜨리기 시작한다.

갑자기 생명의 위협을 온몸으로 느낀 슬뤼터는 리볼버를 꺼내 들고 자신은 엥겔하르트를 죽이라는 임무를 맡고 여기에 왔다고 외친다. 이 말을 할 수밖에 없는데, 수도에서는 이제 다들 엥겔하르트라면 치를 떨고 있다는 것이다. 하지만 슬뤼터 자신은 그 임무를 실제로 수행할 생각이 전혀 없다고. 슬뤼터는 허공을 향해 총을 몇 발 발사한다. 놀란 새들이 일제히 날개를 펴고 날아오르고 마카크원숭이 떼의 비명과 도마뱀들의 쉭쉭거림으로 정글은 순간 귀를 멍멍하게 만드는 아르페지오*로 가득 찬다. 엥겔하르트와 마켈리는 얼어붙은 듯 그 자리에 꼼짝 않고 서 있다.

그 순간 엥겔하르트의 눈앞에는, 환한 대낮인데도 불구하고 어스름한 새벽빛이 빠른 속도로 내리고 있다. 엥겔하르트는 별들이 하나하나 꺼져가는 것을 본다. 그는 수없이 많은 영겁의 세월 동안 버려진 도시 인근의 수풀이 우거진 언덕 위에 서 있다. 지평선 위로는 창백한 붉은 오렌지빛으로 빛나는 두 개의 달이 떠오른다. 바로 그

---

* 개별 음이 동시에 울리는 것이 아니라 연속적으로 이어지는 화음의 한 종류.

가 잘 알고 있는 두 개의 천체, 천상의 하모니다. 그는 자신이 아르카디아에 있다는 환상에 빠지며, 마침내 비로소 깨닫게 된다. 자신이 세운 신비의 제국은 단 한 번도 카바콘 섬이었던 적이 없으며, 바로 영원을 향해서 뻗어 나가며 회전하는 자기 꿈의 양탄자에서만 존재했다는 사실을. 그리고 그의 확고한 신념이란 것도 곧 스스로가 탄생하면서 느꼈던, 목구멍을 조이는 질식이라는 것을. 이제 그는 안다. 다른 행성의 고도로 발달한 종족들은 항상 맹수처럼 행동함을.

엥겔하르트는 목적을 달성하지 못한 자신의 암살자를 끌어안고 입 맞추며 그의 손을 부드럽게 쓰다듬는다. 자신이 그에게 얼마나 감사하고 있는지를 여러 번이나 확신하고 또 확신하면서, 엥겔하르트의 머릿속은 이제 점차 제자리를 잡아가고 있다. 그의 자비로운 희생은 우주적 섭리의 표현이며, 그에 대한 엥겔하르트의 고마움은 피보나치 수열처럼 무한히 이어지며 끝을 측정할 수가 없을 정도이다. 엥겔하르트는 스베덴보리를 버렸다. 정말로 그렇게 했다. 페이지마다 검댕을 칠하고 집어 던져버렸다. 모든 것은 이처럼 버려야 한다. 아직도 읽을 만한 것이라면 베르그송 정도가 유일하다. 비록 유대인이라는 특성 때문에 저자로서 품질에 손상이 있긴 하지만 말이다. 그런데 뭐라고, 비겁하게도 나 엥겔하르트를 죽이라는 임무를 받았다고? 보나 마나 그런 지시를 내린 사람은 할이겠지. 그나저나 할도 유대인이 아니던가. 그런 민족에게서 어차피 기대할 것이 뭐가 있겠나. 슬뤼터 이 사람도 할에게 협박당한 것이 분명하다. 그러니 슬뤼터는 부끄러워할 필요 없이 솔직히 털어놓기 바란다. 앙상한 이론을 가지고 철학자인 척하는 총독이란 작자가 사실은 자신의 비열한 목적을 달성하기 위해서는 수단과 방법을 가리지 않는 교활한 악당이라는 것을.

그렇다. 엥겔하르트는 어느새 반유대주의자로 돌변해 있었다. 당대의 많은 다른 사람처럼 자신의 동족들과 다를 바 없이, 그도 언젠가부터는 결국 유대인의 존재가 모든 부당한 고통에 대한 확실한 원인이라고 믿게 된 것이다. 그런데 그것은 나병으로 인한 신경 계통의 교란 때문은 아니다. 병 때문에 민감하고 혼란해진 그의 생체 환경과 유대인 증오 사이에는 아무런 논리적 인과관계가 없지만, 그의 입에서는 다음과 같은 말들이 아무렇지도 않게 질병의 거품처럼 부글거리며 솟아나는 것이다. 모세의 민족이 자신에게 얼마나 많은 과오를 저질렀는지, 어떤 특정 집단의 철학적 음모가 이런저런 술수를 써서 사람들이 모두 한마음으로 자신에게 등을 돌리도록 만들었는지.

그렇다. 그건 시온주의자들이 꾸며낸 모략이다. 영국 왕도 그 마수에 넘어간 자이며 그리고 할 총독, 여왕 에마(그녀에게 아직도 엄청난 액수의 빚을 지고 있음을 엥겔하르트는 분한 마음으로 되새긴다), 그 밖의 다른 이들도 마찬가지다. 또한 그가 꿈꾸던 은총의 유토피아가 비참하게 무너진 것도 물신숭배와 탐욕의 상징인 그들, 갈고리처럼 구부러진 손아귀로 세상을 주무르는 그자들 탓이다.

엥겔하르트가 광적인 열변을 토해내는 동안 소년 마켈리는 눈에 띄지 않게 어딘가로 사라져버린다. 마켈리는 이미 백인들과 그들의 미친 짓거리, 그리고 이 섬에 대해서 지겨울 대로 지겨워졌다. 손가락 두 개를 제물로 바쳤으니 그걸로 충분하다. 천을 허리에 두른 그는 카누에 올라 라바울로 향한다. 섬에서 완전히 벗어난 뒤에야 이것이 카바콘과의 영원한 작별임을 알아차린 소년은 눈물을 흘린다. 슬뤼터 또한 혼자 광분하여 날뛰는 엥겔하르트를 등지고 말없이 해변으로 내려간다. 부서지는 파도 사이를 걸어 배에 오른다. 세계를 멸망시킬 유대인의 **음모**라는 잘못된 믿음에 광적으로 사로잡힌 불쌍한 남자를 그는 차마 죽일 수가 없다. 그냥 할 수 없는 것이다. 할은 이 사실을 받아들여야만 하리라. 그가 슬뤼터로부터 판도라를 빼앗아 가겠다고 나선다면, 아마도 슬뤼터는 뭔가 다른 것을 내놓아야 할 것이다. 예를 들면 자기 자신의 목숨이라든지.

하지만 당연히 판도라는 슬뤼터가 바라는 대로 행동해주지 않는다. 그는 판도라를 영원히 지속되는 현재에 동결시켜둘 수 있을 것 같고, 그래서 그녀가 모든 시간의 종말에 이르기까지 지금의 상태 그대로 변함없이 머물러 있기를 간절히 바라지만 말이다. 슬뤼터가 카바콘으로 가 있는 사이, 판도라는 제다 호에서 아피라나가 했던 제안을 떠올리고는, 그가 하고 싶은 대로 자신의 몸에 태풍 이야기를 문신으로 새겨달라고 부탁한다. 등에다 새기는 것이 좋겠다. 그편이 공간이 제일 많으니까. 그리고 일단 문신을 새겨버리고 나면 슬뤼터는 아무리 반대해봐야 소용이 없다.

원피스와 속옷을 벗은 판도라는 나체가 되어 얼굴을 아래로 하고 화물선의 앞 갑판에 엎드린다. 푸른 창공에서는 햇빛이 이글거리고 제비들이 높고 낮게 재빨리 활공하는 동안 아피라나는 전통적인 방식으로 뼈바늘을 준비하고 판도라의 입에 밧줄 조각을 하나 물린다. 그리고 검은 잉크를 적신 바늘로 소녀의 등을 촘촘하게 찌르기 시작한다.

마치 검은 피부의 피그말리온처럼 그는 위협적으로 몰

려든 검은 먹구름, 파도 사이로 불쑥 나타난 소름 끼치는 괴물 문어를 그리려고 생각한 위치들을 전문가의 능숙한 손길로 시험 삼아 건드려본다. 오른쪽 어깨 방향으로는 태풍의 마지막을 알리는 군함조들을, 왼쪽 아래 엉덩이뼈 부분에는 위태롭게 떠 있는 그들의 작은 배를, 그리고 그 배 위에는 미니어처 수준으로 아주 조그맣게 판도라 자신을, 아피라나와 노벰버 그리고 슬뤼터를 새길 것이다. 마지막으로 한가운데 그의 부드러운 손길이 닿자 놀란 듯 파르르 떨리는 견갑골 사이에는 태풍의 모습이 자리 잡게 된다. 까마득한 고대의 환상적인 원초성과 거친 야성을 발휘하는, 날카로운 이빨을 번득이면서 격렬하고 무시무시하게 용틀임을 하는 괴물의 형상인데, 비늘로 뒤덮인 거대한 손아귀를 들어 엄청난 양의 물을 대양에서 공중으로 퍼 올리며 애처로운 제다 호를 금방이라도 뒤집어버릴 듯이 광폭하게 날뛴다.

슬뤼터가 라바울로 되돌아왔을 때 마오리족의 예술 작품은 이미 완성되어 있다. 아피라나는 수건으로 판도라의 피 흐르는 등을 주의 깊게 닦고 침대 시트로 감싸놓았다. 그와 거의 동시에 마켈리의 작은 카누가 블랑슈 만에 도착한다. 이런 일련의 운명적 사건들이 차례로 연달아 일어났다고 말할 수밖에 없다. 슬뤼터는 할을 만난다. 할은 당연히 진짜 정치가답게, 이미 한참 전에 영국 경찰에게 판도라가 자신의 보호 아래 있으니 데리고 가서 오스트레일리아로 보내면 된다고 통보해놓은 상태이다. 할의 이러한 배신에 대해 슬뤼터는 엥겔하르트를 죽이지 않은 자신의 배신으로 보답해야 한다. 그 말을 들은 할은 어깨를 으쓱하면서, 선장에게 담배를 한 개비 권한다. 그리고 이렇게 한마디 하는 것을 잊지 않는다. 어차피 다 소용없는 짓이었다. 이제 곧 전쟁이 벌어질 테니까—게다가 그의 짐작이 틀리지 않다면 그것도 세계대전이, 조만간에 참혹한 대재앙의 비가 인간들의 머리 위로 쏟아져내릴 것이다. 그런 판국이니 설사 엥겔하르트의 죽음에 직접 기여하지 않은 사람이라고 해도 그것을 피해갈 수가 있겠는가.

인간에 대한 경멸이 섞인 할의 발언은 슬뤼터에게 심한 정도 이상으로 들렸지만 그는 아무런 대꾸를 하지 않는다. 그가 침착함을 유지하는 한 그래도 아직 판도라를 보호하고 자신의 곁에 둘 가능성이 있으니까. 하지만 판도라는 이미 오래전에 자신의 갈 길을 스스로 결정해놓았다. 그녀가 보기에 수염을 기른 이 늙수그레한 남자는 너무나 고지식하고, 너무나 융통성이 없다. 그녀가 등에 멋지게 문신을 한 사실을 알고 그가 버럭 화를 내는 것이

제국 277

답답하고 속 좁게 느껴졌으며, 결정적으로 그의 꿈(만약 그에게 꿈 같은 것이 있다고 친다면)은 그녀의 것이 아니었다. 어린아이가 손에서 떨어뜨린 장난감에 흥미를 잃듯이, 그녀에게 그는 이제 김빠진 존재일 뿐이다. 그래, 어차피 그는 목적을 이루지 않았던가, 하고 판도라는 슬뤼터의 면전에 대고 소리친다. 선착장으로 내려가는 목제 가교 위에 서서, 여전히 맨발인 채로.

슬뤼터는 그렇게 판도라와 작별한다. 그의 영혼이 갈가리 찢어진다. 멀리 보이는 화산의 보랏빛 봉우리에서 하늘을 향해 연기가 뿜어져 나오자 겁에 질린 도마뱀들이 바위 비탈의 굴 속으로 숨어들어 간다. 마켈리와 판도라, 남태평양의 두 아이는 함께 돛단배를 타고 라바울을 떠나 불확실한 어떤 곳을 향해서 간다. 아마도 해풍은 이들을 하와이로 실어 갈지도 모른다. 아니면 바닐라꽃들이 사방에 베일처럼 드리워져서 아주 멀리서도, 심지어 섬이 보이기 전부터 섬의 향기를 맡을 수 있다는 마르키즈 제도로, 혹은 아예 더 멀리, 아득한 핏케언 섬으로 갔을지도 모른다. 텅 빈 바다 가운데 말없이 침묵하는 대양의 남쪽에 덩그러니 서 있는 바윗덩이 화산섬으로.

엥겔하르트 역시 아이가 된다. 렉스 솔루스*가 된다. 식물성의 단순한 인간으로, 아무것도 기억하지 않는 인간으로, 미래도 없고 오직 현재만을 살아가는 인간. 간혹 방문객들이 그의 섬에 들른다. 그는 횡설수설을 늘어놓고, 사람들은 다시 돌아가면서 그를 비웃는다. 마침내 그는 남태평양 관광의 명물이 된다. 사람들은 동물원의 원숭이를 구경하러 오듯이 그를 보러 온다.

그 시절, 아무 일도 일어나지 않은 채 흐르는 나날, 혹시 어떤 징후가 불현듯 나타나지 않을까 기대하는 마음으로 사람들이 멀리 수평선을 응시하던 시절, 갑자기 독일 화가 두 명, 에밀 놀데와 막스 페히슈타인이 라바울에 등장한다. 둘 다 모두 시각이나 화풍에서 전통적인 방식과의 결별을 고집하고 있으므로 스스로를 지난 세기의 풍경에서 한 걸음도 더 앞으로 나가지 못한 채 절망적으로 발이 묶인 구닥다리 예술계의 혁신자라고 생각하는 인물들인데, 특히 프랑스인들의 지적인 척만 하고 힘이라곤 하나도 없이 유약한 그림 나부랭이들에 비하면 자신들이 말할 수 없이 월등하다고 믿고 있다. 페히슈타인은 매일 반바지를 입고 다닌다.

그들은 번갈아가며 초대를 받는다. 매일 저녁 리셉션과 파티가 연달아 열리고, 낮이면 대개 놀데는 가까이 있

---

* rex solus: '혼자인 왕'이라는 뜻의 라틴어.

는 원시림 속으로 수백 미터씩 산책을 나서 과격한 선들로 이루어진 스케치를 몇 장 완성한다. 그러다 좀 지루해진다 싶을 때면 페히슈타인은 작별을 고한 뒤 배를 타고 팔라우 방면으로 떠난다. 어느 날 담배가 떨어지자 놀데는 카바콘으로 건너간다. 그곳에 독일인 한 명이 광증의 상태로 살고 있는데, 그렇다고 남에게 해를 끼치는 사람은 아니며 단지 홀딱 벗은 나체로 원주민처럼 생활할 뿐이라고 들었기 때문이다.

그들은 서로 그런대로 말이 통하므로 미래의 예술적 가능성에 대해서 대화를 나눈다. 엥겔하르트는 늘 하는 것처럼 자신은 이해받지 못한 채 죽게 될 거라고, 흔적도 없이 잊히고 말 거라고 우는소리를 늘어놓는다. 놀데는 충분히 공감한다는 표정으로 고개를 끄덕이면서 그 모든 원인이 유대인 때문이라고 단정한다. 그리고 급작스럽게 떠오른 생각을 입 밖에 꺼내어 엥겔하르트의 초상을 유화로 한번 그려도 되겠느냐고 청한다. 붉은 오렌지색 석양 속에서 이글거리며 타오르는 구름을 배경으로 해변에 앉아 엄지손가락이 없는 손으로 바다달팽이 껍질을 뿔처럼 추켜올린 모습으로, 그리하여 엥겔하르트는 비로소 하나의 예술이 된다.

비록 그 그림은 제1차 세계대전의 혼란스러운 와중에

서 사라져버렸으나. 그로부터 15년 후 놀데는 속으로 자기 스스로를 최일류의 민족 작가라고 간주하며 그에 걸맞게 행동하던 차에 불현듯 그 그림을 생각해내고는 기억을 되살려 스케치를 완성하고, 그것을 밑그림으로 하여 엥겔하르트의 두번째 유화 초상화를 새로이 그리기 시작한다. 서두르지 않고 찬찬히 정성 들여 색을 입혀 완성된 그 초상화는, 놀데 스스로가 인정하듯이 그의 최고 걸작품임이 틀림없다.

초상화가 완성되었을 무렵 놀데는 관구 지도관인 힌리히 로제를 제뷜로 초청하여 북독일의 조각 설탕이 든 차를 대접할 기회를 갖는다. 서로를 향해 존중과 예를 갖춘 인사말을 나눈 뒤 화가는 정치가를 아틀리에로 데리고 간다. 아다 놀데가 쟁반에 아크바비트 화주와 버섯을 담아 내올 때, 로제는 짐짓 꾸며낸 서툰 감동의 연기와 함께 길게 끄는 '오'와 '아' 감탄사를 연발하면서 화가의 작업을 감상하는 중이다. 자리에 앉았다가 다시 일어선 그는 화주 한 잔을 홀짝이면서 이젤 주변을 어정거리고, 마음속으로는 조만간에 화가를 제국문화원에 고발해야겠다고 다짐하는 중이다. 놀데는 살짝 기분이 좋아 보이는 로제를 문으로 안내하고, 거기서 그들은 진심 어린 악수를 길게 나눈다. 나중에 로제는 동부제국 관리관으로까지 승진하여 리가와 빌나, 민스크, 레발을 비인간적으로 통치하는데, 전쟁이 끝난 뒤 전범재판에서는 단지 연금 지급이 금지되는 처벌만을 받는다.

사실상 놀데보다 더 뛰어난 재능을 가졌으나 사회적으로 배척당했던 페히슈타인, 타페르트, 슈미트-로틀루프트, 키르히너, 바를라흐, 베버 등을 비방하는 책략으로 놀데 자신은 수년 동안 성공적인 경력을 쌓아나갔으나 종국에는 그것조차 소용없는 시기가 도래하여, 그 역시 작품 활동을 금지당하고 만다. 그의 그림은 미술관에서 사라지고, 몇몇 작품은 파괴되기도 한다. 그러다가 제국 정부 해외무역 담당 부서의 어느 누군가의 머리에, 이런 낙서 나부랭이(당시 사람들의 생각으로는 그랬다. 아무렇게나 마구 색칠한 평면을 맞대서 여기저기 펼쳐놓고, 그 안에 형체라고는 기껏해야 입이나 개, 혹은 구름, 꽃 아주 드물게는 인간의 모습이 보일 뿐이니, 이런 건 사실상 어린아이라도 그릴 수 있는 것이라고)를 스위스에 내다 팔면 얼마나 받을 수 있을까 하는 생각이 퍼뜩 떠오르기 전까지는. 그리하여 아직 파괴되지 않은 작품들 몇 점이 외국으로 팔려나간다. 아우구스트 엥겔하르트의 두번째 초상화도 그중의 하나로 멕시코시티의 한 개인 수집가에게 팔렸고, 그의 집 장식 탁자 위쪽 벽에 아직까지도 걸려 있다. 저녁 무렵이면 탁자 위 꽃병에는 매일 새로 꺾어다 놓은 신선한 장미꽃이 시들어간다.

생각을 시작한 이후부터 늘 유대인에 대한 반대 입장을 표명해왔으며 자신의 회화는 새로운 독일 미학의 최고봉에 서 있다는 믿음을 버린 적이 없는 놀데는, 자신의 작품이 새 시대와 그토록 불화한다는 사실을 좀처럼 납득할 수가 없다. 지독한 우울에 빠진 그는 남몰래 숨어서 작품 활동을 하고, 당대의 많은 기회주의자와 마찬가지로 숨죽인 채 제국의 종말을, 피니스 게르마니아이Finis Germaniae가 도래하기를 기다린다.

XIV

그날 학생 가브릴로 프린치프는 모리츠 실러 카페에서 서둘러 햄 조각이 든 빵을 허둥지둥 집어삼킨 뒤 발칸 반도에 자리 잡은 조그맣고 한가로운 도시의 중심가로 나와, 입속에는 아직도 샌드위치 조각이 들어 있고 듬성듬성 나기 시작한 솜털 수염에는 빵가루가 묻어 있는 채로, 번쩍이는 리볼버를 꺼내 들고 모두가 미워하는 전제군주와 그의 아내 소피를 향해 다가가 가까운 거리에서 총을 발사한다. 그리하여 온화한 표현으로 하면, 하나씩 순차적으로 연쇄반응이 발생한다. 즉 그 살인 사건 이후 기름에 불을 붙인 듯 활활 타오르는 화염의 바다가 총체적인 무자비함으로 무장한 채 유럽 전체로 무섭게 번져나갔다는 뜻이다. 종이 잠자리처럼 덜그럭대는 비행기들이 플랑드르의 참호 위로 부웅거리며 날고 있다. 그때 **독가스다!** 하는 외침을 들은 군인은 떨리는 손으로 서둘러 마스크를 얼굴에 재빨리 뒤집어쓴다. 물론 마스크를 가지고 있을 경우의 얘기다. 서부전선에서 하얀 섬광과 함께 폭발하는 수백만 개의 유탄 파편 중 하나가 제6왕립 바이에른 예비사단 한 젊은 상병의 장딴지 속으로 하얀 벌레처럼 파고든다. 만약 그 위치가 대동맥 쪽으로 몇 센티미터 정도만 더 높았다면, 그로부터 몇십 년 후 내 조부모님이 함부르크의 모어바이데 공원에서 걸음을 재촉하여 계속해서 걸어가는 일은 일어나지 않았으리라. 그곳의 담토어 역에서 가방을 든 수많은 남자와 여자, 그리고 어린아이들이 짐짝처럼 기차에 실려 동쪽으로 동쪽으로 보내지는 것을, 이미 그림자로 변해버린 사람들처럼, 이미 재와 연기로 변해버린 사람들처럼, 제국의 가장 끄트머리 가장자리를 향해 밀려가는 것을 못 본 척하면서 말이다.

하지만 기다려라. 아주 멀리서부터 은은하게 진동하며 피할 수 없는 공포의 기운을 뿌리며 다가오지만 그래도 사람들이 서둘러 안전한 곳으로 피신하는 것이 가능한 뇌우와는 또 다른 식으로, 갑작스럽고 무자비하게, 하지만 어느 정도 우스꽝스러운 면모가 없지는 않게, 제1차 세계대전은 비스마르크-아르히펠에도 도달한다. 나우엔 중앙 전신국을 통해 독일제국과의 무선통신을 열어두고 있는 라바울의 무선소는 오스트레일리아의 노련한 전사들이 사전 작전으로 퍼부은 총탄 세례와 여러 발의 수류탄 공격으로 박살이 난다. 한때 엥겔하르트의 코코야자 오일 상표를 디자인해주었던 우체국 직원은 적절치 못한 시간에 하필이면 제복을 차려입고 적절치 못한 장소에 있던 바람에, 우체국의 철제 캐비닛이 우당탕 그의 머리 위로 넘어지면서 바닥에 쓰러지고, 바로 그 순간 한 병사가 쏜 총알이 그의 이마를 꿰뚫는다.

그로부터 얼마 지나지 않아 오스트레일리아의 전함 한 대가 블랑슈 만을 돌아다니고 잠수함이 나타난다. 전반적으로 혼란스럽고 우왕좌왕하는 분위기 속에서 사람들은 다들 총독 관저로 몰려가 몸을 숨긴다. 사라사 천 소파와 매트리스를 창문 안쪽에 세워 바리케이드를 친다. 방금 전까지 잡지를 뒤적이면서 말레이인 하인들이 고집 세고 말을 듣지 않는다고 짜증을 내던 금발의 부인들이 정신을 잃고 쓰러지는 바람에 서둘러 응급처치를 한다. 전기가 끊어지고 계속 윙윙거리며 돌아가던 선풍기 소리도 일제히 멈추며 고요해진다. 요란한 사이렌이 울리는 가운데 전함에서 라바울을 향해 쏘아올린 대포 한 알이 호텔 앞마당에 떨어지면서 야자나무 한 그루를 너덜너덜하게 만들어놓는다.

그리고 이어서 누가 뭐라고 해도 매우 무정부주의적이라고 말할 수밖에 없는 과정에 따라, 일종의 침략이 진행된다. 닭과 돼지 들을 한꺼번에 모아들이고, 시장에서 거의 값이 나가지 않는 예술품들까지 모조리 징발당해 배에 실려 오스트레일리아의 박물관으로 운반된다(심지어 할 총독의 복제화「죽음의 섬」까지도 가져가버린다). 와가와가* 출신의 한 군인도 원주민 여인을 강간했다는 죄목으로 체포된 뒤 사슬에 묶여 역시 고향으로 보내진다. 호텔 사장인 헬비히는 거칠고 촌스러운 장교 손님들이 단체로 들이닥치자 손을 비비면서 좋아한다. 장교들은 귀청이 떨어져나갈 만큼 고래고래 큰 소리로「왈츠를 추는 마틸다」**를 불러젖히며 호텔 바의 술들을 몽땅 퍼마신다. 난데없는 소란에 원시림을 빠져나와 길을 잃고 라바울로 날아든 극락조 한 마리는 군인들에게 잡혀 산 채로 깃털을 몽땅 뽑히고, 군인들은 끄트머리의 피도 닦아내지 않은 깃털을 방수 모자 위에 꽂는다. 털이 뽑혀나간

---

* 오스트레일리아 뉴사우스웨일스의 도시.
** 오스트레일리아의 가장 유명한 민요.

알몸으로 고통에 겨워 까옥거리는 새는 '빌헬름 황제*'란 명칭을 부여받고, 왁자지껄한 웃음이 터지는 가운데 마치 럭비공처럼 군인들의 발길에 이리 차이고 저리 차인다. 포사이스 회사 창고에 쌓인 상자 속에는 이미 오래전부터 푹푹 썩어가는 코코야자 오일이 가득한데, 비밀 무기고인 줄 착각한 군인들이 쇠 지렛대로 상자를 열자 톱밥을 간 내부에는 개봉도 하지 않은 채 처녀로 늙어버린 유리병들이 고스란히 나타난다. 병 표면의 독일어 상표를 읽을 수 없는 군인들은 혹시 술이 아닐까 하는 기대감으로 코르크 마개를 따보지만, 냄새를 한번 맡고는 그 고약한 악취에 질려 호들갑스럽게 구역질 나는 표정을 지으며 엄지와 검지손가락으로 코를 잡고 내용물을 모래 바닥에 쏟아버린다.

마침내 카바콘 섬에도 오스트레일리아 군인들 한 무리가 상륙한다. 떠들썩한 비웃음이 온몸에 쏟아지는 가운데 나체의 엥겔하르트는 해변에서 군복 부대를 맞는다. 그리고 즉시 재산을 몽땅 압수당한다. 몰락한 코코야자 농장의 값이라며 그는 6파운드를 건네받고, 독일로 돌아갈 수 있는 자유를 얻는다. 이 삶의 대가로 6파운드. 그

---

* 제1차 세계대전 당시의 독일 황제.

는 초라한 액수의 보상금을 오스트레일리아 장교의 발치에 집어 던져버리고, 그 자리에서 몸을 돌려 그늘진 원시림 속으로 사라진다. 아무도 그를 쫓아가지 않는다.

안개 속처럼 종잡을 수 없으며 예측 불가능한 이 시기에 선장 슐뤼터는 사모아 앞바다를 항해하다가 SMS 코르모란 호를 만나게 된다. 그 배도 역시 따뜻한 남태평양에서 때를 기다리는 중이다. 그런데 석탄이 부족하다. 이제 어느 항구에도 안전하게 정박할 수가 없다. 하지만 그렇다고 마냥 바다 위만 떠돌고 다닐 수도 없는 노릇이다. 앵글로색슨족의 표현대로라면 그들은 그야말로 **앉아 있는 오리***다. 코르모란 호의 승무원들은 한마음으로 제국 해군의 대형 순양함 샤른호르스트 호가 도착하기만을 이제나저제나 기다리는 중이다. 슐뤼터는 자신과 제다 호 모두를 제국 해군의 필요에 맡겼는데, 그러던 어느 날 비무장인 프랑스 석탄 화물선을 나포하여 화물을 안전한 곳에 보관하고 프랑스 선원들을 수장시켜버리라는 명령이 그에게 떨어진다.

그런 계기로 낡아빠진 제다 호가 전함의 역할을 하게 된다. 비록 제다 호에 제국 해군의 깃발을 다는 것은 허

---

* sitting ducks: '손쉬운 사냥감'이란 뜻이다.

용되지 않았지만, 그럼에도 불구하고 아피라나, 슐뤼터, 그리고 노벰버는 제다 호 앞 갑판에 시한폭탄을 장착하고 상대편 배와 충돌하도록 항로를 잡은 뒤 자신들은 적시에 구명보트를 이용해 빠져나오는 방법으로 정말로 석탄 화물선을 전복시키는 데 성공한다. 뭉클거리며 솟아나는 시커먼 연기 기둥은 몇 해리 밖에서도 보일 정도이다. 그들은 파도에 위태롭게 흔들리며 노를 저어서 코르모란 호와 약속한 장소로 갔는데, 코르모란 호는 나타나지 않는다. 그 대신 도저히 참기 힘들게도 오스트레일리아 전함 두 척이 등장하여 슐뤼터를 체포하고는 식수를 싣기 위해 어느 이름 없는 섬으로 가 정박한다. 슐뤼터는 해적 행위를 했다는 이유로 재판을 받고, 야자나무 줄기에 결박당한 채 총살된다. 그는 침착한 태도를 유지하지만 면도는 미처 하지 못했다. 눈가리개는 거부한다. 마찬가지로 포로 입장인 다른 독일 선원이 슐뤼터에게 제복 윗도리를 빌려주어서 민간인으로 죽지 않을 수 있게 한다. 총알이 그를 관통할 때 슐뤼터는 판도라를 떠올리지 않았으며, 자신을 쏘는 군인들을 바라보지도 않았다. 오직 장엄하게 짙푸른 바다, 가슴이 무너질 정도로 담담하고 냉혹하기만 한 바다를 응시했을 뿐이다. 총살형을 마친 군인들에게 담배가 한 차례 돌아간다. 독일인 선원은 형 집행이 끝난 뒤 돌려받은 제복을 자랑스럽게 걸치고 다닌다. 그는 가슴 부분에 뚫린 총알구멍 네 개를 결코 꿰매지 않을 것이다.

기지를 발휘하여 군인들의 손에서 벗어난 아피라나는 한동안 무한히 넓은 퀼트 이불인 태평양을, 조상들의 별로 총총히 빛나는 바다를 헤매고 다니면서 그의 영혼에 묻어 있던 백인들의 허풍을 충분히 다 뱉어버린 뒤, 어느 날 문득 충동적인 기분으로 뉴질랜드 전함에 자진 신고를 한다. 아피라나와 동행하던 노벰버는 태풍이 심하게 불던 어느 날 파도에 쓸려간다. 그는 두 눈을 뜬 채로 수 킬로미터나 되는 심해, 밤처럼 깊고 푸른 고요한 우주로 가라앉는다. 수십 년이 흐른 뒤 아피라나는 최초의 마오리족 출신 의원으로 뉴질랜드 국회에 진출했다가, 20세기 중반에 죽게 된다. 전국 각지에서 존경을 받았고 단 한 치의 의심도 없이 크나큰 위엄과 영광을 누리며 살았던 아피라나 투루파 옹가타 경의 신분으로.

두 명의 사기꾼 고빈다라얀과 미텐츠바이는 꽤 오랫동안 남태평양 여기저기를 돌아다니며 사기 행각을 벌인 덕분에 상당한 액수의 돈을 모아들였는데, 사모아에서 그만 체포되고 만다. 다른 범죄자들과 함께 사슬에 묶여 단체로 오스트레일리아로 보내지는데, 그 배가 그만 도중에 독일 순양함의 공격을 받아 가라앉는 바람에 배에 탄 것은 사람이고 쥐새끼고 할 것 없이 모조리 침묵의 바다 깊숙이 수장되어버린다.

알베르트 할은 전쟁의 결과로 그다지 환희롭지 못한, 침울한 한겨울의 베를린으로 되돌아가 그곳에서 10년 동안—명상적인 기록과 이런저런 발견, 철학적 관찰과 발명 아이디어로 가득 찬 메모지들을 훌륭한 참고 자료로 삼아—자신의 비망록 집필에 몰두하는데, 그 어떤 출판사도 관심을 보여주지 않으므로 그의 원고는 출간되지 못한 채로 남는다. 꽃들이 화려하게 만발한 바닷가 제국의 화창했던 어느 날, 그가 벌새의 정지비행을 목격하고 처음 머릿속에 꿈꾸었던 헬리콥터의 아이디어는 세월이 흐른 뒤에, 대개 인류의 전설적인 발명품들이 불화의 와중에 태어나는 것처럼 다음번 세계대전 중에 현실화된다. 제국 식민지청에서 마지못해 지급하는 연금을 염두에 두면서 그는 자신의 개인 연구에 현저하게 많은 시간을 투자한다. 정치는 그를 염증 나게 할 뿐이다. 한때 머물던 요직에서 밀려난 채 늙어가는 이 남자는 여기저기에 긴 편지를 써 보낸다. 철학자 에드문트 후설도 알베르트 할의 편지를 받게 된다. 여든 장이나 되는 종이에 글자가 빼곡하게 적힌 서간문이다. 그 내용은, 인간의 삶이란 사실 고도로 정교하게 꾸며진 영화 혹은 연극 공연인 셈인데, 당사자들이 절대로 깨닫지 못하는 이유는 뛰어난 감독들이 환상을 완벽하게 연출해놓았기 때문이라는 것이다. 후설은 그 편지를 건성으로 넘겨보기만 했을 뿐 유치한 말장난으로 치부하고 답장도 보내지 않는다. 할은 이제—독일 민족의 태양 십자가가 참을 수 없이 소름 끼치는 갈고리로 변해갈 무렵 그의 머리칼은 이미 오래전부터 허옇게 세어 있는 상태다—한때 독일령 사모아의 총독이었던 빌헬름 졸프의 부인을 비롯한 다른 저항단체들과 연계하고 있는데, 그들이 피아노 줄이 매달린 제국의 단두대에서 비참한 최후를 맞는다는 사실까지는 모르는 채로 생을 마감하게 된다.

에마 포사이스 뤼트초프는 모나코 몬테카를로의 카지노 테이블 앞에서 죽는다. 그녀는 방금 자신이 가진 최후의 10만 프랑어치 칩을 모두 붉은색에 걸었고, 당첨 패는 검정색 35였다. 그녀는 의자에 앉은 채 말없이 쓰러진다. 하얀 장갑을 낀 카지노 종업원 두 명이 달려와 그녀에게 부채질을 해주는 사이 또 다른 한 명은 유리잔에 코냑을 따라 황급히 들고 왔지만 너무 당황하여 엎지르는 바람에 카지노 테이블의 암녹색 천 위에 거무스름한 얼룩을 만든다. 하지만 바로 다음 날 그 얼룩은 이미 보이지 않게 된다. 모나코의 문화관광협회는 그녀에게 비석을 세워준다. 그 위에는 **에마, 남태평양의 여왕**이라고 새겨진다. 세월이 흐르면서 비석의 글자는 비바람에 상당 부분 흐려지긴 했으나, 그래도 아직 해독이 가능한 상태이다.

XV

그러면 우리의 친구, 우리의 걱정스러운 문제아는 어떻게 되었는가? 그는 다시 한 번 더 사람들의 눈앞에 등장한다. 제2차 세계대전이 끝난 직후 미 해군은 전쟁으로 폐허가 된 솔로몬 군도의 콜롬방가라 섬, 연기를 뿜어내는 납작한 화산 분화구에서 그리 멀지 않은 동굴 속에 나이가 매우 많은 백인 남자 하나가 살고 있는 것을 발견한다. 그 남자의 양손 엄지손가락은 잘려나가고 없다. 보아하니 그는 오직 열매와 풀, 그리고 풍뎅이만 잡아먹고 오랜 세월을 살아온 듯하다. 해골처럼 바싹 말랐지만 의외로 강건한 남자의 몸을 진찰한 미 해군 소속의 젊은 여의사는, 놀랍게도 그가 수십 년 동안이나 복합 간상균성 나병을 앓고 있었지만 지금은 저절로 말끔히 나아버린 것을 발견한다.

미군은 수염과 머리칼이 무성하게 자란 그 노인을 일본군으로부터 탈환한 과달카날 섬의 대규모 군 기지로 데려가 구경을 시켜준다. 그는 기지 여기저기서 눈에 띄는 흑인 GI*들을, 호감 가는 표정 속에서 비현실적일 만큼 환하게 번득이는, 처참하게 썩고 허물어져 폐허의 잔해로 변해버린 그의 이빨과는 천지 차이인 그들의 이빨을 경이롭게 쳐다본다. 모든 것이 정말로 깨끗하고, 아주 반듯하게 정돈되고 다림질이 되어 있다. 사람들은 그에게 허리가 잘록하여 모양 좋은 유리병에 든, 달콤하고 맛난 흑갈색 액체를 마시라고 준다. 부지런한 전투기들이 매 분마다 활주로에 내려앉았다가 잠시 후 다시 공중으로 떠오른다(파일럿들은 햇빛이 환하게 반사하는 조종석 유리창을 통해 미소를 보내고 손을 흔든다). 한 장교는 구멍이 뚫린 조그만 금속 상자를 귀에 갖다 대고 황홀한 표정으로 귀를 기울이는데, 상자에서는 무슨 비밀스러운 주문을 연상시키는, 강렬한 리듬의, 하지만 결코 듣기에 나쁘지는 않은 음악이 흘러나온다. 사람들이 그의 머리와 수염

---

* 미국 육군 병사의 속칭.

을 가지런히 빗기고 티 없이 하얀 면 속옷을 머리 위로 입힌다. 손목시계를 선물해준다. 기운을 내라는 몸짓으로 그의 등을 툭툭 두드린다. 이것이 바로 제국이다. 사람들은 그에게 오리털 베개처럼 부드러운 길쭉한 빵 위에 소시지를 얹고 현란한 소스를 뿌린 음식을 가져다준다. 그리하여 엥겔하르트는, 반세기를 훌쩍 넘는 시간 만에 처음으로 동물의 고기를 먹게 된다. 독일 혈통의 킨부트 하사(하지만 심지어 그의 부모조차도 더 이상 모국어인 독일어를 능숙하게 말하지는 못한다. 그들의 언어는 'E Pluribus Unum'* 속에 동화되어버렸다)가 편한 셔츠 차림으로 친근하게 다가와 신문에 그에 관한 기사를 쓰고 싶다며 질문들을 던지다가, 엥겔하르트가 수십 년간 사용하지 않아 조금 녹이 슨 영어로 기억을 되살리며, 처음에는 더듬거리면서, 하지만 점점 유창하고 활발하게 세계대전 이전의 시간들에 대해서, 아니 지금 승리를 거둔 이 세계대전이 아니라 지난번 세계대전 말이다, 대답을 하기 시작하자 크나큰 놀라움에 입을 다물 줄 모른다. 완전히 사로잡힌 채 귀를 기울이는 킨부트는 연신 담배를 피워 물면

---

* 수많은 하나로 이루어진 단체라는 뜻의 라틴어. 1955년까지 미국의 표어였으며, 미국 화폐와 국가 휘장에 쓰여 있는 문구다. 복합문화사회인 미국을 상징한다.

서 얼마나 열중했던지 수염투성이 노인에게 담배를 권하는 것도 잊고 만다. 그는 이미 수첩을 가득 채우고도 모자라 귀퉁이마다 촘촘하게 메모를 하고 있는데, 도저히 믿을 수 없다는 듯 미소 띤 얼굴로 고개를 설레설레 흔들다가 이렇게 말한다. *sweet bejesus, that's one heck of a story* 그리고 *just wait' til Hollywood gets wind of this* 또 *you, sir, will be in pictures*(이거 대단한 이야기가 되겠습니다. 할리우드가 이걸 들으면 가만히 있지 않겠네요. 당신은 아마도 영화에 나오게 될 것 같군요).

실제로 몇 년 뒤 엥겔하르트는 이미 우리의 기억에서 멀리 사라졌지만, 관객들을 향해 웅장하고 인상적인 오케스트라의 음악이 파도치기 시작한다. 영화의 첫 상영, 감독은 가장 앞줄에 앉아 새끼손가락 손톱을 물어뜯고 손톱 밑 뾰족하게 일어난 각질들을 잘근잘근 씹는다. 영사기가 달그락거리며 돌아간다. 아니 수백 대의 영사기가 동시에 어른거리며, 수백 개의 스크린을 향해 춤추는 먼지 입자들을 동반한 빛의 바늘들을 쏘아 보내고 있다. 신시내티, 로스앤젤레스, 시카고, 마이애미, 샌프란시스코, 보스턴의 스크린 위에는, 길게 뻗어 있는 하얀 구름들 아래 끝없이 펼쳐진 대양을 항해하는 우편선의 모습이 나타난다. 카메라는 배를 향해 가까이 다가간다. 경적 소리와 점심 식사를 알리는 종소리가 울리고, 검은 피부의 엑스트라(이 영화에서 다시는 등장하지 않는)가 소리도 없이 사뿐사뿐 발끝으로 걸어 돌아다니면서, 푸짐한 아침 식사를 마친 뒤 갑판 여기저기에 누워 다시 잠에 빠져 있던 승객들의 어깨를 일일이 조심스럽게 살짝 건드려 깨운다.

옮긴이 해설

몰락한, 몰락하지 않는 제국

  옮긴이의 견해를 한마디로 말하자면, 『제국』은 참으로 재미있으면서도 비전형적이고 흥미로운 소설이다.

  낭만적인 남태평양과 식민지 시대를 배경으로, 거기에 독특한 신념을 가진 아웃사이더를 주인공으로 하고, 영화와 만화 · 전기 · 철학 · 문학 · 예술, 그리고 역사에서 독자가 흥미를 느낄 만한 요소들을 형식에 구애받지 않고 적절하게 채용한 다음 그 위에 거장 토마스 만을 강하게 연상시키는 서술과 스타일의 옷을 입혀서, 아이러니 넘치는 구술자의 입을 통해 하나의 이야기로 완성되게 한, 철저하게 독자의 편에 서 있는 소설 작품이다.

  크라흐트의 작품을 여러 권 읽어온 옮긴이의 입장에서

도 이번 작품 『제국』은 아주 색다른 느낌으로 다가왔다고 고백해야겠다. 작가 크라흐트가 펼치는 언어의 향연이 눈부신 수준일 뿐 아니라, 독특한 망상적 신념으로 일생을 살았던 흥미로운 실존 인물——아우구스트 엥겔하르트——을 둘러싼 주변 상황과 역사적 전개가 흥미진진하고도 다양한 각도로 펼쳐지며, 또한 20세기 초반의 식민지 시대와 그 시대의 인물들을 그려나가면서 아련한 애수와 비판적 거리감, 그리고 신랄한 풍자와 유머를 아끼지 않음으로써 독자를 이야기 자체에 푹 빠지게 하는 힘이 대단해 보였기 때문이다.

그가 소위 말하는 '이야기꾼'을 지향하는 작가가 아니라고 생각해온 옮긴이는, 책을 읽는 내내 놀라움을 완전히 버리지 못했다. 이 말은, 이 책이 이야기꾼 작가의 전형적인 화술로 이루어졌다는 의미는 물론 아니다. 도리어 그 반대에 가깝다. 줄거리를 연속적으로 설명하는 것이 아니라 영화적인 장면 전환 기법을 채택하고 있음이 뚜렷하고, 군데군데 상당한 여백을 두는 구성상의 특징을 제외하고라도——실제로 이 소설에서는 초기 영화 필름의 특징을 연상시키는 노골적인 서술이 등장한다——너무나 많은 아이러니와 복선의 함정이 복잡하고 과장된 형태로 도사리고 있기 때문이며, 바로크적인 혼돈과 불균형을 즐겨 채택하고 있는 데다, 불쑥불쑥 등장하는 1인칭 정체불명 서술자의 과도하게 감정 섞인 발언들, 그리고 결정적으로 그의 언어 자체가 결코 '이지 리딩'이 아니기 때문이다. 심지어 『제국』에서의 그의 언어를 겨냥하여 "미사여구와 말 비틀기에 도취된 작품Sprachschnörkelverliebtheit"이란 평론이 나왔을 정도이다. 또한 독일어권 독자들에게조차 익숙하지 않은 외국어 용어도 많이 등장한다.

이런 작품을 대할 때 번역가의 딜레마는 깊어진다. 현란하게 채색된 미로와 같은 표현과 문장을 최대한 그대로 살려 한국의 독자들까지도 그 의도적 낯섦의 바다에서 헤매도록 해야 할 것인가, 아니면 일종의 교과서적으로 통일된 해법을 택해서 가능한 한 가독성을 살려줄 것인가. 그 둘 사이의 어느 경로를 선택해야 함은 분명해 보이는데, 충실성을 유지하면서 홍미와 미학의 손실 분량을 최소로 하는 그 절충의 지점은 과연 어디가 되어야 할 것인가 등등.

작가 크리스티안 크라흐트는, 유럽의 예술가들 중에서도 단연 두드러지게 '비정주형'의 작가에 속한다. 그의 이력을 잠시 간략하게 소개하자면 다음과 같다.

1966년 스위스의 자아넨(베른 주)에서 태어난 그는

고향인 베른 주의 고원지대와 가족 별장이 있는 남프랑스를 오가며 어린 시절을 보내다가 1978년에 자아넨의 인터내셔널 학교에 들어간다. 그 학교는 영어와 프랑스어를 사용했다. 얼마 뒤에 캐나다로 건너가 그곳에서 남학생들을 위한 사립학교를 다닌다. 1980년에 유럽으로 돌아온 그는 보덴 호수에 있는 독일 사립학교에 들어갔는데, 그동안 계속해서 영어만을 사용하는 데 익숙했으므로 그곳에서 적응하기 위해 9학년을 다시 한 번 더 다녀야만 했다. 그는 언젠가 자신이 처음으로 독일어 환경에서 사람들과 어울리기 시작한 것은——독일어가 그의 모국어임에도 불구하고——사실상 열네 살이 되던 그때부터라고 말한 적이 있다.

1985년에는 스위스 군 입대 통지를 받았으나 외국 유학을 이유로 연기한다. 하지만 이후로 크라흐트는 스위스에서 한 번도 완전히 정착한 적이 없으므로 끝내 입대를 하지는 않는다. 그는 미국으로 건너가 세라 로렌스 칼리지에서 영화와 문학 강의를 중점으로 듣고 예술사 학위과정을 마친 다음 함부르크에서 저널리스트로 활동한다. 1992년에는 소말리아에서, 이후 인도와 스리랑카, 온두라스, 베네수엘라, 네팔 등지에서 생활한다. 1999년에는 동료 작가인 슈투크라트-바레(독일의 팝문학 작가이자 텔

레비전 사회자, 저널리스트)와 함께 유명 패션 브랜드 피크 앤드 클로펜부르크(Peek & Cloppenburg)의 광고사진을 찍는다. 뿐만 아니라 그는 깊고 그윽한 목소리를 지녔으며 자신의 책 『1979』의 오디오북과 일본 작가 이노우에 야스시의 『사냥총』, 미국 작가 트루먼 커포티의 『티파니에서 아침을』 오디오북을 직접 녹음한 성우이기도 하다.

2004년에서 2006년 사이 그는 다른 동료들과 함께 네팔의 카트만두에서 대안적 형태의 문학잡지 『친구』를 펴낸다. 북한과 남태평양의 섬나라 바누아투에서도 체류한다. 그의 북한 체류 경험은 이후 『총체적 기억—김정일의 북한』이란 사진집으로 출간된다. 2006년에는 탄자니아와 모잠비크에서 체류한다. 2008년에는 부에노스아이레스로 거주지를 옮겼으며, 2012년에는 케냐로 갔다. 그의 세 살 난 딸은 이미 4개 국어—영어·독일어·이탈리아어, 그리고 스와힐리어—를 할 줄 안다.

어린 시절부터 매우 풍부하고 다양한 환경에 노출되었고 그로 인한 남다른 경험을 쌓는 것이 가능했을 크라흐트는 행복한 작가임에 틀림없다. 그의 소설들이 시대와 배경을 넘나들며 신비로울 만큼 이국적인 분위기를 전달하는 것은—『1979』는 이슬람 혁명 시대의 이란과 문화

혁명의 중국을, 『나 여기 있으리 햇빛 속에 그리고 그늘 속에』에서는 가상 전쟁에 처한 유럽을 떠나는 한 아프리카인을, 『제국』은 식민지 시대의 남태평양을 그린다—그러므로 결코 낭만적이기만 한 상상의 산물은 아닌 것이다. 그렇다면 그는, 화제의 중심에 있는 작가로서 자신에게 쏟아지는 조명과 찬사를 즐기면서 대중매체와 즐겁고도 돈독한 관계를 유지하는, 행복해하는 현대의 전형적인 포스트포스트모더니즘 작가군에 속하는가? 의외로 작가 크라흐트는 세련되었지만 조용하고 소박한 인상을 주며, 언론과의 인터뷰를 기피하는 작가, 카메라 세례를 싫어하는 작가, 기존의 전통적이고 보수적인 독일 문단이 즐겨 언급하지 않는 작가, 따라서 그 가치가 폄하되거나 왜곡되는 작가로 알려져 있다. 그의 이력에서 나타나듯이 그는 실험적이고 새로운 형태의 문학운동에 관심이 있고 그 속으로 뛰어들기를 주저하지 않으면서, 전통적인 클래식 문학, 기존의 지식인 문학과는 스스로 거리를 유지하고 있음을 눈치챌 수 있다. 그러므로 이 작품에서 넘치는 아이러니가 니체주의자이며 코코야자주의자, 또한 패배한 유토피아주의자인 엥겔하르트가 아닌 다른 종류의 권위와 엄숙주의를 향한 것으로 보이는 것은 어쩌면 우연이 아닐지도 모른다.

『제국』의 주인공인 아우구스트 엥겔하르트는 역사상 실존했던 동명의 인물 아우구스트 엥겔하르트와 일대기가 상당 부분 일치한다. 1875년 독일 뉘른베르크에서 태어난 아우구스트 엥겔하르트는 김나지움을 마친 후 약사가 되기 위한 직업 훈련에 들어갔는데, 자신의 일과 관련해 '건강한 삶이란 무엇인가' 라는 주제에 깊이 몰두했다. 그것은 당시 사회적으로 열풍이 일었던 '개량적 삶' 운동에 자극받은 것이기도 했다. 그 일환으로 유스트 형제의 자연친화적 공동체이며 채식주의와 나체주의를 근간으로 하는 '융보른'에 참여하기도 했다. 하지만 현실의 규범과 극히 상반되는 나체주의 실현으로 인해 현행법과 갈등을 빚은 나머지 융보른은 얼마 가지 않아 해체되어버린다. 그 일로 인해 엥겔하르트는 관습과 제도에서 멀리 떨어진 새로운 장소에서 자신의 이상을 실현할 꿈을 갖게 되었다.

1902년 엥겔하르트는 남태평양의 독일령 뉴기니에 도착하여 에마 포사이스로부터 75헥타르의 카바콘 농장을 사들인다. 그리고 카바콘 섬에 유일한 백인 거주민으로 정착한다. 그곳에서 자신의 이상인 나체주의와 채식주의, 코코야자주의를 실현하게 된다. 그가 부지런히 유럽으로써 보낸 홍보 자료들이 채식주의와 개량주의 성향의 잡지에 실린 덕분에 실제로 몇몇 추종자가 남태평양으로 그를 찾아오기도 했다. 최초의 방문객은 헬골란트 출신의 채식주의자 아우에켄스인데 그는 6주 뒤 죽고 만다. 사망 원인에 대해서는 조사된 바가 없다. 그리고 당시 유명한 지휘자이며 음악가인 뤼트초프, 작가인 베트만 등 문명에 염증을 느낀 지식인들도 그를 찾아오지만 모두 오래가지는 못하고 카바콘을 떠나버린다. 홀로 남은 엥겔하르트는 경제적인 어려움과 건강상의 문제를 동시에 겪는다. 그러면서 점차 남태평양을 찾는 관광객들의 구경거리로 전락한다. 1919년 아우구스트 엥겔하르트의 유해가 카바콘에서 발견된다. 그가 남긴 재산 6파운드는 오스트레일리아의 독일인 재산수용법에 따라 1920년 오스트레일리아로 귀속된다.

하지만 소설 『제국』은, 얼핏 처음에 생각되는 것처럼 아우구스트 엥겔하르트라고 하는 실존 인물에 관한 일대기적 소설이라기보다는, '실존 인물과 동일한 이름을 가진 주인공이 등장하는 영화에 관한 소설'이라고 보는 편이 어쩌면 더 정확할지도 모른다. 역사적으로 기록된 채식주의자이며 나체주의자인 아우구스트 엥겔하르트의 일생과 소설에 나오는 아우구스트 엥겔하르트의 일생이 팩트 그대로 들어맞지는 않을 뿐 아니라, 소설적 서술이 아닌 마치 영화의 장면을 그림 그대로 묘사하는 듯한 부분이 있고—아우에켄스의 죽음이 나오는 부분 등—마지막에 독일 혈통의 미국인 킨부트 하사가 제2차 세계대전 종전 직후 남태평양에서 발견된 백인 노인의 구술을 받아쓰고 그 내용이 영화화된 것이 바로 이 책 자체임을 암시하고 있기 때문이다. 즉 이것은 책으로부터 만들어진 영화의 이야기가 아니라, 구술된 내용을 토대로 만든 영화를 다시 문학으로 전환한 것의 형태를 띠고 있는 것이다. 그런 점에서 보면 독자는 이 책의 가장 마지막 페이지를 닫고 나서야, 진실로 "서사적 불확실성이란 안개"(157쪽)에 점령당한 기분, 과연 그 노인은 킨부트에게 사실을 말했을까? 혹은 킨부트는 그의 말을 모두 정확히 알아듣고 올바르게 기록한 것일까? 정말로 그 노인은 엥겔하르트였을까? 하는 질문에 결코 확실한 대답을 할 수 없는 입장에 처하고 만다. 이런 암시를 가장 강력하게 드러내는 것은 아이러니하게도 기록자인 킨부트 하사 자신이다. '킨부트'라는 이름은 나보코프의 소설 『창백한 불』에 등장하는 결코 신뢰할 수 없는 전달자인 '닥터 킨보트Dr. Kinbote'의 변형임이 분명하기 때문이다.

나보코프뿐만이 아니다. 이 책의 특징이자 빠질 수 없는 즐거움 중의 하나는, 상당히 촘촘한 밀도로 온갖 다양한 기존의 문학 재료들이 섞여 있으며(이렇듯 작가가 분명하고도 노골적으로 여러 예술 장르의 기존 작품들을 차용하는 공개 이미테이션 수법을 문학 용어로 패스티시pastiche라고 한다. 패스티시가 존경의 의미로 행해지면 오마주, 그 반대는 패러디가 된다. 패스티시의 어원은 이탈리아어인 파스티치오인데, 흑수병에 걸린 할 총독이 싱가포르로 향할 때 타고 간 배의 이름이 참으로 아이러니하게도 하필이면 R. N. 파스티치오인 점에 유의하자), 그 시대를 살았던 예술가나 유명인들이 이야기의 중간중간에 드물지 않게 등장하여 주인공과 마주치거나 스쳐 지나가는 것인데, 영화로 치면 마치 카메오와 같은 효과를 준다. 그중에서도 두드러지는 부분은, 동프로이센의 메멜로 여행을 간 엥겔하르트가 그곳 해변에서 나체로 누워 있다가──당시는 20세기가 막 시작된 무렵이다──여행을 온 한 젊은 편집자의 눈에 띄어 경찰에 체포되는 장면이다. 그 편집자는 앞으로 소설을 쓰고 싶다는 꿈을 갖고 있으며, 그의 약혼녀는 수학자의 딸이다. 돌아가는 기차에서 편집자는 자신이 왜 그 나체의 젊은이를 경찰에 신고했으며, 그 일이 자신에게 어떤 의미가 있는지에 대해 불안한 가운데 생각에 잠긴다. 그리고 깨닫게 된다. 자신이 앞으로 중산층 지식인의 삶을 안전하게 영위하기 위해서는, 직면하고 싶지

옮긴이 해설 몰락한, 몰락하지 않는 제국

않은 자신의 정체성을 죽는 날까지 영원히 감추고 살아야 한다는 것을.

아마 눈치채는 독자도 있겠지만, 이 편집자의 캐릭터는 우리가 알고 있는 작가 토마스 만과 상당히 일치한다. 그리고 독자들이 그를 토마스 만으로 간주하고 읽었을 때, 그의 성적 정체성 부분에 대한 복잡 미묘한 표현이 좀더 확실하게 다가온다는 장점도 있다. 하지만 그렇지 않다고 해도 독서의 재미가 감소되는 것은 아니며, 소설 자체를 이해하는 데 장애가 되지도 않는다. 토마스 만 외에도 헤르만 헤세, 카프카, 에밀 놀데 등의 예술가가 등장하지만, 작가가 굳이 이름들을 밝히지 않고 익명으로 둔 경우에는 별도의 주석을 다는 것은 불필요하다고 판단했다. 또한 Ⅶ장의 시작 부분에서 "이제 우리는 사랑에 대해서 이야기하려고 한다"(137쪽)라는 문장은 나보코프의 팬들에게는 참으로 반갑게도 그의 소설 『투명한 것』에 나오는 문장 "we shall now discuss love"를 그대로 옮겨온 것이기도 하다. 하지만 그 부분에서 굳이 나보코프를 떠올리지 않는다고 해도, 독자들이 이 비장하고 의미심장한 암시의 효과를 즐기는 데는 아무런 문제가 없다. 이 밖에도 시와 노래의 인용, 다른 문학 작품에서 빌려온 이미지들, 토마스 만의 문체를 강하게 연상시키는 서술

한 기존의 문학 재료들이 섞여 있으며(이렇듯 작가가 분명하고도 노골적으로 여러 예술 장르의 기존 작품들을 차용하는 공개 이미테이션 수법을 문학 용어로 패스티시 pastiche라고 한다. 패스티시가 존경의 의미로 행해지면 오마주, 그 반대는 패러디가 된다. 패스티시의 어원은 이탈리아어인 파스티치오인데, 흑수병에 걸린 힐 총독이 싱가포르로 향할 때 타고 간 배의 이름이 참으로 아이러니하게도 하필이면 R. N. 파스티치오인 점에 유의하자), 그 시대를 살았던 예술가나 유명인들이 이야기의 중간중간에 드물지 않게 등장하여 주인공과 마주치거나 스쳐 지나가는 것인데, 영화로 치면 마치 카메오와 같은 효과를 준다. 그중에서도 두드러지는 부분은, 동프로이센의 메멜로 여행을 간 엥겔하르트가 그곳 해변에서 나체로 누워 있다가—당시는 20세기가 막 시작된 무렵이다—여행을 온 한 젊은 편집자의 눈에 띄어 경찰에 체포되는 장면이다. 그 편집자는 앞으로 소설을 쓰고 싶다는 꿈을 갖고 있으며, 그의 약혼녀는 수학자의 딸이다. 돌아가는 기차에서 편집자는 자신이 왜 그 나체의 젊은이를 경찰에 신고했으며, 그 일이 자신에게 어떤 의미가 있는지에 대해 불안한 가운데 생각에 잠긴다. 그리고 깨닫게 된다. 자신이 앞으로 중산층 지식인의 삶을 안전하게 영위하기 위해서는, 직면하고 싶지 않은 자신의 정체성을 죽는 날까지 영원히 감추고 살아야 한다는 것을.

아마 눈치채는 독자도 있겠지만, 이 편집자의 캐릭터는 우리가 알고 있는 작가 토마스 만과 상당히 일치한다. 그리고 독자들이 그를 토마스 만으로 간주하고 읽었을 때, 그의 성적 정체성 부분에 대한 복잡 미묘한 표현이 좀더 확실하게 다가온다는 장점도 있다. 하지만 그렇지 않다고 해도 독서의 재미가 감소되는 것은 아니며, 소설 자체를 이해하는 데 장애가 되지도 않는다. 토마스 만 외에도 헤르만 헤세, 카프카, 에밀 놀데 등의 예술가가 등장하지만, 작가가 굳이 이름들을 밝히지 않고 익명으로 둔 경우에는 별도의 주석을 다는 것은 불필요하다고 판단했다. 또한 Ⅶ장의 시작 부분에서 "이제 우리는 사랑에 대해서 이야기하려고 한다"(137쪽)라는 문장은 나보코프의 팬들에게는 참으로 반갑게도 그의 소설 『투명한 것』에 나오는 문장 "we shall now discuss love"를 그대로 옮겨온 것이기도 하다. 하지만 그 부분에서 굳이 나보코프를 떠올리지 않는다고 해도, 독자들이 이 비장하고 의미심장한 암시의 효과를 즐기는 데는 아무런 문제가 없다. 이 밖에도 시와 노래의 인용, 다른 문학 작품에서 빌려온 이미지들, 토마스 만의 문체를 강하게 연상시키는 서술

시점 등, 그리고 무엇보다도 유럽에서 널리 알려진, 남태평양을 배경으로 한 프랑크 르 갈의 만화 『테오도르 푸설』, 그리고 1967년 출간되어 큰 인기를 끌었던 휴고 프랏의 만화 『남태평양 발라드』에서 각각 노벰버, 크리스티안 슬뤼터, 그리고 판도라라는 등장인물을 그대로 빌려 온 것은 문학에서 흔히 볼 수는 없는 흥미로운 시도이다. 또 하나 작가가 노골적으로 주인공과 대비시킨 실재 인물이 있다. 독일식 낭만주의, 실패한 예술가, 채식주의, 극단적인 신념, 새로운 인간상의 구현, 자신의 파라다이스(제국) 건설, 이런 요소들은 주인공 엥겔하르트를 미래에 도래할 독재자 히틀러와 상당히 겹쳐 보이게 한다. 다음 구절은 구체적인 암시가 드러나는 한 예이다.

"그는 낭만주의자이며 그런 부류의 사람 중에서 흔히 보이는 실패한 예술가로, 이젤 앞에 앉아 있고 싶어 한다는 점 등을 보면 나중에 나타날 어떤 독일인, 마찬가지로 낭만주의자이며 채식주의자인 한 독일인과의 유사점들이 보이기도 한다. 즉 아예 작정하고 고른 인물인 것처럼 의미심장하게 딱 들어맞는 밀접성이 있다. 단지 차이점이라면 지금 이 순간 후자는 아직 여드름투성이에 제멋대로인 꼬마로, 아비지에게 뺨이나 무수히 얻어맞고 있는 처지라는 것이다. 하지만 기다려라. 그는 자라고 있다, 자독 속에서 서서히 황폐화되는 엥겔하르트의 정신세계, 이 상향을 꿈꾸는 젊은이에서 괴팍한 반유대주의자 괴짜로 변신하는 과정, 단 한 명의 동조자도 남겨놓지 못한 채 침몰해버린 그의 파라다이스, 나병에 걸린 육체, 승전한 미군이 건네주는 핫도그와 콜라에서 드러나는 사실, 하나의 고독한 낙원이 몰락할 때 다른 거대한 제국이 떠오른다.

그리고 책의 마지막 부분에서는 주인공들의 최후를 하나하나 따라가며 담담하게 설명하는 부분이 특히 그러하다. 그것이 어떤 한 개인의 유별난 불행이 아니라 몰락하는 제국의 배에 올라탄, 혹은 올라타지 않은 우리 모두의 공동의 최후임을 암시하기 때문이다. 모든 이에게 '죽음'은 결정되어 있다. 하지만 죽음으로 향하는 삶의 나머지 내용은 오직 변덕스럽고 예측 불가능하며, 순간의 절박함을 조롱하듯 제멋대로인 '지금 현재'에 달려 있을 뿐이다. 단 한 명, 백인의 문명을 거부하고 뿌리친 유일한 존재이며 자신의 운명을 외부의 손길에 맡기지 않은 듯 보이는 마오리족 선원의 행적은, 사실상 그가 집단적으로는 제국의 희생자라고 볼 수 있음에도 불구하고, 그래서 더욱 돋보인다.

작가가 이 책을 호프(희망)에게 헌정한 것은 그것이

아이러니든 아니든 간에 참으로 의미심장하다는 생각이다. 호프는 작가의 세 살 난 딸의 이름이다.